Die Zeit dreht sich in Kreisen

Zwei Frauen, beide 1785 geboren, mitten im Zeitalter der Vernunft. Eine ist die in Bremen weitgehend bekannte Giftmörderin Gesche Gottfried. Die andere eine Engländerin, Maria Graham, eine der ersten Entdeckerinnen Lateinamerikas. Während Maria, die einem alten schottischen Adelsgeschlecht entstammt, eine ausgezeichnete Erziehung erhält und als junge Frau nach Indien, nach Chile, Brasilien und durch Europa reist, darf Gesche als Tochter eines einfachen Schneiders nur die Kirchspielschule besuchen und ist nie über die Norddeutsche Tiefebene hinausgekommen. Zwei Leben, wie sie unterschiedlicher nicht sein können, und doch haben die beiden Protagonistinnen eines gemeinsam. Sie sind eingezwängt in das Korsett von Konventionen und Geboten, das ihnen die Gesellschaft ihrer Zeit auferlegt hat. Beide versuchen sich daraus zu befreien: die eine reist, die andere mordet...

Brigitte Buttmann-Simon wurde 1946 in Lübeck geboren. Als Lehrerin für Deutsch und Spanisch hat sie viele Jahre in Bremen gearbeitet, wo sie bis heute lebt. Sie ist mit einem chilenischen Musiker verheiratet und mit der Stadt Valparaíso, wo sich ein großer Teil der Geschichte ereignet, eng verbunden.

Brigitte Buttmann-Simon

Die Zeit dreht sich in Kreisen

Roman

Bibliografische Information der Deutschen Nationalbibliothek: Die Deutsche Nationalbibliothek verzeichnet diese Publikation in der Deutschen Nationalbibliografie; detaillierte bibliografische Daten sind Im Internet über http://dnb.dnb.de abrufbar.

© 2016 Brigitte Buttmann-Simon

Umschlaggestaltung: Nina Buttmann
Umschlagbild: Corset en coutil | Grands Magasins de La Samaritaine. Catalogue Spécial. Paris 1905
Übersetzung 1. Strophe „Ode" von William Wordsworth: Dietrich H. Fischer

Herstellung und Verlag: BoD – Books on Demand, Norderstedt

ISBN: 978-3-7412-9132-6

Bremen, 1785

Bremen ist eine ernste, gescheuerte Stadt, mit Lindenbäumen vor den Häusern, sonst ziemlich nackt und kahl gelegen, in einer Sandwüste, unter Rüben und Braunkohl.
(Johann-Günther König)

Das Wasserrad an der alten Weserbrücke schaufelt seit mehr als dreihundert Jahren kostbares Nass aus dem Fluss. Behäbig knarrend dreht es sich mit Strom und Lauf der Zeit, gießt Wasser, in dem wohl auch mal Lachse schwimmen, in einen hölzernen Behälter und verteilt es durch unterirdische Rohre in die Stadt. -Publica Commoda Ducit - hat man kürzlich am Gehäuse anbringen lassen, es bringt öffentlichen Vorteil. Die Öffentlichkeit, das sind hier ungefähr 200 Haushalte, wo abends die Kandelaber angehen und das Personal erlesenes Tafelsilber putzt, bevor die Gäste kommen. Die Ärmsten der Stadt, die in den Gottesbuden hausen, feuchte Keller, düstere Gänge oder Hütten aus brüchigem Holz, gehören nicht dazu.

Johann Timm wohnt dort, wo die Straßen enger, wo die Häuser kleiner werden. Er ist Schneidermeister, hat sich emporgenäht. Fleiß und Sparsamkeit haben ermöglicht, dass er nun endlich dreitausend Reichstaler zusammenzählen kann, ein kleines Vermögen. Wer dieses vorweisen kann, erhält das Bürgerrecht, darf den Bürgereid schwören, gehört nicht mehr zur Unterschicht.

Vor über zehn Jahren hatte Johann Timm, damals hieß er Johannes Demme, seinem Heimatdorf in Hessen den Rücken gekehrt. Er wollte nicht in den Soldatenrock gepresst und nach Amerika verschifft werden. Sein Landesvater, Friedrich II von Hessen-Kassel, verhökerte seine Untertanen an die englische Krone, die Soldaten brauchte, um wider die aufständischen Amerikaner zu kämpfen. Eigentlich ist Ihro herzogliche Gnaden bekannt als Förderer der schönen Künste. Er huldigt bisweilen auch den neuen Ideen der Aufklärung, aber das Hofleben in der Residenz ist teuer. Die Festbankette, die Jagdpartien und Maskeraden, Feuerwerke, Tanz und kostspielige Mätressen verschlingen gewaltige Summen, reißen bodenlose Löcher in die Staatskasse, die immer wieder gestopft werden müssen. Und da man dem Volk keine neuen Abgaben auferlegen kann, es stöhnt ja sowieso schon unentwegt unter den alten, ist man dazu übergegangen, dessen Söhne zu verkaufen, ein einträgliches Geschäft, das ohne großes Zutun funktioniert, da sich die Ware ja von allein vermehrt. Der Verkauf von 12 000 Hessensöhnen bringt jährlich 450 000 Taler ein. Das zahlt sich aus.

Johann Demme machte sich auf den Weg, noch bevor die Werber des Landgrafen in sein Dorf kamen. Er hatte schon gehört, dass diese nicht nur warben. Wer den Soldatenrock nicht freiwillig anziehen wollte, wurde zum Dienst gepresst. Seine Flucht aus dem Heimatdorf war lang und mühevoll. Er zählte weder die Tage, noch die Wochen oder gar Monate. Er wanderte in Richtung Norden, meist nachts, wenn nur der Mond den Weg ihm wies und er gewiss sein konnte, dass ihm kein Häscher über den Weg lief. Es war ja eine wahre Treibjagd auf alle waffentauglichen Männer im Gange. Tagsüber wartete er reglos hinter Büschen und Sträuchern auf die nächste Nacht, die ihn umfing und schützte, still und verschwiegen. Nur wenn ihm das Brot ausging, verdingte er sich als Wanderschneider auf abgelegenen Bauernhöfen, richtete sich in der Scheune ein oder in der Küche und nähte mit flinker Nadel für Wasser, Brot, ein Stück Speck und zuweilen einen Humpen Bier.

Als die wuchtigen Mauern der Hansestadt Bremen ihn endlich umfingen, hatte er seinen wahren Namen fast schon vergessen. Er nannte sich nun Timm, heiratete eine unbescholtene Bürgerin der Stadt, eine Wollnäherin, und die sanften Gebirge, die dichten Wälder seiner hessischen Heimat waren bald vergessen.

Als Timms Frau im März dieses Jahres 1785 niederkommt, klatscht Regen gegen die trüben Fensterscheiben. Der Frühling hatte sich gerade zaghaft angekündigt. Im Hinterhof des kleinen Häuschens am Jacobikirchhof, zwischen Gerümpel, Steinen und alten Fässern schon das erste Grün. Eine Ranke umschlingt die brüchige Mauer, zu deren Füßen Timms Frau in mühevoller Pflege und nicht enden wollender Zuversicht ein Kräuterbeet angelegt hat. Wilder Wermut, Fingerkraut und Pfefferminz für die Hausapotheke. Und für die Küche Estragon, Petersilie, Kressekraut und den genügsamen Bärlauch, der noch vor den ersten Schneeglöckchen aus dem Boden sprießt.

Zur Geburt der Kinder, die Hebamme hatte schon angekündigt, dass es zwei werden würden, werden vier Eier gekocht, fast fünfzehn Minuten lang. Das nun kalkhaltige Wasser trinkt Frau Timm in kleinen Schlückchen. Die Hebamme hatte einige Tröpfchen Tollkirschensaft hineingeträufelt, das soll die Verkrampfung lösen und den Wehenschmerz mildern. Die Wehen kommen jetzt regelmäßig, in immer kürzeren Abständen, und trotz Tollkirschensaft und der aufmunternden Worte der Hebamme ist der Schmerz unerträglich. In den kurzen Pausen, in denen Frau Timm aufatmen kann, weiß sie schon, dass er gleich wiederkommen würde, unerbittlich, immer heftiger, kaum auszuhalten.

Draußen regnet es in Strömen. Die Haustür wird geöffnet und schlägt krachend wieder zu. Das Leben geht weiter. Timm hatte sich auf ein Kind eingestellt und nicht auf zwei zur gleichen Zeit. Die Kinder, ein Junge und ein Mädchen, werden gewaschen, gewickelt und zu zwei Bündeln fest verschnürt. Sie sollen gerade heranwachsen, mit festem Rückrat.

Nach einer Stunde steht die Mutter wieder auf und geht in die Küche, schwankt, hält sich an der Tischkante fest und sinkt erschöpft auf einen Stuhl. Die plattierten Zierteller im Büffet, verschiedene Gläser für Bier und Wein, im Keller genügend Korn und Kartoffeln. Von Wohlstand war nicht die Rede, aber man hatte sein Auskommen. Wie würde das nun werden mit zwei Kindern? Frau Timm geht zurück in die Schlafstube und betrachtet die beiden Bündel. Als das Mädchen kam, hatte sie sich gefreut, es würde ihr später zur Hand gehen, als dann kurz danach der Junge ihren Leib verließ … nun ja, er würde eben dem Vater helfen. Timm hatte sich sowieso einen Sohn gewünscht.

Die Kinder verziehen ihre kleinen Gesichter, sie schmatzen und blinzeln. Ich muss sie anlegen, für zwei reicht es aber nicht. Timm muss eine Amme besorgen.

Draußen ist es dunkel geworden und der Regen klatscht immer noch gegen die Fenster. Irgendwo rumpelt eine Kutsche vorbei. In den großen Häusern gehen die Kandelaber an, werden die Speisen aufgetragen. Frau Timm trinkt einen Schluck Wasser. Dann nimmt sie den Jungen und gibt ihm die Brust.

Wenig später kommt Timm mit der Amme, eine ungestüme, hitzige Frau, die das Mädchen anlegt. Über die Amme ist ein Zeugnis vorhanden, „dass sie sehr heftiger Gemütsart gewesen sei und schon einmal im Zuchthaus gesessen habe." Gesche behauptet später, dass diese Amme ihr mit ihrer Milch das Böse eingegeben hat.

Ins Taufregister, das seit einiger Zeit im ehrwürdigen Rathaus geführt wird, werden Johann Christof und Gesine Margarete Timm eingetragen.

Cockermouth 1785

Der deutsch - britische Musiker und Astronom Wilhelm Herschel entdeckt einen neuen Planeten, neue Galaxien, Sternhaufen und kosmische Nebel.

Zwei Flüsse durchkreuzen die kleine Stadt, Lebensadern, Verkehrs- und Handelswege. Unermüdlich treiben sie die an ihren Ufern errichteten Wassermühlen an. Drei Kirchen kann Cockermouth aufweisen, außerdem eine Schule und ein Armenhaus, in dem bedürftige Witwen unter der Knute des Reverends ein trostloses Dasein fristen.

Das Land um Cockermouth zieht sich in sanften Wellen dahin, umgeben von Hügeln, durchbrochen von Sumpfland, an dessen trügerischen Rändern Torfmoos und Besenheide wuchern. Schafherden durchqueren die Weiden, auf denen sich unzählige, mühsam errichtete Mauern aus Trockenstein schlängeln. Die Bauern, die auf ihren winzigen Parzellen Hafer, Roggen und Gemüse anbauen, sind ihrem Gutsherrn verpflichtet. Bevor sie ihre eigene Erde bearbeiten, müssen sie für ihn Torf stechen, seine Felder bestellen und im Herbst sein Getreide einfahren. Es ist ein armseliges Leben und so hat manch ein Landmann Egge und Pflug gegen Webstuhl und Spinnmühle eingetauscht. Ein schlechter Tausch.

Auch die Arbeit in der Wollmanufaktur rechnet sich nicht. Es würde kaum zum Überleben reichen, wenn nicht auch die Frauen und Kinder von Sonnenaufgang bis in den späten Abend hinein Flachs und Wolle spännen.

Eine Meile nordwestlich von Cockermouth, wo sich die beiden Flüsse der Stadt schon vereinigt haben und in die Irische See münden, stehen die Reste einer alten römischen Wachanlage. Hier, in Papcastle, kommt am 19. Juli Maria Graham auf die Welt. Es ist ein ungewöhnlich kühler Sommertag. Es hat viel geregnet in den letzten Tagen, doch nun zerteilt der Wind die Wolken und die Sonne kommt durch. Marias Mutter schaut wie so oft durch das Fenster hinunter auf die Mole, wo die Fischer ihre Holzboote überprüfen. Jeden Abend geht es hinaus auf die Jagd nach Hering und Makrele. Oft bitten die Fischer die junge Frau vor dem Auslaufen auf hohe See um ihren Segen. Marias Mutter ist sehr fromm, eine schmale, zarte Frau, fast zerbrechlich.

Sie ist häufig krank und zieht sich dann zurück in das Reich ihrer Träume, weit weg von dieser rauen, nebelumfangenen Insel, auf die sie ihrem Mann gefolgt ist. Marias Vater dagegen, Lord Dundas, Konteradmiral der Blauen Flagge, steht mit beiden Beinen fest auf den Planken der Schiffe, die er befehligt. Er hat im amerikanischen Unabhängigkeitskrieg gegen die Aufständischen gekämpft. Insgeheim hegte er gewisse Sympathien für die Insurgenten, die sich der Freiheit und der Vernunft verschrieben hatten. Ihr Ruf nach Unabhängigkeit von der englischen Krone klang durchaus verführerisch. Das gekünstelte Leben am Hof war sowieso nichts für ihn, das Leben in der Neuen Welt erschien ihm ungebundener, großzügiger, freier. Dennoch, er segelte für seinen König George und solange er nicht an dessen Hofe dienern muss, ist Lord Dundas zufrieden mit seinem Leben.

1783 war er nach harten Kämpfen aus der Neuen Welt zurückgekehrt. An seiner Seite eine junge, schöne Frau aus Virginia, die er kurz vor der Kapitulation der britischen Streitkräfte geheiratet hatte. Die Ehe ist nicht standesgemäß, Ann Thompson kommt aus einer wohlhabenden Kaufmannsfamilie, die im Tabakhandel ihr Geld gemacht hat, während Marias Vater dem altehrwürdigen schottischen Adelsgeschlecht der Dundas of Dundas entstammt. Doch die Tochter des Tabakhändlers, (der als treuer Royalist nach der Kapitulation der königstreuen Truppen mit seiner Frau ebenfalls nach England ging), war außergewöhnlich schön und hatte eine zauberhafte Stimme, mit der sie wohl auch sein Herz betörte. Hier in Papcastle wird sie „die Nachtigall aus Virginia" genannt.

Als Maria geboren wird, ist ihr Vater auf hoher See. Nach seinem Einsatz gegen die aufständischen Amerikaner befehligt er nun ein Patrouillenboot, das auf der Suche nach Schmugglern die unwegsamen Küsten von Schottland und Irland entlangsegelt. Die Mutter ist viel allein mit der kleinen Tochter. Bei rauer See dauert es oft Wochen oder Monate, bis ihr Mann wieder zu Hause ist. Dann versucht sie ihrem kleinen Garten etwas abzugewinnen. Mit Hilfe der Köchin hat sie Gemüse, Kräuter und Blumen angepflanzt. Oft denkt sie mit Wehmut an die unbegrenzte Weite ihres Heimatlandes, wo sich die Felder bis zum Horizont hinziehen, wo selbst die Häuser in den Städten von Bäumen und Büschen oder Gärten umgeben sind. Ihre Eltern sieht sie nicht mehr.

Und wenn sich bei Unwetter das Meer gewaltig aufbäumt und der Wind die Wogen bis an das Fundament des Hauses peitscht, versenkt sich die junge Frau aus Sorge um ihren Mann in die Bibel.

Die Geschichten der Evangelien, Psalmen und Gebete sind die ersten literarischen Zeugnisse, mit denen Maria in Berührung kommt.

Valparaíso 1785

Vor Perücke und Seidenfrack waren die Ströme, Ströme arterienhaft, waren die Kordilleren, auf deren kahler Welle der Kondor und der Schnee unbeweglich schienen: war die Feuchte und das Dickicht, der noch namenlose Donner, die Planetensteppen. (Pablo Neruda)

Aliamapa oder Alimapu, verbrannte Erde, nannten die Chango-Indianer ihr Land, ein böses Omen, denn keine andere Stadt in diesem südlichen Teil der Neuen Welt ist so oft von verheerenden Bränden heimgesucht worden wie diese, die hier in der Bucht von Quintil langsam entsteht.

Wie ein dünner Streifen zieht sich das Land zwischen Bergen und Meer dahin, an manchen Stellen so schmal, dass kaum ein Weg sich zwischen den Wellen des tosenden Ozeans und dem Fuß der Berge hindurchschlängeln kann. Wo es breiter wird, wachsen wilde Mandelbäume, Quillay und der aromatische Culén, dessen gekochte Blätter wahre Wunder wirken. Sie senken Fieber, heilen Wunden, regen den Appetit an und vertreiben böse Geister. Die Indianer nehmen in Ehrfurcht an, was die Erde ihnen bietet: Samen für ihr Mehl, das Blatt der Königspalme für die Dächer ihrer Hütten, Kürbis, Mais und die Kartoffel, die nach zweihundert Jahren Spott und Missachtung inzwischen auch in den Küchen Europas Einzug gehalten hat. Die Pacha Mama, die Mutter Erde, ist heilig. Sie bestimmt den Lauf der Flüsse, den Wechsel zwischen Tag und Nacht und die Bahn der Vögel, die sich aufschwingen, um zwischen Ozean und schneegekrönter Kordillere hin und her zu gleiten, als wollten sie ein Netz spinnen. Der erste Schluck Wasser, der erste Bissen einer Mahlzeit werden ihr dargebracht. Zwischen Felsen und Gesteinsbrocken, die weit ins Meer hineinragen, haben sich kleine Seen gebildet. Hier ist das Wasser sanft und glasklar, hier sammeln die Menschen von Aliamapa Seeigel, Muscheln und andere Meeresfrüchte, denen eine aphrodisische Wirkung nachgesagt wird.

Und wenn die Wellen sich beruhigt haben, wenn der Ozean funkelt und glänzt im Sonnenlicht, fahren sie hinaus in ihren Booten aus Seelöwenhaut und machen Jagd auf Meeraal und Goldbrassen.

Die Chango-Indianer haben die harten Winter ausgehalten, wenn der Regen unaufhörlich hernieder prasselt und das Meer in eine wütende, graue Masse verwandelt. Sie haben den Winden getrotzt, die in die Bucht fegen und die Wellen über das Ufer peitschen. Sie haben Erdbeben überstanden, Seebeben und Hungersnöte, den spanischen Konquistadoren aber, den Engländern und all den anderen Glück und Reichtum Suchenden aus der Alten Welt konnten sie sich nicht widersetzen.

Wie eine mächtige, ungebändigte, alles verschlingende Woge überfielen die uniformierten und seidenbefrackten Eroberer das Land, rammten ihr christliches Kreuz in die Erde und nahmen es in Besitz.

Und mit den ersten Europäern kam die Axt in die Bucht von Alimapu. Unerbittlich wurden nun die Bäume geschlagen. Wo einstmals Wälder standen, wo die immergrünen Peumos und Maitenes wuchsen, zieht sich Gestrüpp oder nackte Erde die Hügel hoch. Es entstehen armselige Hütten, Ställe und schwankende Stege über den Bächen, die im Winter, wenn es häufig regnet, zu reißenden Wasserläufen anschwellen.

Eine Kirche wird gebaut – und zwar als erstes – eine wuchtige Festungsanlage zum Schutz gegen Piraten, ja, sogar eine Schule, in der die harte Hand der Priester regiert. Zweihundertfünfzig Jahre nachdem der spanische Eroberer Juan de Saavedra das Tal in Angedenken an seinen Geburtsort Valparaíso – paradiesisches Tal – taufte, hat der Ort etwas über 2000 Einwohner. Sie bauen Mais an, pflanzen Obstbäume und versammeln sich einmal im Monat unten am Hafen und warten auf das Schiff aus Callao, das ihnen nicht nur die ersehnten Nachrichten aus der Heimat bringt, sondern auch Waren, die es hier in dieser gottverlassenen Gegend nicht gibt: feine Tuche aus England, Waffen und Messer aus Toledo, Nägel, Zucker, Reis und für die wenigen, die des Lesens kundig sind, Bücher und Zeitungen.

Inzwischen ist auch ein bescheidenes Kloster errichtet worden, und – da die Piraten mit dem Anwachsen der Siedlung noch dreister die Meere durchpflügen – zwei weitere Festungsanlagen.

Die martialischen Schanzwerke tragen heilige Namen: San José, San Antonio, La Concepción – Heiliger Josef, Heiliger Antonius, Die unbefleckte Empfängnis –.

Klerus und Kanonen haben in dieser armseligen Siedlung das Sagen. Die Besitztümer der Kirche greifen weit ins Land hinein und jedes Schiff, das den Hafen anläuft oder verlässt, hat einen Altar und mindestens einen Geistlichen an Bord.

Bremen 1793

... das Böse kennen ist des Bösen Anfang schon.
(Friedrich Rückert)

Unten an der Schlachte ein geschäftiges Treiben, rastlos und rege. Kisten und Kästen werden auf die Schiffe verladen, Fässer und Tonnen über Stege gerollt. Waren werden inspiziert, gewogen, bewertet, gekauft und wieder veräußert. Bis hierher gehen Ebbe und Flut. Die Luft riecht nach Salz und Teer. In den Speichern und Magazinen lagern Handelsgüter aus der ganzen Welt. Häute, Kaffee und Tabak aus Südamerika. Zucker und Kakao von den Indischen Inseln, Gewürze, Kork und Hanf. Flussaufwärts ziehen die Güter bis hin zum Wesergebirge. Flussabwärts kommen Holz und Eisenwaren, Salz, Flachs und Steine aus dem Solling, der sich dicht bewaldet zwischen Weser und Leine erstreckt. Die Waren kommen und gehen. Und wenn sich Taler und Groschen vermehren in dieser Stadt, hat das alles seinen Sinn.

Als Gesche und ihr Bruder drei Jahre alt sind, erwirbt der Vater ein Wohnhaus in der Pelzerstraße. Hier sind die Häuser solide, die Straße ist gepflastert und nachts beleuchtet. Nicht weit entfernt, in der Katharinenstraße, wohnen Professoren und Doktoren, Handelsherren und ein Buchhändler. Und im Palatium, dem

Dom gegenüber, residiert sogar der Vertreter des Kurfürstentums Hannover, Adolf Freiherr von Knigge. Man befindet sich hier also schon in ganz guter Gesellschaft.

Selten sitzen die Timms abends oder am Sonntagnachmittag wie die Nachbarn auf ihren Beischlägen, steinerne Bänke vor den schmalen Häuschen, die spitzgiebelig nach oben ragen, denn Müßiggang ist aller Laster Anfang. Der Vater singt bei Tagesanbruch sein frommes Morgenlied und dann nähen die Timms mit flinker Nadel den ganzen Tag, verschließen abends um neun die Haustür und gehen sonntags in die Kirche, er in die reformierte, sie in den lutherischen Dom.

Damit sich auch Gesche und Johann von klein auf an Regelmäßigkeit, Fleiß und Ordnung gewöhnen, werden sie schon mit vier Jahren in die Kinderschule zur Jungfer Pothas geschickt. Hier lernen sie in der düster getäfelten Diele eines kleinen Hauses an der Domsheide mit fünfzehn anderen Kindern zunächst einmal stillsitzen. Es werden biblische Geschichten vorgelesen, Buchstaben nachgemalt, erste einfache Wörter geschrieben. Und wenn Jungfer Pothas den Jungen eine Hand voll Bohnen auf den Tisch legt um ihnen damit die erste Einführung in das Rechnen zu geben, bekommen die Mädchen Garn und Stricknadeln vorgelegt. Gesche möchte das Gleiche lernen wie die Jungen. Ungeschickt schiebt der Bruder drei Bohnen zur Seite, fügt fünf hinzu, zählt aus, nimmt vier wieder weg und zählt wieder aus. Während Gesche dabei zusieht und Masche für Masche aufnimmt, addiert und subtrahiert sie im Kopf und hat die Lösung schon gefunden.

Am Anfang bringt die Mutter die beiden Kinder zur Schule, doch schon bald müssen sie den Weg allein gehen, durch die Sögestraße, an der Liebfrauenkirche vorbei über den Marktplatz, wo sich Fässer mit Heringen, Stockfisch und gesäuertem Kraut aneinanderreihen, neben Körben voller Gemüse, Früchten und Beeren. Auf blank gescheuerten Holzplanken liegen Fische: Kabeljau, Schellfisch, Schollen und Stinte, auch Neunaugen und Lachse, vor allen Dingen Lachse, glänzend und glitschig. An einem kleinen Stand gleich neben dem Roland duftet es nach Nelken, Zimt und Kardamom. Und neben den Gewürzen liegen kandierte Fruchtschalen, Nüsse, Feigen und feine Schokolade in zierlichen, mit Papier ausgelegten Kästchen. Doch das sind unerreichbare Kostbarkeiten, die die Timms ihren Kindern beileibe nicht kaufen würden. Für überflüssiges Naschwerk wird kein einziger Groschen verschwendet.

Einmal präsentierte ein fremdländisch aussehender Mann ausgestopfte Vögel aus fernen Ländern. Sie strahlten in den verschiedensten Farben und Gesche spürte, dass es außerhalb der wuchtigen Stadtmauer, die abends um acht ihre Tore verschließt, noch etwas anderes gab.

In Frankreich hat das Volk den Thron gestürzt und seinen König geköpft, doch die Weser zieht unverändert grau und gemächlich durch die Stadt, die sich durch nichts erschüttern lässt. Kleine Lastschiffe fahren im Frühjahr flussabwärts bis hin ans Meer und verankern Baken oder Seetonnen, links schwarze, rechts weiße, je näher das Meer, je größer die Tonne. Am Ufer ziehen sich Felder und Wiesen entlang und Trauerweiden neigen sich im Wind. So offen das Meer, von dem dieser Fluss seine Güter aus aller Welt empfängt, so eng die Stadt, die von ihm lebt, umgeben von Mooren und Marschenland.

Im späten Frühling blüht die Marsch kurz auf und Wiesen und Weiden stehen in voller Blüte. Danach liegt sie wieder da in eintönig dunklem Grün.

Gesche wird das Meer nie sehen, nur die Schiffe, die an der Schlachte vorbeiziehen und in der Ferne verschwinden.

Ihre Eltern nähen von morgens bis abends, säumen, bügeln, setzen Knöpfe und drehen jeden Groschen dreimal um, bevor er ausgegeben wird.

Mit sieben Jahren kommen Gesche und ihr Bruder in die Kirchspielschule zu Herrn Schweers. Hier wird aus biblischer Geschichte Religion und sie lernen nun richtig Lesen und Schreiben. Die anderen Mädchen in der Schule bekommen von ihren Müttern oftmals ein paar Groschen mit, von denen sie sich kleine Leckereien kaufen können, Bonbons, ein Stück Zuckerbrot oder kandierte Nüsse. Gesches weiß, dass ihre Eltern ihr für so etwas nicht einen einzigen Groschen geben würden. Es hätte nicht einmal Sinn gehabt sie zu fragen. Sie würden ganz sicher nein sagen und Gesche mag keine Auseinandersetzungen, lieber anders auf Abhilfe sinnen.

Als die Mutter das Kind nun wieder einmal zum Brotkaufen schickt, bietet sich die Lösung des Problems wie von allein in der Bäckerstube an, wo duftendes Weißbrot, Bremer Zwiebäcke und Hefestückchen mit Zimt verführerisch in den Regalen liegen. Gesche kauft ein Weißbrot, so wie es ihr die Mutter aufgetragen hat und zehn Zwiebäcke, wie immer, nur dass sie heute etwas kleinere Zwiebäcke fordert und von daher ein paar Groschen von dem abgezählten Geld einbehalten kann. Schnell verschwindet der Schatz in ihrer Schürze und zu Hause zwischen Strümpfen, Leibchen und Hemden in der Kommode. Es war ganz einfach. Gesche behält nun regelmäßig beim Einkaufen einzelne Groschen für sich zurück und steht den anderen Mädchen in der Schule nun endlich in nichts mehr nach. Welch ein Gefühl, sich nun auch mal Naschwerk kaufen zu können und auch andere Dinge, die vielleicht überflüssig sind, aber schön. Für die Eltern ist alles, was nicht lebenswichtig ist, nur Tand und Firlefanz.

Gesche fängt nun an, der Mutter kleine Mengen Geldes aus der Haushaltskasse zu stehlen. Auch das fällt zunächst nicht auf. Als die Mengen aber größer werden, wird die Mutter stutzig, Der Verdacht fällt auf den verschlossenen Bruder. Als die Eltern den Jungen zur Rede stellen, steht Gesche ungerührt daneben und sieht zu, wie der Bruder verzweifelt bemüht ist, seine Unschuld zu beteuern.

Einzelne Groschen sind nun nicht mehr genug und dieses verlockende Gefühl, die Genugtuung, die Gesche empfindet, wenn sie erkennt, dass der Diebstahl wieder einmal unentdeckt blieb, treiben sie noch weiter an.

Der Mamsell Stubing, die bei den Timms zur Untermiete wohnt, stiehlt sie einen ganzen Taler, was nun weder übersehen noch übergangen noch einfach abgetan werden kann. Das ganze Haus wird durchsucht, jede Schublade, jeder Winkel durchstöbert, jede Möglichkeit in Erwägung gezogen. Sogar die Bibel, außer einigen Erbauungsschriften das einzige Buch im Haus, wird aus dem Schrank genommen und durchgeblättert. Sich sicher wähnend beteiligt sich Gesche sogar an der Suche und als die Mutter sie lange und fest ansieht, gibt sie den Blick gleichmütig zurück.

Nun hat die Mutter aber ihre Tochter schon länger in Verdacht und beschließt die Wahrheit herauszufinden. In der Neustadt gibt es eine weise Frau, eine Kristallkuckerin, die hat schon manches Verborgene in ihrem Spiegel erschaut, sogar die Zukunft, die würde sie um Rat bitten.

Endlos lang die Stunden, nachdem die Mutter aus dem Haus gegangen ist. Vorbei die Gelassenheit, die Gewissheit, dass man ihr Tun nie aufdecken würde. Gesche schwitzt, ihr Herz rast, was ist das für eine Frau, die ihre Mutter aufsuchen will? Wie kann sie in einem Spiegel die Wahrheit sehen?

Der Vater sitzt wie immer an seiner Näharbeit und sagt keinen Ton. Johan ist draußen. Das Schweigen lastet schwer auf dem Kind. Es ist, als wäre die Zeit stehen geblieben, als wäre der ohnehin wortkarge Vater völlig verstummt. Gesche klammert sich an den Küchentisch, bis die Mutter zurückkommt. Die Kristallkuckerin hat ihr den Dieb genannt. Sie weiß jetzt, wer es war, will aber keinen Namen nennen. Wie ein Messer dringen die Worte der Mutter in das Kind, das wie erstarrt dasitzt und keine Miene verzieht. Weiß die Mutter, dass sie es war, dass sie ihre Eltern und Mamsell Stubing bestohlen hat?

Die Mutter nimmt ihr Nähzeug zur Hand und sieht über das Kind hinweg. Eine trügerische Ruhe herrscht

im Haus, schnürt die Gefühle ein, verwehrt jedes Wort,
und die Eltern nähen weiter, als sei nichts gewesen.
Es ist aber nichts mehr, wie es war.

1793 Douglas, Isle of Man

Es gab die Zeit, da Wiese, Fluss, des Waldes Saum,
auch wenn es ungewöhnlich nicht,
was ich da konnte schaun,
gekleidet schien mir in ein Himmelslicht,
in Glanz und Frische wie im Traum.
Doch jetzt ist alles anders, als es früher war,
wohin ich mich auch wenden mag,
zur Nacht, am Tag,
die Dinge kann ich nicht mehr sehn,
wie ich sie einmal sah.
(William Wordsworth)

Immer wieder musste Marias Vater auf seiner Jagd nach Schmugglern Douglas anlaufen, windumwehter Hafen der Isle of Man. Nach der erzwungenen Union mit England galt auch in Schottland die Malzsteuer und der begehrte Whisky wurde nun illegal gebrannt und über Douglas nach England geschleust. War die See stürmisch und rau, dauerte es oft Wochen und Monate, bis Marias Vater wieder nach Hause zu seiner Familie kam und die war inzwischen beträchtlich angewachsen.

Als Maria zwei Jahre alt war kam William zur Welt. Ihm folgten, wiederum im Abstand von zwei Jahren, ihre Schwester Agnes und der kleine Ralph. Da die Kinder nicht ganz ohne ihren Vater heranwachsen sollten, kaufte dieser dort ein Haus, wo seine Aufgabe ihn immer wieder hinführte, auf der Isle of Man, in der Nähe von Douglas.

Auch hier wird hinter dem Haus vielerlei Gemüse angepflanzt. Knorrige Apfelbäume bilden die Grenze zu den Wiesen, wo mit Beginn des Frühlings Schafherden zur Sommerweide ziehen. Neben der Eingangspforte breitet ein mächtiger Mispelbaum seine Krone aus. In seinem dichten Laub wohnen gute Geister, erzählt die Köchin. Wenn wir die Mispeln im Herbst ernten, ziehen sie sich in die Wälder zurück, aber im Frühling, wenn der Baum in Blüte steht, kommen sie wieder.

Die Köchin singt alte Balladen und erzählt von den Mythen und Sagen der Kelten, die einstmals dieses raue Land beherrschten. In ihren Geschichten haben die Flüsse, Wälder und Berge der Insel Namen. Sie waren heilig und wurden verehrt wie Lug, der Sonnengott, von dessen Wohlwollen die Ernte des Korns abhing, wie Brigid, die Helle, die Strahlende, Göttin des Feuers und der Inspiration. Ihr zu Ehren stellen die Kinder zu Lichtmess Kerzen in die Fenster, um nach den düsteren Wintertagen die Rückkehr des Lichtes zu feiern. Mit Schaudern lauscht Maria der Geschichte von Wickerman, einer riesigen, menschenähnlichen Figur aus Korbgeflecht, in die Verbrecher, Gefangene oder auch Tiere gesperrt und angezündet wurden. Mit diesem Opfer sollten böse Geister auf ewig vertrieben werden und – betont die Köchin jedes Mal nachdrücklich am Ende ihrer Geschichte – die Verbrecher und Gefangenen war man somit auch leicht los.

Mit sechs Jahren bekommt Maria ein Pony, mit dem sie den Fluss entlang galoppiert, an den alten, verfallenen Festungen vorbei bis hin zur Steilküste, ans Meer, wo sich die Wellen emporschieben und in Schaumkronen zerplatzen. Wie ein einsamer Wächter ragt der Leuchtturm himmelwärts. Zwischen den Dünen kämpfen Stranddisteln mit dem Wind.

Die alten Festungen sind in sich zusammengebrochen, das Gemäuer verwittert. Bäume, Sträucher und der angriffslustige Schlingknöterich haben es erobert. Sie schieben sich zwischen Steine und Mauerreste und wälzen sie beiseite.

Und dennoch, wenn Maria innehält, verwandeln sie sich zurück in das, was sie gewesen sind, und erzählen von den Menschen, die einstmals hier gelebt haben: außer den sagenumwobenen Kelten die Wikinger, die auf ihren kunstvoll geschnitzten Drachenschiffen kamen, norwegische Fürsten in Silberfuchspelzen und das schottische Königshaus.

Wenn der Vater auf See ist, kann sie tief durchatmen und das Salz des Meeres schmecken, sich den Wind ins Gesicht fahren lassen. Dann kann sie barfuß mit den Kindern der Fischer zwischen Salzkübeln und Heringsfässern herumtollen, Muscheln aus den Netzen pflücken und getrockneten Fisch essen. Tage grenzenloser Freiheit und immer das Meer, das unendliche Meer, das Kontinente trennt und auch verbindet, der Horizont, der sich in der Ferne mit der silbrigen See vereinigt, die Boote, die sich immer weiter von der Küste entfernen, bis sie ganz verschwunden sind und vielleicht an irgendeinem geheimnisvollen Ort vor Anker gehen.

Ein jähes Ende hat der Zauber dieser Tage, wenn der Vater von seinem Einsatz auf See nach Hause kommt. Dann muss Maria der Mutter zur Hand gehen, die kleinen Geschwister hüten, Wäsche zusammenlegen, die Äpfel in der Bodenkammer wenden, damit sie nicht faulten, oder zum Trocknen in kleinen Stücken auf lange Bänder fädeln. Und wenn die Mutter abends ihren Stickkasten hervorholt, weiht der Vater das Kind in die Anfänge des Lesens und Schreibens ein. Dann ist ihr der Vater sehr nahe, dann liebt sie ihn dafür, dass er sich Zeit für sie nimmt. Sie weiß auch, dass ihr die Buchstaben und Wörter, die sie schon sehr bald geschickt zu Papier bringt, Türen öffnen werden, Türen und Fenster in eine andere Welt. Den Zauber der Worte erfasst sie schnell. Schon bald versucht sie, mit dem, was sie gelernt hat, Dinge zu beschreiben, die Blumen im Garten, das Heideland, das sich hinter den Apfelbäumen dahinzieht, das Meer, wenn es tost oder ruhig im Sonnenlicht schimmert.

Zuweilen sprechen die Eltern wohl auch über die Geschehnisse auf dem Kontinent. Seit das Volk in Paris die Bastille gestürmt hat, herrscht Unruhe in den Nachbarländern. Die anfängliche Begeisterung darüber, dass die Ideen der aufgeklärten Philosophen nun endlich in die Wirklichkeit umgesetzt wurden, schlug um in blankes Entsetzen, als das Volk seinen König köpfte. Doch Frankreich ist weit weg und dazwischen das Meer. Die gewohnten Dinge erfüllen den Tag und das Rad der Zeit dreht sich weiter.

Eines Abends, als Maria schon im Bett liegt, hört sie einen heftigen Wortwechsel zwischen den Eltern. Die Stimme des Vaters klingt hart und herrisch, die der Mutter kläglich und verzweifelt. Maria kann nicht verstehen, worum es geht. Durch das Fenster ihres Schlafzimmers sieht sie, wie die Wolken am Himmel dahinjagen. Der Mond taucht kurz auf und verbirgt sich wieder. Als der Vater verstummt, hört Maria nur noch das Weinen der Mutter.

Am nächsten Morgen stehen zwei Pferde vor dem Tor, gesattelt und beladen. Es ist kühl und dichter Nebel umhüllt das Haus, den Mispelbaum und die Mutter, die mühsam ihre Tränen zurückhält. Maria weiß immer noch nicht, worum es geht.

Für einen kurzen Ausritt hätte man die Pferde nicht so schwer beladen. Es sieht so aus, als würde es auf eine Reise gehen, aber wohin? Die Mutter nimmt ihr Kind in die Arme, der Vater mahnt zur Eile. Es hat angefangen zu regnen und unerbittlich fegt der Wind den beiden Reitern die Nässe ins Gesicht, zerrt an ihren Kleidern, treibt ihnen die Tränen in die Augen. Mühsam kämpfen sich die Pferde durch zum Hafen, wo Maria und ihr Vater ein Boot betreten. Sturm ist aufgekommen, aber der Vater steht selbst am Steuerrad und manövriert das Boot mit fester Hand durch die aufgewühlte See. Und hier, während die Wogen gegen die Bordwand klatschen und die Segel im Wind knattern, erfährt Maria bruchstückweise, dass es zur Familie ihres Vaters geht, wo sie von nun an leben und eine ihr angemessene Ausbildung erhalten soll.

An Land nehmen sie eine Kutsche und fahren nach Liverpool. Stumm blickt Maria nach draußen, wo die Landschaft an ihr vorbeizieht, strohgedeckte Hütten, vom Sturm zerzauste Bäume, sanft gewellte Wiesen und Felder.

Am späten Nachmittag erreichen sie Liverpool und suchen die Verwandten ihres Vaters auf. Fremde für Maria, Menschen, die sie nie vorher gesehen, von denen der Vater nicht einmal erzählt hat. Nach der Begrüßung schafft der schon betagte Diener eine Truhe herbei mit Kleidern á la matelot und ein paar neuen Schuhen für die Schule. Würde sie von nun an hier leben und zur Schule gehen? Doch der Vater weist den Diener an, ein schnelles Abendessen zu servieren und noch in der gleichen Nacht nehmen sie die Eilpostkutsche nach London.

Erst in einer Posthalterei, wo sie den Wagen wechseln, wird Maria bewusst, was ihr geschieht. Dort wartet die Mutter auf sie, weinend und durchnässt vom Regen und der sprühenden Gischt auf See. Trotz des Sturms war sie ihrer Tochter gefolgt und vorausgeeilt, um sie noch einmal in die Arme zu schließen. Jetzt weiß Maria, dass die unbeschwerten Tage der Kindheit vorbei sind, dass der Abschied von der Mutter und den Geschwistern ein Abschied auf eine unbestimmte, wohl sehr lange Zeit ist.

Während der endlosen Reise nach London sitzt sie weinend auf dem Schoß ihres Vaters. Sie weiß nicht, dass sie ihre Mutter nie wiedersehen wird.

Ann Thompson, die Nachtigall aus Virginia, stirbt wenige Monate nach dem Abschied von ihrer Tochter.

Valparaíso 1793

Kein gefährlicheres Wesen lebt als der Geschäftsmann, der auf seinen Raub ausgeht. (Baron Holbach)

Viertausend Seelen zählt der Ort inzwischen. In den Wintermonaten, wenn der Nordwind den Ozean peitscht und die Wogen wie gewaltige Sturzseen über die Küste hereinbrechen, traut sich kaum ein Schiff in die Bucht von Quintil, die offen und ungeschützt den Unbilden der Stürme ausgesetzt ist. Dann verstummt der Ort und entvölkert sich. Ohne Schiffe keine Waren, ohne Seeleute keine Käufer, die sich nach entbehrungsreichen Wochen und Monaten voller Zwieback und Pökelfleisch gern über frisches Obst und Gemüse aus den Tälern des Aconcagua hermachen. Die Kaufleute und Händler ziehen sich zurück in die Hauptstadt. Die Bauern bleiben fern in ihren Hütten, die sich in die Täler ducken, und versuchen mit dem, was sie im Sommer erwirtschaftet haben, die Monate der Winde und des Regens zu überstehen. Öde und verlassen der Marktplatz, die Wege und kleinen Gassen, die Lagerschuppen und Speicher, von denen es inzwischen mehr gibt als Wohnhäuser. Und die Kamanchaca, der Küstennebel, hüllt alles in graue Trübsal. Valparaíso versinkt im Winterschlaf. Doch im Sommer, wenn der Stille Ozean seinem Namen wieder Ehre macht und im

Sonnenlicht glitzert, liegen die Segelschiffe Mast an Mast in der Bucht: wendige Brigantinen, spanische Karavellen und stolze Dreimastbarken, die all die anderen Schiffe weit überragen. Dann ist das Treiben in den Straßen so rastlos und rege, als müssten all die zur Untätigkeit verdammten Wintermonate wieder aufgeholt werden. Dann wird gehandelt und gefeilscht, geschachert und verhökert. Straßenhändler rufen lautstark ihre Waren aus: frisches, in weiße Tücher gehülltes Brot, Maiskolben, Gurken und goldgelbe Melonen. Die Wasserträger mit ihren hohen, schwarzen Hüten ziehen von morgens bis abends umher und verkaufen Wasser aus Tonkrügen, die schwer an den Flanken ihrer Maultiere lasten. In den weiß getünchten Lagerschuppen aus Holz und Lehmziegeln stapeln sich Säcke mit Weizen, Nüssen und getrockneten Früchten. Neben dem kürzlich errichteten Zollamt, in einem bewachten Speicher, lagern wahre Kostbarkeiten: Wein aus dem Tal von Casablanca, Säckchen mit Kreuzkümmel, gebündelte Fieberrinde aus den Urwäldern der Anden und die erlesene Wolle des Vicuña.

Was einst den Inkaherrschern vorbehalten war, kleidet nun auch den Adel Europas. Sogar der reiche Bürger in den deutschen Hansestädten trägt sein Staatskleid aus Vigogne, wie hier die edle Wolle heißt.

In manchen Magazinen hängt ein leichter Duft nach Vanille und Zimt. Hier ruht in fest verschlossenen Tiegeln das neu entdeckte Balsamum Peruvianum, Perubalsam, ein Wundermittel gegen fast alle Leiden, welches ebenfalls seinen Eroberungszug in die alte Welt angetreten hat. Das ferne, gierige Europa bedient sich der Schätze der Neuen Welt, als sei sie ein unerschöpfliches Füllhorn. Und alle Güter, die das Vizekönigreich Peru nach Europa schickt, passieren Valparaíso. Die vormals armselige Ansammlung von Kirchen und einfachen Behausungen gewinnt an Bedeutung. Bisher nur Hafen der fernen Hauptstadt Santiago, wird Valparaíso nun endlich eine Stadt mit eigener Verwaltung, Wappen und wehender Standarte.

Um dieses Ereignis entsprechend zu begehen, läuten die Glocken der sieben Kirchen einmal nicht nur zu Messe, Prozession oder Lobgesang, sondern zum Feiern. Von überall her kommen die Gäste, aus den Tälern, von den Bergen, aus Quillota, Limache und Casablanca, ja sogar aus der Hauptstadt. Sie kommen zu Fuß, zu Pferd, auf Eseln, in Karossen oder klapperigen Karren. Es wird gegeigt und getrommelt, getanzt und getrunken. In einem der zahlreichen Lagerschuppen tritt eine Schauspieltruppe auf. Die Zuschauer sitzen auf Säcken und Ballen und verfolgen gespannt, wie zehn freigelassene Sklaven als Türken verkleidet nach den Klängen einer Violine tanzen. Gaukler und Wahrsagerinnen treiben ihr Unwesen. Die Mädchen, die hinter dem Zollamt in einem unscheinbaren Haus ihre Liebe verkaufen, ziehen den Seeleuten den Sold aus der Tasche. Es wird gefeiert, als wäre es nicht nur das erste, sondern auch das letzte Mal. Drei Tage voller Trubel, Lärm und Trinkgelagen. Danach herrscht wieder Ruhe und Ordnung in der Stadt. Die Männer gehen ihren Geschäften nach und die Frauen versorgen Haus und Garten und beten bei jedem Glockenläuten drei Vaterunser.

1792 lässt sich der erste Arzt in Valparaíso nieder. Herr William Graham aus London kommt auf einem der vielen Walfangschiffe, die an der schroffen Küste Chiles entlangsegeln. Bisher waren Priester, Heiler und weise Frauen für die Gesundheit der Bevölkerung zuständig. Sie legten die Hand auf, verabreichten Kräutersude und Salben, sie richteten gebrochene Knochen und setzten Klistiere. Manch einer vertraut im Krankheitsfall auch dem duftenden Boldo, dessen Blätter eine wohltuende Wirkung auf verschiedene Beschwerden ausüben, oder auch dem geheimnisvollen Zimtbaum, dem Canelo, der auf rätselhafte Weise fast alles heilt. Nun aber wird ein akademisch ausgebildeter Arzt allen Quacksalbern endlich das Handwerk legen. Der Gouverneur der Stadt, ein Priester und fünfzehn einflussreiche Bürger unterschreiben seinen Vertrag und gewährleisten ihm ein hübsches Sümmchen als jährliches Einkommen.

Eine neue öffentliche Schule entsteht, ein Platz für Hahnenkämpfe, ja, sogar eine Stierkampfarena, deren wildes Schauspiel allmonatlich so viele Zuschauer anlockt, wie die Stadt Einwohner hat. Mit den glanzvollen Corridas in Spanien allerdings, wo sich der Torero prunkvoll gekleidet einem wütenden Stier heldenhaft entgegenstellt, hat dieses Spektakel wenig zu tun. Müde vom langen Weg in die Stadt trottet der Stier in die Arena und lässt sich nicht reizen. Die Stierkämpfer, meist junge Männer, die vor allem ihre Fähigkeiten als Reiter auf dem Rücken des armen Tieres ausprobieren wollen, bohren Spieße in seine Haut, verfluchen ihn, lassen rote Tücher vor seiner Nase tanzen, aber das Tier bleibt starr und störrisch und will nicht kämpfen.

Schließlich wird es malträtiert aber lebendig aus der Arena gejagt.

Don Ambrosio O'Higgins, inzwischen Gouverneur von Chile und Vater von Bernardo, der das Land Jahre später in die Unabhängigkeit führt, ordnet den Bau einer Hafenmole an. Aber es bleibt bei der Anordnung, aus Worten werden eben nicht immer Taten. Und so müssen Waren und Passagiere das letzte Stück von den Schiffen ans Land nach wie vor auf kleinen Lastkähnen oder klotzigen Flößen, meist aber auf den Schultern der Chango-Indianer transportiert werden. Manchmal reicht den Trägern der eisige Ozean bis an die Brust. Die schweren Lasten und das kalte Wasser nagen an ihren Knochen und der Mühe karger Lohn ist lächerlich. Lange können sie diese Arbeit nicht verrichten. In dem Maße, wie sich die Bevölkerung der Stadt verdoppelt, gehen die Changos zugrunde. Sie sterben an Auszehrung und Rheuma, den Nacken gebeugt und ergeben in ihr Schicksal, das so unverhofft über sie hereingebrochen ist. Dieses friedliche, sanftmütige Volk, das keine Kriege kannte, dass seine Toten ehrt und im Einklang mit dem lebt, was Meer und Wälder hergeben, verlischt wie ein Hauch.

Mit den Waren, die Europa nach Valparaiso schickt, feines Schuhwerk, Leinen aus England, knisternde Seide aus Lyon und andere Luxusgüter mehr, sickern trotz strikter Kontrolle der Kirche auch die rebellischen Ideen der Aufklärerei in die Stadt. Ketzerische Schriftwerke gegen das heilige Dogma sind in Umlauf, zwar nur in wenigen Händen, aber diese wenigen sind in den Augen der geistlichen Würdenträger schon viel zu viele. Hinzu kommt überdies, dass auch Sitte und Moral dem Niedergang anheimgefallen sind. Die Seeleute vergnügen sich mit schwarzäugigen Mädchen, die in Scharen von den Bergen kommen, wenn ein Schiff in der Bucht vor Anker geht, und in den Schenken fließen Chicha und Schnaps in nicht enden wollenden Strömen. Das Lärmen der Betrunkenen übertönt das ewige Gebimmel der Kirchenglocken, die verzweifelt versuchen, dem zügellosen Treiben auf dem Markt und in den Schänken Einhalt zu gebieten. Mitunter greift die Wache ein und schickt die Seeleute zurück auf ihre Schiffe und schließt den Ort der Vergnügungen, doch die Ruhe ist nur von kurzer Dauer. Kommt der Lärm an einer Stelle zum Erliegen, braust er rasch an anderer wieder auf.

Neben den Kaufleuten, den Gesandten des Mutterlandes und Abgeordneten großer Handelshäuser tummelt sich auch allerlei Gesindel in der Hafenstadt, Kriminelle, Spieler, Abenteurer, Fahnenflüchtige und andere Habenichtse und Nichtsnutze, alle auf der Suche nach Glück, Erfolg und ein wenig Lust in diesem Tal des Paradieses – Valle del Paraíso – Valparaíso. All dem musste endlich Einhalt geboten werden.

Und an einem strahlenden Tag im Januar, der ewige Wind hat sich gerade gelegt, wird mit allem Prunk und Pomp Juan Santos Gonzáles de Hontaneda zum ersten und einzigen Minister des heiligen Offiziums in Valparaíso ernannt, auf dass er gegen alle Ketzer vorgehe und dem sittenlosen Treiben endlich ein Ende bereite. Ausgestattet mit allen Ehren und Privilegien, die einem Mann seines Amtes und Ranges zustehen, glänzt der

Inquisitor in seinem Ornat und hat nichts zu tun. Unsinniges Unterfangen in diesem gottverlassenen Winkel der Welt Gottes Wort rein zu erhalten und den Ketzern den rechten Weg zu weisen. Sie kommen und gehen auf ihren Schiffen, fluchen, huren und trinken, Engländer, Holländer, Deutsche und die ersten Nordamerikaner auf der Jagd nach Walen und Seehunden. Alles Falschgläubige, Sünder, aufrührerische Elemente, die es wert sind im Schandhemd und mit Ketzerhut zum Scheiterhaufen geführt zu werden. Aber es sind ihrer zu viele, sie sind in der Überzahl. Hier wird es kein prunkvolles Autodafé geben mit Prozessionen, Glockengeläut und Feuertod. Don Hontaneda schweigt und betrachtet sein prächtiges Schwert, das er immer und zu jeder Zeit tragen darf, und wartet darauf, dass die Zeit vergeht, dass er zurückgerufen wird ins Mutterland, wo noch anständige Ketzerverbrennungen zelebriert werden.

Bremen 1804

Gelehrt werden? Davor behüte ... Gott! Eine mäßige Lektüre kleidet dem Frauenzimmer, aber keine Gelehrsamkeit. Ein Mädchen, dass sich die Augen rot gelesen, verdient ausgelacht zu werden. (Moses Mendelssohn)

Mit zwölf Jahren wird Gesche aus der Schule genommen. Sie hätte gern weitergelernt, am Gymnasium Illustre zum Beispiel, aber sie ist nun alt genug, den Eltern zur Hand zu gehen, die Stelle der abgeschafften Dienstmagd zu ersetzen. Sie hilft dem Vater beim Nähen oder der Mutter im Haushalt. An drei Tagen die Woche geht sie zum Wollnähen für Geld aus, in andere Häuser, wo Kaleschen oder Equipagen vor dem Tor stehen, wo Licht in die getäfelten Zimmer fällt und die Kinder nicht in den alten umgearbeiteten Kleidern ihrer Eltern herumlaufen. Hier gähnt nicht Sparsamkeit aus den Winkeln der Stuben, sondern behäbiger Wohlstand. In der Diele hängen Bilder der Ahnen an den Wänden, Männer in feierlich schwarzer Amtstracht mit Klinkenböfchen und weiß gepuderter Allongeperücke oder hoheitsvolle Damen im eng geschnürten Mieder, die grazil aus dem Reifrock herauszuwachsen scheinen, Wunderwerke aus Seide, Taft und Damast mit Rüschen und Zierbändern versehen. Die

Töchter sitzen an ihren Nähtischchen, sie trinken Tee und fertigen feine Stickereien an, während Gesche, abgesehen von der Wollnäherei, nur noch grobe Kettenstiche setzen kann. Ihre Augen werden immer schwächer mit der Zeit. Trotzdem geht sie jedes Vierteljahr mit dem Vater die Haushaltsbücher durch. Denn Lesen und Rechnen, das liegt ihr. Dann wird genauestens aufgeschrieben, was der Vater verdient hat und was für die wichtigsten Dinge im Haushalt beiseite gelegt werden muss, für Tran, Butter, Torf, Zucker und Wintergemüse.

Wenn am Sonnabend die Wäsche gewechselt und gebadet wird, lässt die Mutter ihre Kinder bei geschlossenen Augen auswendig gelernte Gebete hersagen. Einmal die Woche geht Gesche anstelle ihrer Mutter oder ihres Vaters zu den Armen und trägt ihnen Speisen und Kleidung in die feuchten Behausungen. Mildtätig sein, von dem bisschen, das man selbst hat, den Ärmeren abzugeben, das ist Bürgerpflicht, ehrenhaftes Handeln. Das haben ihr die Eltern immer wieder eingeprägt. Viele der Bedürftigen leben in Kellern und Gängen, wo auch Seife gekocht und Schnaps gebrannt wird. Dumpf und modrig ist es hier, im Winter bitterkalt und im Sommer, wenn vereinzelte Lichtstrahlen durch die Bretter dringen, drückend schwül.

Und so vergehen die Tage und die Jahre im immerwährenden Einerlei der täglichen Verrichtungen. Einzige Lichtblicke in diesem öden Ablauf der Dinge sind die Komödie und der Tanzunterricht, der für Gesche und ihre Freundinnen in einem Nachbarhaus abgehalten wird. Komödie spielt sie sonntags mit ihren

Freundinnen, dann ist sie in ihrem Element. Sie ist anmutig, hübsch und zart und es ist selbstverständlich, dass die Rolle der Königin, der Prinzessin oder des guten Engels jeweils ihr zufällt. Den Freundinnen ist es ein Vergnügen sie herauszuputzen mit glänzenden Tücher, bunten Bändern und einem Hauch Rouge auf den Wangen. Dann träumt sie von einem Leben, das sie nie führen wird, gerät in Schwärmerei, spielt ihre Rolle ausgelassen, überschwänglich. Beim Tanzen auf den frisch gescheuerten Bohlen im Nachbarhaus kann sie sich fallen lassen, dahinschweben. Schöne Musik rührt sie zu Tränen. Wie gern würde sie Klavier spielen, aber davon halten die Eltern gar nichts. Brotlose Kunst, unnützer Schnickschnack. Stattdessen schickten die Eltern sie zu einem gewissen Herrn George, der französisch unterrichtet. Das Erlernen der französischen Sprache könnte ihr eher dienlich sein, schließlich machten die Franzosen immer mehr von sich reden.

Gesche lernt schnell und die Sprache gefällt ihr, aber die Hausaufgaben langweilen sie. Für so etwas will sie keine Zeit verschwenden. Diedrich Bresau, der ein paar Straßen weiter bei Tischler Martens arbeitet, spricht fließend französisch, der würde ihr diese unsinnige Arbeit als Gegenleistung für ein paar schmachtende Blicke bestimmt abnehmen. Diedrich tut ihr gern diesen Gefallen. Fallen die von ihm angefertigten Exerzitien zu perfekt aus, baut Gesche einige kleine Fehler wieder ein und kann sich des uneingeschränkten Lobes von Herrn George gewiss sein.

Beim Vater werden die ersten Heiratsanträge eingereicht, aber Gesche weist alle Bewerber lachend zurück:

„Bin ja noch eine Kind, kann kaum kochen und noch viel weniger einen eigenen Hausstand führen".

Doch auf einer Jungmeistermahlzeit im Schneideramtshaus tanzt sie ausschließlich mit einem hübschen, jungen Mann, der so ganz anders ist als all die schwerfälligen Heiratskandidaten, die meist stockend und schwitzend ihr Interesse bekunden. Johann ist ausgelassen, witzig und gewandt. Er hat Phantasie und viel zu erzählen. Als Wandergeselle ist er bis Wien, Amsterdam und Kopenhagen gekommen, hat sogar in Paris und London in Arbeit gestanden. Gesche saugt seine Geschichten begierig auf, kann stundenlang zuhören, wenn er das Leben in den Metropolen Europas schildert, das Treiben, den Trubel, den Sog, der den Menschen mitreißt und in Bewegung hält. Wie gern hätte sie diese Städte besucht. Ist sie selbst doch nie über Hastedt und Oberneuland hinausgekommen. Die Welt scheint groß und voller Zauber und Verheißung. Hinter der Stadtmauer, den Festungswerken, von denen nun schon Teile abgetragen werden, beginnt das Leben, dort kann man atmen, tief Luft holen, Kraft schöpfen und das Korsett sprengen, das sich wie ein eiserner Ring um Körper und Seele legt. Gesche ist verliebt.

Ein gemeinsames Leben mit Johann, das kann sie sich gut vorstellen. Als dieser aber über die Zeit ihren Eltern seine festen Absichten mitteilt, ist der Vater nicht einverstanden. Er ist dagegen, dass seine Tochter einen Schneidermeister heiratet, da ja auch der Sohn Schneider werden soll. Zwei Schneider in einer Familie, das würde nicht gut gehen, da könnte unter den Geschwistern Brotneid entstehen. Gesche gehorcht, fügt sich dem Wunsch des Vaters ohne Aufbegehren, ohne Anzeichen von Trauer oder Enttäuschung. Als sie Johann aber nach einiger Zeit auf dem Markt begegnet, wie er mit seiner neuen Errungenschaft an den Ständen vorbeischlendert, da geht ihr doch ein Stich ins Herz, und sie bereut, dass sie dem Vater ohne Widerstand nachgegeben hat.

Der Kreis der Jahreszeiten dreht sich unermüdlich um sich selbst, ohne Anfang, ohne Ende, ohne Veränderung. Frühling, Sommer, Herbst und Winter sind gekennzeichnet durch die immer gleichbleibenden Rituale dessen, was getan werden muss. Im Frühling setzt die Mutter neue Kräuter im Hinterhof. In Stube und Kammern werden die Holzdielen gespänt, gescheuert und gewachst. Der leckende Waschzuber muss gewässert werden. Während der Wintermonate ist das Holz geschrumpft und muss nun wieder aufquellen und dichtziehen. Obwohl die Mutter für die große Wäsche eine Waschmagd angestellt hat, muss Gesche helfen: Tischtücher, Bettzeug, Hemden, Leibwäsche und Schürzen einweichen, auswringen und wieder auflockern, bevor alles auf die Waschbank kommt. Dann einseifen, rubbeln, reiben und klopfen. Gesche hasst diese Arbeit. Die Luft im Waschhaus nimmt ihr den Atem, von der Arbeit am Waschbrett gehen die Hände kaputt. Aber sie tut schweigend, was von ihr verlangt wird, während der Bruder draußen unter der ersten Frühlingssonne mit seinen Freunden Wettläufe veranstaltet.

Im Sommer, wenn die Fenster offen stehen, und Luft und Licht hereinlassen, wird eingekocht und eingekellert, Obst getrocknet, Kraut und Gurken in dickbauchige Steintöpfe geschichtet, bis Keller und Speisekammer gefüllt sind. Und während Mutter und Tochter in Küche und Keller walten, näht der Vater wie immer ohne Unterlass und hält dabei den Atem an, weil er ausgerechnet hat, dass er auf diese Weise in einer Minute mehr Stiche tun kann.

Im Herbst, wenn die Ochsen von der Bürgerviehweide kommen, und die Boote den Torf aus dem Umland bringen, wird geschlachtet, gepökelt und Wurst gemacht. Das ist die Zeit, wo die Abende schon länger werden und die Mutter ihre Arbeit danach abpasst, was bei hellem Tageslicht verrichtet werden muss oder was noch bei Einbruch der Dämmerung getan werden kann. Bevor die Mutter Talg in die Lampe gibt, muss es stockfinster sein.

Die Winter mit ihren rauen Winden sind reine Mühsal, wenn das Wasser in den Brunnen gefroren ist, und an den Fenstern der sparsam geheizten Räume Eisblumen wachsen. Dann ist die Welt noch enger als sonst. Durch die früh einbrechende Dunkelheit sind die Nächte endlos lang und einsam. Nur die Rufe des Rättelwächters, der nach den Tranlampen sieht, und jede Stunde sein schnarrendes Klapperinstrument schwingt und die Zeit ansagt, geben ein Lebenszeichen in der winterlich erstarrten Stadt. Die ganze Nacht läuft er von Laterne zu Laterne, zündet an, wenn es an der Zeit ist, rückt gerade, wenn sie schief hängt, gibt Öl nach, wenn sie trübe brennt. In schwarzen Kitteln aus Leinen, bei Regen in hohen Fischerstiefeln, in rauen Winternächten in einen dicken Schafspelz gehüllt, tut er seinen Dienst. Wenn der Mond aufgeht, werden die Lampen gelöscht, dann wird die Stadt kostenlos ins rechte Licht gerückt, so, wie es die „Deputation für Gassenreinigung und Erleuchtung" vorschreibt.

Trotz der politischen Turbulenzen in Europa blüht die Wirtschaft noch in der Hansestadt, Bremen gewinnt an Wohlstand und Macht. Nachdem die Franzosen Holland besetzt haben, übernehmen die Hansestädte die Rolle der niederländischen Häfen und was bisher den Rhein in Richtung Süden verschifft wurde, geht nun Weser oder Elbe aufwärts. Auch der Handel mit den jungen unabhängigen Staaten in Nordamerika hat zugenommen. Über den Atlantik kommen Tabak und Baumwolle, gehen Stoffe, Papier und stählerne Klingen. Bereits bis nach China, in das verschlossene Land der gelben Drachenfahne, segeln Schiffe unter der Bremer Speckflagge. Kapitäne, Handelsleute und Missionare bringen von ihren Reisen Raritäten aus aller Herren Länder mit, getrocknete Tropenpflanzen, fremdartige Knollen und Samen, Mineralien und ausgestopfte Vögel. Nachdem diese kostbaren Seltenheiten zunächst nur einem kleinen Kreis naturwissenschaftlich Interessierter zwecks Studien zur Verfügung standen, sind sie nun im Museum am Domshof der Öffentlichkeit zugänglich gemacht worden. Da gruppieren sich in der zweiten Etage um einen Belvederischen Apoll und einer Nachbildung der Gruppe des Laokoons in ihrem angstvollen Schmerz Paradiesvögel aus Südamerika, edle Falken und Schneehühner, prächtige Seidenschwänze, ein Columbus Arcticus und der „missgestaltete Fremdling Pinguin". Im Naturalienkabinett liegen in gläsernen Kästen Muscheln in den absonderlichsten Formen und Farben,

Meeresschnecken, spiralig gewunden, mit kleinen farbigen Höckern oder schneeweißen, spitzigen Stacheln, leuchtende Korallen, Kristalle, Gestein aus dem Bauch der Berge, aufgespießte Schmetterlinge und Käfer. Zeugnisse neuer Welten und fremdländischer Kulturen.

Doch das Licht der Aufklärung flackert nicht in allen Stuben, am wenigsten dort, wo neben harter Arbeit keine Zeit für Schöngeisterei bleibt. Hier verwehrt die würgende Enge des Alltags den Blick zu neuen Ufern. Und auch der weitgereiste und aufgeschlossenere Bürger mag das Fremde nicht gern zu nahe an sich heranlassen. Das Andersartige ist beunruhigend, zu ungewohnt, das kann er in der Erfüllung seiner alltäglichen Obliegenheiten nicht gebrauchen. Das Fremde befremdet eben auch. Unverändert geht er tagsüber seinen Geschäften nach und verriegelt abends um zehn die Haustür. Jeden Sonnabend werden Haus und Hof von oben bis unten gereinigt und mindestens jeden zweiten Sonntag geht die Familie zum Gottesdienst.

Inzwischen hat der Rat der Stadt Perücke und Amtstracht abgelegt. Dr. Gottfried Reinhold Treviranus impft Kinder mit dem Kuhpockenserum und Herr Dr. Olbers entdeckt in seiner Sternwarte die Planeten Pallas und Vesta. In Lilienthal hat er gemeinsam mit Johann Hieronymus Schroeter die Astronomische Sternwarte, die erste astronomische Vereinigung der Welt, gegründet. Gemeinsam entdecken sie noch weitere bisher unbekannte Himmelskörper. Ja, auch der Blick zu den Sternen eröffnet neue Horizonte, die den Blick auf das Nächstliegende allerdings auch mal vernebeln, wie sich später zeigen wird.

Endlich erhält Bremen von der kurhannöverschen Regierung die Domkirche und die dazu gehörigen Liegenschaften zurück, das lutherische Waisenhaus, das Witwenhaus in der Buchtstraße, das Palatium, das Kornhaus und einige Gottesbuden. Nun hat die Stadt endlich die volle Landeshoheit inne, ohne einen fremden Kleinstaat im eigenen Stadtstaat dulden zu müssen. Trotz der Unruhen im untergehenden Römischen Reich deutscher Nationen, herrschen innerhalb der Stadtmauer, die nun langsam abgetragen wird, Ruhe und Ordnung. „Die Policey ist vorzüglich gut; kein Bettler ist in und um Bremen zu sehen, ...es wird dafür gesorgt, dass sie hier arbeiten und essen können. Juden sind hier gar nicht als Einwohner geduldet und auch fremde Juden dürfen nur in der Zeit des Freymarkts, unter gewissen Bedingungen, ihr Verkehr treiben", schreibt Freiherr von Knigge.

Ja, während der Freimarktszeit ist alles anders, da steht die Stadt Kopf, da darf man sich vergnügen und die Zeit vertreiben. Auf dem Marktplatz drängen sich Buden und Stände. Da die Händler und Krämer während der Freimarktszeit keine Rücksicht auf die Zünfte nehmen müssen, ist das Warenangebot schier unerschöpflich: englische Rasiermesser, womit man sich nicht schneiden kann, Rasierpinsel aus Dachshaar, Strümpfe, seidene Tücher aus Madras, Hutnadeln, Korkenzieher, Parfüms aus Montpellier, Scheren, Schildpattkämme, Fächer, Pelze und - natürlich Zuckerwaren: duftende Honigkuchen, kandierte Nüsse, Schokolade und köstliches Marzipan aus Lübeck.

Herr Barieu aus Hamburg verkauft Parfümerien aus Montpellier. In der Börse legen hauptsächlich die Galanterie- und Schmuckhändler ihre Waren aus und wenn am Abend dort die Lichter angezündet werden, strömen die Bremer herbei, um umhüllt von Glanz und Duft zwischen den Ständen zu promenieren. Von weither kommen die Händler und Wandersleut, Gaukler, Wahrsager und Possenreißer. Wandernde Musikanten fiedeln und flöten und geben unterwegs aufgeschnappte Geschichten zum Besten, in Versen und mit dazu erfundenen eigenen Märchen. Drehorgeln leiern ihre Lieder, Zauberkünstler schwingen magische Stäbe. Vor fünf Jahren konnte man die kleine Mademoiselle bestaunen, eine kleinwüchsige Frau, nur 68 Zentimeter groß. Sie ließ sich auf Wunsch sogar in einem kleinen Kasten zu Besuchern nach Hause bringen, wo diese sie noch einmal im Kreise der Familie bestaunen konnten. Auch Hottentotten und andere merkwürdige Naturerscheinungen werden in exotisch ausstaffierten Bretterbuden gezeigt, für 8 Grote pro Person, Dienstboten die Hälfte. Standespersonen zahlen nach Belieben. Die Freimarktszeit ist die Umkehrung aller Dinge. Die Stadt steht Kopf. Zwei Wochen lang herrschen Jubel, Trubel, Heiterkeit. Danach hat die fröhliche Leichtigkeit ein Ende. Die gewohnte Ordnung wird wieder hergestellt und die Tage sind Mühsal, die Nächte Ödnis und der Kreislauf des immer wiederkehrenden Einerlei ein zu eng gebundener Schnürleib, in dem Wünsche, Träume und Gefühle ersticken.

London 1804

Es hat nie eine Epoche gegeben, wo überall und auf allen Punkten die alte und die neue Zeit in so schneidenden Kontrast getreten sind. (Wilhelm von Humboldt)

Die Stadt ist weit über ihre Grenzen hinausgewachsen und wuchert weiter, wie Pilze nach dem Sommerregen. Als der dritte Georg aus dem Hause Hannover den Thron bestieg, wurden die letzten Tore der Stadtmauer abgerissen. Handel und Verkehr haben die Begrenzungen gesprengt. Prachtvolle Stadtresidenzen, armselige Hütten, Handels- und Hurenhäuser, Speicher, Pubs, Tavernen, Hospitäler und Kirchen schießen aus dem Boden, breiten sich aus und recken sich empor. Vor allem nördlich der Themse, in Richtung Westen, wo es noch Wiesen gibt, Felder und kleine Ansammlungen von Höfen, sind prächtige Bauten entstanden. Hier residieren Aristokraten, Geschäftsleute und Bankiers, reich geworden durch den Handel mit den Kolonien, die sich das Englische Imperium systematisch und skrupellos einverleibt hat, sei es durch Waffengewalt, durch die Machenschaften der Handelshäuser oder die spitzfindigen Auslegungen der Diplomatie. Dass sich die nordamerikanischen Kolonien von der Krone losgesagt hatten, war schmerzlich aber zu verschmerzen. Sie hatten weder Gold noch Silber, Zucker oder kostbare Gewürze zu bieten. Die Besitzungen in Afrika und Asien bergen weitaus größere Reichtümer. Die Ärmsten der Bevölkerung drängen sich im Eastland und südlich der Themse zusammen, ein Labyrinth schmaler Häuser und Gassen, voller Lärm, Abfällen und Gestank. Aus diesem Teil der Stadt gibt es kein Entrinnen. Wer hier auf die Welt kommt, verlässt sie nirgendwo anders, meist viel zu früh, ausgezehrt und entkräftet durch harte Arbeit, Krankheit und Hunger.

Da der Hafen unterhalb des Tower den Handelsschiffen aus der ganzen Welt nicht mehr gewachsen ist, werden weitere Becken angelegt, als erstes die West India Docks, wo kostbare Hölzer, Baumwolle, Rum und andere Schätze aus den karibischen Ländern entladen werden. Auch hier rastloses, geschäftiges Treiben. Kutschen und Karren warten auf die Fracht, Fässer werden gerollt, Ballen gewälzt, Kisten und Säcke geschleppt. Der Hafen wächst mit der Stadt, uferlos, monströs. London ist der Nabel der Welt.

Als Maria nach einer langen Reise voller Tränen und schmerzlicher Gedanken hier ankommt, ist die Stadt in dichten Nebel gehüllt. Die schemenhaften Umrisse der Türme und Häuser stehen da wie Schatten, rätselhafte Gebilde, die mal fassbar werden oder sich ganz in ihren Konturen verwischen. Alles ist fremd, riesenhaft, abweisend. Fußgänger, Laufburschen und Lastenträger treten wie Gespenster aus dem Nebel heraus und verschwinden wieder im grauen Dunst. Die Rufe der Händler, das Glockengeläut, mit dem sie ihre Waren anpreisen, klingen gedämpft.

Mit Erstaunen nimmt Maria wahr, dass die Straßen hier gepflastert sind, und so breit, dass zwei Kutschen ungehindert aneinander vorbeifahren können. Und trotz der dichten Nebelschwaden sieht sie Lichter, die sich wie Perlen einer Kette über dem Fußweg aneinander reihen. Straßenlaternen, das hat sie vorher noch nie gesehen.

Sie lassen die City hinter sich, den Lärm, den Geruch nach Steinkohle und fauligem Wasser. Der Nebel lichtet sich und die Häuser werden prächtiger, stehen nicht mehr dicht aneinandergedrängt, sondern frei, umgeben von mächtigen Steineichen und sorgsam angelegten Gärten. Hier in Richmond, in einem dieser hochherrschaftlichen Anwesen, lebt ihr Onkel David, der älteste Bruder ihres Vater. Er hat es weit gebracht, ist Leibarzt des Königs, des III. Georgs, und führt ein großes Haus, ganz anders als sein Bruder, Marias Vater, dessen Arbeit zur See zwar angesehen, aber schlecht bezahlt ist. Für Maria ist der Onkel ein Fremder, sie hat ihn nie vorher gesehen. Während der Reise hat der Vater erzählt, dass er verheiratet ist und zwei Töchter hat. Eine in ihrem Alter. Doch Maria kann nichts mehr aufnehmen, sie ist verwirrt, sie kann die Geschehnisse der letzten Tage nicht ordnen. Die abrupte Trennung von ihrer Mutter und den Geschwistern, die Reise, die vielen neuen Eindrücke. Sie hat ihr Elternhaus vor Augen, das Meer, die sturmumtoste Küste. Sie sieht ihre Mutter, ihre Schwester und die beiden Brüder. Der kleine Ralph ist gerade drei Monate alt. Wie oft hat sie ihm die Mutter ersetzt, wenn diese mit den anderen Geschwistern beschäftigt war oder krank vor Sehnsucht nach ihrem Zuhause in Virginia im abgedunkelten Schlafzimmer lag. Aus allem, was sie liebt, hat man sie herausgerissen. Maria ist wie erstarrt und der frostige Empfang, den Onkel und Tante ihr bereiten, verstärkt das Gefühl der Kälte, das in ihr hochsteigt und die Brust zuschnürt. Diener huschen durch das Vestibül. Sie nehmen ihr das Gepäck ab, den dicken Mantel, der sie auf der Fahrt gegen Wind und Kälte geschützt hat, ihre Stiefel und die rote Samtmütze mit der silbernen Schnalle, die sie auf all ihren Ausritten und Streifzügen begleitet hat. Unmerklich verschwinden die Kleidungsstücke in irgendeiner Truhe und tauchen nie wieder auf. Sie passen nicht hierher. Sogar ein kleiner Mohr ist Teil der Dienerschaft, goldbetresst in roter Livree serviert er dem Vater eine Tasse Tee.

Sehr schnell geht die Tante Marias äußerliche Verwandlung an. Das Kind wird in ein weißes Kleid mit gepufften Oberärmeln gesteckt und an Stelle ihrer geliebten Samtmütze krönt nun eine Schute aus Stroh das gebändigte Haar. Dem Vater gefällt der Staat, Maria fühlt sich wie verkleidet.

Es vergehen traurige Tage in Richmond, bleiern und endlos. Es herrscht keine Herzlichkeit in diesem Haus, kein Frohsinn, keine Wärme. Maria würde gern durch den Garten laufen, über die sorgsam angelegten Hügel, die kunstvoll geschnittenen Hecken entlang, am liebsten Hand in Hand mit dem kleinen Mohren, dessen Augen die Einsamkeit und die Trauer seiner misshandelten Rasse spiegeln. Aber so etwas ist hier unerwünscht. Jeder Übermut, jede spontane Regung erstarrt in Förmlichkeit und Vornehmheit.

Die Cousine, kaum älter als Maria, ist wohlerzogen, liebenswürdig und sehr elegant in ihren Kleidern, die wie Miniaturausgaben der Roben ihrer Mutter aussehen. Hellfarbiger Seidentaft, Puffärmel mit kleinen Troddeln und am Saum mäandernde Bänder und Litzen. Sie spielt etwas Klavier und bemüht sich ab und an, die Cousine aus der Provinz etwas aufzuheitern mit ihrem Geschwätz. Doch von den Sagen und Legenden, die Maria kennt, hat sie nie gehört. Pferde findet sie abscheulich und das Meer, das endlose Meer, von dem Maria träumt, hat sie nie gesehen.

Hinter der zweiflügeligen Eichentür, die in das Herrenzimmer des Hauses führt, mit Griffen so hoch, dass Maria sie gar nicht erreichen kann, sitzen ihr Vater und Onkel David Stunde um Stunde und beraten. Maria weiß, dass es vornehmlich um sie geht, um ihre Zukunft, ihr Leben, das wie ein riesenhaftes Fragezeichen vor ihr steht. Sie soll eine Ausbildung erhalten, die ihrem Stand entspricht und dem ehrwürdigen Namen der Familie ihres Vaters gerecht wird. Sie wird auf das Internat der beiden Schwestern Bright kommen, wo schon die älteste Tochter von Onkel David auf das gesellschaftliche Parkett vorbereitet wird. Die Kosten wird Onkel David übernehmen. Die Ferien kann Maria mit ihren Cousinen in seinem Haus in Richmond verbringen. So ist es beschlossen, der Vernunft gemäß. Die Gefühle eines kleinen Mädchens sind hier nicht gefragt. Ein erneuter Bruch, wieder ein Abschied.

Zwölf Stunden in der schwerfälligen Kutsche nach Abingdon in Oxfordshire, eingezwängt zwischen drei weiteren Fahrgästen, sperrigen Kisten, Körben und Paketen, die sich vor den Fenstern stapeln und den Ausblick nach draußen verwehren. Doch der Vater sitzt neben ihr. Die Fahrt könnte zwanzig Stunden dauern, hundert. Maria weiß, wenn der Vater sie im Internat abgeliefert hat, wird sie ihn so bald nicht wiedersehen.

Das Internat ist ein gotischer Bau mit großen Fenstern wie Augen, die ins Leere starren. Eine breite Treppe führt hoch zum Eingang, eine schwarz lackierte Tür ins Ungewisse. Doch rechts und links vom Haus stehen mächtige Ulmen, die ihr Dach über Holunderbüschen und flammend roter Glanzmispel wölben. Einen kleinen Teich kann Maria in der Ferne ausmachen und schmale Wege, die sich im Grün der Sträucher und Büsche verlieren. Das gefällt ihr. Der Blick wandert zurück zu dem abweisenden Haus, die geschwungene Treppe empor bis zum Eingang, hinter dem sich nichts zu regen scheint. Sie wird abgeliefert. Der Abschied vom Vater, die Begrüßung durch die Leiterin der Schule, das Einweisen in ihr Zimmer, das sie mit drei anderen Mädchen teilt, all das geht an ihr vorbei wie ein Schattenspiel, ein trügerischer Traum, aus dem sie vielleicht bald wieder erwachen würde.

Aber die Tage vergehen und aus den Tagen werden Wochen und aus den Wochen Monate. Mechanisch verrichtet Maria die Dinge, die getan werden müssen: Schulaufgaben, Kirchgänge, leichte Arbeiten im Küchengarten und die Mahlzeiten im braun getäfelten Speisesaal, von dessen Wand gegenüber dem Eingang der milde Blick König Georgs III auf die essenden Zöglinge fällt. Ihm zur rechten Seite sitzt die Königin Sophie Charlotte von Mecklenburg-Strelitz am Cembalo und zwischen den schmalen, spitzbogigen Fenstern tummelt sich auf kleineren Gemälden die zahlreiche Kinderschar der Monarchen. In zartfarbig schimmernden Kleidern zwischen Körben mit Früchten, Blumengirlanden und musizierenden Putten scheinen sie fröhlich mit Hündchen, Schaukelpferd und Puppenwagen zu spielen, während die Mädchen an langen Tischen sitzend schweigend ihre Mahlzeit einnehmen.

Die Erinnerungen verwischen sich, manche ganz, manche bis auf ihre Konturen, die leer und nichtig im Meer des Vergessens vor sich hin dümpeln. Marias Schmerz lässt nach. Zeit heilt Wunden, doch es bleiben die Narben. Und hinter ihrem Panzer aus Gleichmütigkeit und Selbstkontrolle lodern immer noch Trauer und Wut.

Bei schönem Wetter ist es den Mädchen gestattet, in den Pausen auf den Hof zu gehen. Dann fliegen die Hüte in die Ecke und die Kleider werden geschürzt. Maria ist die erste, die den düsteren Mauern entflieht und losrennt. Die Mädchen spielen Fangen, Blindekuh und Dritter Abschlag. Einmal war Maria nach dem dritten Abschlag zwei Schritte vor dem Ziel, als die hochnäsige Tochter des Admirals Sir Passloy sie einholte und abschlagen wollte. Drohend kam ihre Hand näher, diese Saffian behandschuhte Pfote ihrer Erzfeindin, die sie immer wieder damit hänselt, dass sie vom Lande kommt, aus einer minderbegüterten Familie. Da beisst Maria zu, mit einer solchen Heftigkeit, dass das Blut durch den rosa Samthandschuh tropft. Zur Strafe wird Maria in einen kleinen Raum gesperrt, ausgeschlossen vom Unterricht, getrennt von den anderen Mädchen, sogar ihr Essen muss sie allein einnehmen, versteckt in einer Ecke, an einem kleinen Tisch, auf dem gerade ein Teller und ein Becher Platz haben. Dem Unterricht muss sie kniend hinter der Tür zum Klassenraum folgen. Schweigend kontrollieren die Lehrerinnen die Hausaufgaben. Stunden, Tage, ja Wochen vergehen in dieser Einsamkeit, bis ihre Verbannung endlich wieder aufgehoben wird. Zur Strafe für ihr ungebärdiges Verhalten darf Maria während der Ferien nicht nach Richmond fahren. Die ältere Cousine steigt allein in die Kutsche.

Die Blätter der Ulmen verfärben sich, werden gelb und segeln langsam zu Boden. Der Sommer ist vorbei. Manche Herbsttage sind klar wie der kleine See hinter dem Haus. An anderen Tagen hängt der Nebel schwer zwischen Büschen und Zweigen, legt sich wie ein feines Gespinst auf Dächer, Wiesen und Wege.

Maria lernt gern und schnell. Die Lehrerinnen nötigen ihr Respekt ab, denn sie wissen mehr als sie. Die Mitschülerinnen hasst sie. Sie spürt, dass sie in deren Augen nur eine Wilde ist, die arme Tochter eines mittellosen Konteradmirals, ungebändigt und unkultiviert. Sie hat auch kein Interesse an dem albernen Geschwätz ihrer Mitschülerinnen. Steckt doch nur Dummheit und Bedeutungslosigkeit dahinter.

Als Maria noch einmal zubeißt, da sich andere über sie lustig machen, wandert sie abermals in die Verbannung. Dieses Mal in eine kleine Kammer, in der unter anderem die Privatbibliothek der Lehrerinnen untergebracht ist. Wieder Isolierung, drückende Einsamkeit, bis Maria an einem Nachmittag hört, wie Miss Bright mit ihrer singenden Stimme in einem Raum neben ihrem Verlies eine Geschichte vorliest, die Liebesgeschichte von Dido und Aeneas. Gebannt lauscht sie, wie der Held auf seiner Flucht aus Troja auf schlanken Schiffen die Meere durchpflügt und nach vielen Abenteuern und Entbehrungen nach Karthago gelangt. Da naht die Fürstin, die schönheitsstrahlende Dido. Auch sie eine Fremde hier an der Küste Libyens. Sie nimmt die Seefahrer freundlich auf und lässt ihnen ein festliches Mahl richten. In goldenen Schalen wird der Wein gereicht und der alte Sänger Jopas schlägt die Leier und besingt den schweifenden Mond und die Mühen der Sonne, singt vom Ursprung der Menschen und Tiere, des Regens, des Feuers... und Lampen hängen von goldgetäfelter Decke leuchtend herab und Fackeln vertreiben flammend das Dunkel. Maria ist wie gebannt, von den Worten verzaubert. Die Wände ihres Gefängnisses lösen sich auf und auf dem Meer funkelt die Sonne. Sie wirft ihre Strahlen auf die trutzige Zitadelle der Königin, die in heftiger Liebe zu dem Fremden entbrannt ist. Sie scheint auf die Weinberge und Dattelhaine hinter der Stadt und schließlich auf den Holzstoß aus Kienspan, auf dem die Königin den Flammentod sucht, weil ihr Geliebter sie wieder verlassen muss.

Miss Bright erläutert den Ursprung der Geschichte. Maria hört Namen: Homer, Ilias, Odyssee, Vergil - geheimnisvolle Namen, die sich in ihrem Gedächtnis eingraben und darauf warten entschlüsselt zu werden. Von diesem Moment an wünscht sie nichts anderes, als der Geschichte von Dido und Aeneas auf den Grund zu gehen. Mit Hilfe eines Stuhls kann sie an die oberste

Reihe eines Regals gelangen, das in einer Ecke ihres Gefängnisses steht. Und da sind sie, die Ilias und die Odyssee und die Werke Vergils. Maria nimmt die Bücher heimlich aus dem Regal und von diesem Moment an ändert sich alles. Sie versinkt in die Welt der lorbeerbekränzten Helden und Götter, taucht ein in die Tiefen der Meerungeheuer und Sirenen. Und die Querelen mit den Mitschülerinnen erscheinen ihr plötzlich hohl und nichtig. Sie verschlingt die Verse der antiken Sänger. Die Worte umhüllen sie wie ein wärmendes Nest. Sie sind wie Lichtstrahlen, die den Nebel zerteilen, der sie umgibt. Eine Kraft, aus der sie Mut gewinnen und Zuversicht schöpfen würde. „Was für ein seltsames Unterfangen für ein neunjähriges Mädchen", wird sie später selbst darüber urteilen.

Doch das Eintauchen in die Geschichten vergangener Zeiten ist auch das Eintauchen in die Welt ihrer verlorenen Kindheit. Sie stellt sich das Zelt des Achilles auf einer der Dünen vor, wo sie mit ihrem Bruder und den Kindern der Fischer spielte. Sie hört den Klang der Wellen, die gegen den Strand schlagen und den Wind, der durch die Gräser fährt. Und Odysseus, der Umherirrende, der Umherschweifende ist wie ihr Vater, ein Kapitän zur See, der allen Unbilden trotzt und jede Herausforderung meistert. Irrfahrten und Heimkehr. Der Klang der Poesie hebt sie aus dem Alltäglichen heraus, sie findet ihre Heimat in der Welt der Verse.

Inzwischen darf Maria auch wieder in den Ferien zu ihrem Onkel nach Richmond fahren. Sie fährt gern dorthin, obgleich sie nie sicher ist, ob sie dort wirklich willkommen ist. Sie lernt nun, sich auf dem gesellschaftlichen Parkett zu bewegen.

In Richmond gibt es ein kleines Theater, wo Maria Gelegenheit hat, die berühmtesten Schauspieler Londons zu sehen, unter anderen die hoch geschätzte und beliebte Mrs. Jordan, die mit Charme und Schönheit sogar den späteren König Wilhelm IV. verzauberte. Die Hauptattraktion in Richmond aber sind die französischen Emigranten, die vor der Revolution geflohen waren und einen Hauch von "savoir vivre" in das ehrwürdige Richmond brachten. Mit ihnen lernt Maria Französisch.

Es vergehen Sommer und Winter, Frühling und Herbst. Die Jahre eilen dahin. Nun verlässt Maria die Schule und blickt in eine ungewisse Zukunft. Im Haus ihres Onkels kann und will sie nicht bleiben. Sie geht zunächst für ein halbes Jahr nach Bidefort, eine kleine Hafenstadt in Nord-Devon, wo sie in der Schule einer Bekannten arbeitet. Dann wird entschieden, sie zu ihren Verwandten nach Schottland zu schicken, wieder zu Fremden, wieder zu Verwandten, von deren Existenz sie noch nicht einmal gewusst hat. Doch sie wird nicht allein reisen. Ihr Vater, den sie zehn Jahre nicht gesehen hat, kehrt aus Westindien zurück und wird sie begleiten.

Valparaíso 1804

> *Der Tauschhandel*
> *Der Otaheite:*
> *Komm her, du fremder kleiner Mann,*
> *Nimm allen unsern Reichthum an,*
> *Hier Goldsand, Perlen aus der Flut,*
> *Baumleinwand, Purpurschneckenblut!*
> *Und unsre schönen Weiber hier,*
> *Geschickt, dir lieb zu kosen.*
> *Doch halt – was gibst du uns dafür?*
> *Der Europäer: Kultur!*
> *Der Otaheite: Was ist das für ein Thier?*
> *Der Europäer: 's sind Pocken und F–*
> *(Christian Friedrich Daniel Schubart)*

Es herrschen Krieg und Neuregelung, Aufbau und Zerstörung. Alte Reiche stürzen, neue Staaten entstehen Es ist die Zeit der Aufklärung und der Geheimbünde, der Piraten, Sklavenhändler und Pilger, der Erfindung der Pockenimpfung und des tierischen Magnetismus. Widersprüche und Gegensätze. In Paris hat sich Napoleon die Krone selbst auf das Haupt gesetzt. Siegreich ziehen seine Truppen durch Europa. Auch das Mutterland der Neuen Indien hat er sich einverleibt.

Spaniens König, der vierte Carlos, hat von jeher seine Zeit lieber auf der Jagd verbracht, als mit dem Regieren, und noch viel lieber mit dem Aufziehen seiner zahllosen Uhren. Wenn es so richtig tickt und klingt in seinem Uhrenkabinett und ordentlich die Stunde angibt, lässt er den königlichen Blick zufrieden über seine Schätze gleiten. Tisch- und Taschenuhren, Sand- und Sonnenuhren, Chronometer, eine astronomische Prunkuhr und Pendeluhren stehend und hängend in kostbaren Gehäusen aus exotischen Hölzern, kunstvoll verziert mit Einlegearbeiten aus Schildpatt, Elfenbein oder Silber. Hier ist er glücklich, hier kann er aufatmen und die Zeit messen. Die lästigen Regierungsgeschäfte hat längst seine Gemahlin, die lebens- und liebesgierige Maria Luisa von Parma und Bourbon übernommen, tatkräftig unterstützt von ihrem Liebhaber Manuel de Godoy, Herzog von Alcudia, und Admiral von Spanien und den Neuen Indien. Diesem Mann, dem Luisa von Parma ihre beiden jüngeren Kinder verdankt, verdankt Spanien auch diese unseligen Verträge mit Frankreich, durch die es in die völlige Abhängigkeit vom missliebigen Nachbarland geraten ist. Nun wimmeln die verhassten Franzosen durch die Straßen von Madrid und Aranjuez. Das Land muss hohe Abgaben in die Kriegskasse Napoleons zahlen und die Erzfeinde, die Engländer, sperren den Handel mit seinen Kolonien.

In Spanien herrscht Aufruhr, die Bürger empören sich und in den Kolonien beäugen die Vizekönige und Gouverneure den schwankenden Thron im Mutterland. Doch der behäbige König bleibt gelassen. Er hat seine eigenen Interessen. Akribisch putzt er seine Neuanschaffung, eine antike Feueruhr aus China, und fragt sich, ob die Königlich-Philanthropische Impfexpedition in den Neuen Indien ihre Aufgabe wohl schon erfüllt hat. In seinen Kolonien wüten die Pocken. Die Menschen sterben weg wie die Fliegen und Vizekönige, Gouverneure und Großgrundbesitzer klagen schon über den Mangel an Arbeitskräften. Auch eines seiner eigenen Kinder ist an den Blattern gestorben, daher hat er sich vorgenommen sein Land und seine Besitzungen in Übersee von dieser Geißel der Menschheit zu befreien. Die Methode des englischen Arztes Dr. Jenner, die Impfung mit Kuhpockenserum, hat in Europa bereits Erfolge gezeitigt. Sogar Seine Heiligkeit der Papst hat sie für gut befunden und seinen Segen dazu gegeben. Also ernennt König Carlos seinen Hofarzt Francisco Xavier Balmis zum Leiter der Königlich-Philanthropischen Impfexpedition und überträgt ihm die Aufgabe, das Kuhpockenserum in die Neue Welt zu befördern.

An einem trüben Novembertag werden im äußersten Nordwesten Spaniens, in der Hafenstadt La Coruña, die Segel gesetzt und Francisco Xavier Balmis bricht auf zu seiner Pockenexpedition, an Bord 24 Waisenkinder als Träger des kostbaren Impfstoffes. Balmis hat ausgerechnet, dass genau 22 Kinder gebraucht würden, um den Impfstoff über den Ozean in die Neue Welt zu tragen. Immer zwei Kinder werden geimpft, zwei zur Sicherheit, falls sich bei einem kein Ausschlag bilden sollte. Wenn sich nach zehn Tagen die Bläschen gebildet haben, wird das wertvolle Kuhpockensekret entnommen und in zwei neue Arme geritzt. Und nach weiteren zehn Tagen das gleiche Verfahren. Dies wird so oft wiederholt, bis die Neue Welt erreicht ist. Es ist die einzig mögliche Methode, den Impfstoff über das Meer zu bringen, ohne dass er seine Wirkung verliert, von Arm zu Arm, durch lebende Träger. Einige Kinder bekommen Fieber, leiden unter Übelkeit. Die endlosen Tage auf dem schlingernden Schiff, bei stürmischer See zusammengepfercht unter Deck, nehmen die Luft zum Atmen. Manche Kinder werden unruhig und streitsüchtig. Andere sitzen apathisch auf ihren Strohsäcken und können Tag und Nacht nicht mehr unterscheiden.

Als sie nach drei Monaten endlich in den Hafen von San Juan in Puerto Rico einlaufen, ist der Empfang verhalten. Dort war der Impfstoff bereits über andere Wege eingetroffen. Welch eine Enttäuschung nach mehr als hundert Tagen voller Entbehrungen auf See. Doch in Mexico, in Venezuela, Kolumbien und Panama wird die Expedition festlich empfangen, mit Maskenbällen, Stierkampf und Blaskapelle. Sie werden als Retter gepriesen, gesegnet, und mit neuen Waisenkindern als lebende Kuhpockenträger ausgestattet.

Über Land geht es weiter nach Ecuador und Peru. Von der karibischen Küste ins unwegsame Hochland, wo die Luft dünner, das Atmen schwer wird. Durch den feindseligen Dschungel und durch steile Schluchten, über reißende Flüsse und karstige Berge. In Booten, auf Flößen, auf Mulis oder zu Fuß tragen die Kinder den Impfstoff und geben ihn weiter.

In Callao nehmen sie ein Schiff und segeln nach Chile. Als sie in die Bucht von Valparaíso einlaufen, werden sie abermals bitter enttäuscht. Kein Feuerwerk, kein Tanzfest zum Empfang, kein Maskenball oder Stierkampf, kein Te Deum in der Kirche La Matriz. Der Impfstoff hat auch hier schon vor ihnen Einzug gehalten. Ein Mönch und Arzt hatte von Buenos Aires aus seinen eigenen Feldzug gegen die Blattern gestartet. Statt Waisenkinder wurden hier brasilianische Sklaven geimpft und als lebendige Impfstoffträger nach Nordargentinien, Paraguay, Chile und Peru getrieben.

Nicht alle Einwohner waren gewillt die Rettung vor der Geißel der Menschheit anzunehmen. Sie mussten mit Gewalt von den Segnungen des Serums überzeugt werden. Angesichts der störrischen Haltung der Bevölkerung lässt sich der Gouverneur nun alle neun Tage eine Liste der Neugeborenen bringen, die mit Hilfe von Soldaten aus ihren Wiegen geholt und zur Zwangsimpfung gebracht werden.

Am 20. Dezember des gleichen Jahres werden in der Bucht von Quintil 72 Schwarze aus dem Senegal auf die Prueba verladen, eine ehemals nordamerikanische Brigg, die zwei Jahre zuvor von wendigen chilenischen Freibeutern gekapert wurde. An der Küste Senegals eingefangen und zusammengepfercht im Zwischendeck eines extra für den Sklavenhandel ausgerüsteten Schiffes haben sie den Atlantischen Ozean durchpflügt, um nun das zweite Meer zu kreuzen, nach Peru, wo sie auf die Plantagen und in die Minen im Land verteilt werden sollen. Das Meer ist besonders wild, turmhohe Wellen treiben das Schiff empor, peitschen die Planken und lassen es wieder in das brodelnde Tal der Wassermassen schießen. An Bord wird nun jede Hand benötigt, auch die der Schwarzen. Man schließt ihre Fußeisen auf und löst die Ketten. Das ist die Gelegenheit. Bevor sie wieder angekettet werden, erheben sich die geschundenen Sklaven, ermächtigen sich der Waffen und werfen die Mannschaft über Bord. Nur der Kapitän bleibt am Leben. Das

Messer seines Bewachers vor Augen steuert er das Schiff zuerst in Richtung Peru, dann gen Süden. Nach Irrfahrten durch die mächtigen Wogen des Ozeans ist der Vorrat an Wasser und Lebensmitteln erschöpft. Sie treffen auf ein Walfangschiff und bitten um Proviant. Der Kapitän des Walfangschiffes, ein Nordamerikaner, rudert ein Boot beladen mit Wasser und Lebensmitteln an die Prueba heran und betritt das Schiff. Die Atmosphäre erscheint ihm sonderbar. Kein Mensch an Deck, nur der Kapitän und ein Schwarzer, der etwas unter seinem zerschlissenen Hemd zu verstecken scheint. Da springt der Kapitän plötzlich mit einem Aufschrei ins Meer. Der Nordamerikaner fischt ihn wieder aus den Fluten und erfährt von der Meuterei auf der Prueba. Wenig später sind die Aufständischen überwältigt. Das Schiff wird nach Talcahuano überstellt. Hier mündet der Bío-Bío-Fluss in den Pazifischen Ozean. Sein glasklares Wasser, das dem eisigen See Icalma der Anden entspringt, bildet die Grenze zwischen den eroberten Gebieten der spanischen Konquistadoren und den kriegerischen Mapuche, Menschen der Erde, wie sie selbst sich nennen. Mit beispiellosem Mut und dem unerschütterlichen Willen sich ihre angestammten Gebiete nicht nehmen zu lassen, haben sie diese natürliche Grenze bisher gegen jeden Angriff verteidigt. Sogar die mächtigen Inkas, die sich einstmals ihr Land einverleiben wollten, haben sie in die Flucht geschlagen. Sie sind ein wildes Volk, stolz und eigensinnig, fest verwurzelt in ihrem Glauben an die Erde, deren Töchter und Söhne sie sind, der sie angehören und die die ihre ist. Die Spanier hatten einst den Fluss als Grenze zum unabhängigen Mapucheland anerkannt und den Menschen der Erde Eigenständigkeit zugesprochen, doch der Vertrag wird mehr gebrochen als eingehalten. Um den Überfällen der Mapuche zu widerstehen und zum Schutz der Schiffe, die inzwischen auch diese stille Bucht vermehrt anlaufen, ist aus Talcahuano eine militärische Bastion geworden. Hier nun werden die aufständischen Sklaven aus Valparaíso ausgeladen und dem Gericht überantwortet. Der Prozess ist kurz, das Urteil schnell gefällt und wenige Tage später vollstreckt. Auf der Plaza de Concepción werden die Männer, die einen kurzen Moment der Freiheit verspürt haben, vor den Augen der Einwohner Talcahuanos geköpft.

Valparaíso ist seit fast zweihundert Jahren Dreh- und Angelpunkt des Sklavenhandels in den Neuen Indien. In Chile selbst braucht man keine schwarzen Sklaven, höchstens als exotisches Beiwerk in den Häusern der Kolonialherren. Sie sind für die Baumwoll- und Zuckerrohrplantagen in Peru bestimmt. Auf den Gütern in Chile werden die eigenen Ureinwohner unter die Knute genommen. Sie sind billiger und zudem einfacher zu ersetzen. In den immerwährenden Auseinandersetzungen im Süden des Landes werden genug Gefangene gemacht. Der Weg der Sklaven aus Afrika dagegen, die über den Atlantischen Ozean nach Südamerika verschifft werden, ist weit, und nicht alle überleben ihn aneinandergekettet und zusammengepfercht in düsteren Schiffsbäuchen. Der lange Marsch quer über den Kontinent ins Papageienland oder von Argentinien nach Chile ist ebenfalls ein mühseliges Unterfangen. Nahrungsmittel müssen beschafft werden, Trinkwasser und

Unterkünfte für die Aufseher. Die Sklaven lassen sich einfach auf dem Weg nieder, wenn sie nicht weitergetrieben werden. Sie schlafen im Staub. Viele stehen gar nicht wieder auf, sterben an Entkräftung oder an den Folgen der Peitschenhiebe, die pfeifend auf sie niederprasseln, wenn es den Antreibern nicht schnell genug geht. All das treibt die Preise für die Ware in die Höhe. Wenn die Hälfte der Fracht ihr Ziel erreicht, kann der Händler von Glück sprechen. Um die geschundenen Schwarzen etwas aufzupäppeln – ein wohlgenährter Sklave bringt mehr ein, als ein Knochengerüst – wird in Valparaíso ein Schuppen errichtet, in dem die Sklaven aufbewahrt und gemästet werden, während ihr Schiff nach Callao ausgerüstet wird.

Neben dem Cabildo, dem Gemeinderat, regiert Mercurius die Stadt. Der Gott des Handels wird insgeheim mehr angebetet als der Himmlische Vater, zu dessen Ehren nach wie vor die Kirchenglocken aller sieben Kirchen bimmeln und den Tagesablauf markieren. Alles Denken und Streben im Valle del Paraíso ist auf Ware, Wachstum und Gewinn ausgerichtet. Besonders kostbare Güter werden nicht in den Schuppen am Hafen aufbewahrt, sondern lagern im unteren Geschoss der Wohnhäuser. Und wo dieser Teil des Hauses wohl gefüllt ist, steht wohl auch schon eine Kalesche vor dem Tor, glänzen vereinzelt Möbel aus Europa in den Wohnräumen, huschen indianische Dienstboten umher und warten still und ergeben auf Anweisungen. Die Damen des Hauses haben die düstere Aufmachung der Habsburger abgelegt und hüllen sich sehr zum Unwillen der kirchlichen Autoritäten in Farben und fließende

Stoffe. In ihrer Freizeit spielen sie Pfänderspiele, Karten und Fangen. An Sonn- und Feiertagen werden Hahnenkämpfe und Pferderennen veranstaltet. Auch dieses sehr zum Unwillen der Kirche und der weltlichen Obrigkeit, da bei dieser Gelegenheit um viel Geld gewettet wird.

Valparaíso wächst zögerlich doch unaufhaltsam heran, zerzaust von den wilden Winden, nach wie vor heimgesucht von Erdbeben und unerbittlichen Bränden, die in Windeseile zerstören, was in Jahren mühsam aufgebaut wurde. In der Mitte dieses langen schmalen Landes, das im schweigenden Eis des Südpols beginnt und sich den schäumenden Ozean entlang bis hin zur Wüste zieht, wird Getreide, Wein und Flachs angebaut. Einige Anbaugüter haben die Europäer von den Ureinwohnern übernommen: Mais, den grünen Kürbis, Kartoffeln und Tabak. Den Süden, wo das ewige Eis endet, durchziehen undurchdringliche Wälder, riesige Araukarien, die ihre Kandelaberäste in die Luft recken, stachelig und immergrün, turmhohe Baumfarne, Sümpfe, funkelnde Seen und schneebedeckte Vulkane, in denen es brodelt und kocht.

Im Norden Valparaísos weichen die Täler bald der trockensten Wüste der Welt, wo unter flimmernden Sanddünen wahre Schätze verborgen sind, Kupfer und Salpeter. Eine karge Mondlandschaft ruht hier unter der sengenden Sonne und im Schatten schneegekrönter Vulkane erstrecken sich Salzseen, zwischen denen rosarote Flamingos ihre Nester aus Erde und Salz bauen. Ein Land voller Gegensätze, Feuer und Eis, Erde und Meer.

Bremen 1814

*Die Ehe ist doch wohl das Wunderbarste auf der Welt,
mich wundert nicht mehr, dass alle Romane darin
schliessen, fester kann nichts geschlossen sein...
(Achim von Arnim an Sophie Brentano)*

Der Bruder ist auf Wanderschaft gegangen und bringt sein Erbteil durch. Aus Hamburg kommt die Nachricht, dass er in liederliche Gesellschaft geraten sei, aus Köln und Aachen nur Bitten um Geld. Er ist krank geworden und hat weder Brot noch ein Dach über dem Kopf. Dann erfahren die Eltern, dass er sich als Husar unter Napoleon hat anwerben lassen. Der eigene Sohn im Dienst der Franzosen, das ist nun wirklich eine Nachricht, die sie lieber für sich behalten. Über den missratenen Sohn wird im Hause Timm nicht mehr gesprochen. Er hat den Eltern nie wirklich Freude gemacht und so richtet sich ihr Augenmerk nur noch auf die Tochter, die nun nicht mehr Gesche, sondern Gesina Margarete genannt werden möchte. In den Mienen ihrer Eltern liegt ein leiser Vorwurf. Gesina ist nun alt genug. Es wird Zeit zu heiraten. Mehrere Anträge hat sie schon abgewiesen. Der einzige Bewerber, der ihr gefiel, Johan, der ausgelassene Wandergeselle, hatte dem Vater nicht gepasst. Nun hat aber der kürzlich verwitwete Sohn des Nachbarn, Sattlermeister Miltenberg, ein Auge auf die junge, hübsche Frau geworfen, die da jeden Tag Wasser aus seinem Brunnen holt. Gesche freut sich, wenn er sie liebenswürdig grüßt und ihr das Wasser nach Hause trägt. Doch besonderes Interesse hat sie nicht an dem jungen Mann. Sein Äußeres lässt kein Frauenherz höher schlagen und es wird viel über ihn gemunkelt. Einiges hat sie selbst mitbekommen. Seit vier Monaten erst ist er Witwer. Er hat ein loses Leben geführt, ist mit zwanzig Jahren auf Wanderschaft gegangen und in Braunschweig einer liederlichen, fünfzehn Jahre älteren Kokotte in die Hände gefallen. Die hatte zehn Jahre ihres wahren Alters herabgelogen und so mit ihren erotischen Künsten gezaubert, dass sie schon bald mit dem jungen Miltenberg verheiratet war. Das Paar zog dann in Miltenbergs Vaterhaus nach Bremen und die nun folgenden Ehejahre waren erfüllt von Zanken, Trinkgelagen und Schlägereien. Das drang zuweilen bis hinaus auf die Straße, ja sogar bis zu den Nachbarn, die nicht verstehen konnten, dass weder der alte noch der junge Miltenberger dem sittenlosen Treiben der neuen Hausherrin Einhalt geboten. Stets trug Madame Miltenberg eine Flasche Schnaps mit sich, nüchtern hat man sie eigentlich nie gesehen. Die Seiten der Geschäftsbücher blieben leer, die Furcht vor der Hausherrin glich das Gesinde damit aus, dass es heimlich Schinken verschwinden ließ, sich Tabak in die Hosentaschen stopfte oder auch mal eine Flasche guten Burgunders mitgehen ließ. Fünf Jahre dauerte dieses an, bis die allseits Gefürchtete an den Folgen ihrer Trunksucht und eines durch ihre Schwäche begünstigten Ausbruchs der Schwindsucht starb. Nun waren die beiden

Männer allein im Haus, der Vater nahm sein Gläschen Portwein umgeben von seinen wertvollen Ölgemälden zu sich, von denen einige an die dreihundert Taler wert sind, und der Sohn ertränkte die Schrecken seiner durchlebten Ehejahre im Wirtshaus. Dass eine neue Frau her musste, die den Haushalt wieder in Ordnung brachte, das war klar, und die hübsche, fleißige Gesche Timm aus dem Nachbarhaus würde das bestimmt schaffen. Dem jungen Miltenberg haftet nun zwar ein zweifelhafter Ruf an, aber er ist Erbe eines großen Hofes, zu dem diverse Nebenhäuser gehören. Das Wohnhaus ist ausgestattet mit kostbarem Mobiliar und Seidentapeten. Obgleich der alte Miltenberg nur Sattlermeister ist, verkehren hier vornehme Herren, sogar Senatoren, ebenfalls Besitzer oder Kenner von Ölgemälden, die gern mit dem alten Miltenberg über seine wertvollen Bilder diskutieren, während sie ihren Tabak schnupfen. Das alles hebt den Heiratskandidaten wohl in ein günstiges Licht, das alle negativen Aspekte überstrahlt, und als Magister Rothe als Freiwerber bei den Timms vorspricht und Vater Timms Einwand, dass seine Tochter keine Mitgift haben würde, als unwichtig beiseite schiebt, ist es den Eltern, als sei dies das größte Glück auf Erden für sie und ihre Tochter.

Gesche, die von ihren Eltern gelernt hat, dass diese nur immer das Beste für sie wünschen und wollen, traut sich nicht zu widersprechen. Sie fängt an zu weinen. Sie weint die ganze Nacht und den Tag und die Nacht darauf und drei Tage später geht sie in das Miltenbergsche Haus und nimmt sich des völlig verwahrlosten Haushaltes an. Sie arbeitet von sieben Uhr morgens bis zehn

Uhr abends, bis zu ihrer Hochzeit am 6. März, der auch ihr Geburtstag ist. Nicht jedermann hält diese Hochzeit für Gesches größtes Glück. Timms Freunde haben Bedenken und halten es für Leichtsinn, dass der Schneidermeister seine liebreizende Tochter so einem wüsten Trunkenbold zur Frau gibt. Doch die Mutter meint, dass Liebe und Glück von selbst kämen, wenn die jungen Leute nur Brot hätten.

Es wird Frühling, in den Gärten flammt der Ginster. Narzissen und Tulpen treiben ihre leuchtenden Blüten aus der Zwiebel. Gesche hat Ordnung in Haus und Werkstatt gebracht. Die Mägde, Lehrlinge und Gesellen spüren das wachsame Auge der neuen Herrin. Es verschwindet kein Burgunder mehr aus dem Weinkeller und in der Speisekammer bleibt alles liegen, wo es hingehört. Zu Ostern werden Rosinenwecken und Hefezöpfe gebacken. Gesche schmückt den Tisch mit Weidenzweigen und bemalten Eiern. Miltenberg ist stolz auf seine junge, hübsche Frau und überschüttet sie mit Kleidern, Schmuck und einer himmelblauen Haube aus Satin. Das gefällt ihr wohl, aber dass er weiterhin jeden Abend im Wirtshaus sitzt und trinkt, anstatt ihr Gesellschaft zu leisten, bedrückt sie zusehends. Mit jedem dieser Abende, die er vor ihr zu fliehen scheint, wird ihr schwerer ums Herz. Sie verspürt eine unfassbare Sehnsucht, ein Verlangen nach Zärtlichkeit und Liebe. Sie will fühlen, Hände spüren, Haut, einen warmen Körper. In ihrem Elternhaus gab es das nicht und nun sollte das Leben in gleicher Weise weitergehen?

Einmal lässt Miltenberg einen Haarkräusler kommen, der ihr die Haube abnimmt und eine Lockenfrisur zaubert. Er erzählt ihr beim Kräuseln, dass die Damen am Hofe des französischen Königs, früher, noch vor der Revolution, wahre Wunderwerke aus echten und falschen Haaren trugen, über Spiralfedern in die Höhe gekämmt, mit Federbüschen, Blumen und Gewinden aus bunten Schleifen verziert. Mit so einem Wunderwerk auf dem Kopf konnte man natürlich weder schlafen noch arbeiten, nur erhobenen Hauptes dasitzen und sich bestaunen lassen. Was für Welten es gibt, von denen sie nie zuvor gehört hat! Gesche erinnert sich an die Zeit, als sie mit ihren Freundinnen Komödie gespielt hat. Da war sie stets die Königin, die Prinzessin, von den Freundinnen geschmückt und verehrt. Als Herrin des Miltenbergschen Hofes ist sie eigentlich nichts anderes als eine Dienerin, die unermüdlich dafür sorgt, dass Vater und Sohn es sich in einem geordneten Haushalt wohl sein lassen können.

Von einer seiner vielen Reisen, von denen Gesche nicht weiß, wozu oder wohin er sie unternimmt, bringt Miltenberg ihr eines dieser neuen Kleider mit, eine Chemise aus Seidenmousselin, ohne Taille und unter der Brust leicht mit einer hellblauen Seidenschärpe gegürtet. In der „Hauspostille", hat Gesche über diese Mode wohl gelesen, aber das sind Kleider, die in Berlin oder in Weimar von diesen Damen getragen werden, die ihre Teezirkel zelebrieren oder Salons führen. Sie gefallen ihr, die sanften Farben, zarter Flieder, Elfenbein, der fließende Stoff, der den Körper umspielt statt einzuengen. Aber so etwas kann sie hier nicht tragen. Man würde sie für ein Lustmädchen halten. Als Gesche ihren Mann nun trotzdem dankbar in die Arme nehmen und küssen will, weicht dieser abwehrend zurück, stammelt Unverständliches und flieht wie immer ins Wirtshaus. Gesche erstarrt. Die Leere in ihr ist schmerzhaft und tief. Kein Kleid, kein Schmuck, weder Hüte noch Bänder können sie füllen.

Gesches Eltern merken wohl, dass ihre Tochter immer blasser wird in dieser Ehe, und nehmen sie im Sommer zur Aufheiterung zu einer Korporalsmahlzeit mit. Miltenberg erscheint ebenfalls und zwar in Begleitung seines neuen Freundes Herrn Gottfried, ein flotter, lebenslustiger Reisender in Sachen Wein, der nicht nur ein guter Tänzer ist, sondern auch sehr schön Gitarre spielt. Er wohnt seit kurzem ebenfalls in der Pelzerstraße und lässt die Frau seines neuen Freundes nach einem ersten Tanz nicht mehr aus den Augen. Bis in die tiefe Nacht schweben die beiden über die extra für diese Veranstaltung ausgelegten Planken. Miltenberg ist das nur Recht, er tanzt nicht und muss sich so um Gesche nicht kümmern. Die schmelzenden Blicke, die seine Frau dem Tanzpartner zuwirft, die Hände, die sich immer enger miteinander verflechten - sieht er sie nicht?

Gesche ist verliebt. Sie denkt nur noch an ihn, an Gottfried. Ruhelos wandert sie durch das Haus, die Stiegen hinauf und hinab, von der Küche in die Stube, in die Werkstatt und wieder zurück in die Diele. Sie tritt vor das Haus, um ihn auf der Straße abzufangen, um allein ein paar Worte oder auch nur Blicke mit ihm zu wechseln. Sie verbringt Stunden vor dem Spiegel und fragt sich, ob sie für Gottfried hübsch genug ist. Sie fängt an sich zu schminken, legt Puder auf, Rouge, Lippenpomade. Die Schminke wurde die rettende Maske vor dem verräterischen Erröten und Erblassen. „Die erste Sünde an meinem Körper", wie sie später sagt. Gottfried aber beliefert seinen Freund Miltenberg weiter mit Wein, als sei nichts gewesen. Die Abstände zwischen den Lieferungen werden zwar immer kürzer, doch die Worte, die er mit Gesche wechselt, seine Blicke, sein Händedruck sind höflich, förmlich, nichtssagend.

Die sonnensatten Tage sind vorüber, es wird Herbst und am 21. November stehen frühmorgens die Franzosen vor dem Ostertor. Oberst Clement mit 2000 Männern zu Fuß, 90 Husaren in scharlachroten Röcken, abenteuerlich anmutende Sappeurs mit Bärenmütze und blinkender Axt auf der Schulter und 40 Offiziere hoch zu Pferd ziehen unter Trommelwirbel in die Stadt. Sie müssen einquartiert und beköstigt werden. Oberst Clement verlangt für seine Männer Quartiergelder, neue Schuhe, Oberröcke und Pantalons. Für die Offiziere werden zusätzlich Tafelgelder eingetrieben. Die Stadt ist in Aufruhr.

An Gesche gehen die Ereignisse vorüber wie Nebelbilder. Ihr ganzes Denken, ihre Sehnsucht und ihr Verlangen richten sich nur auf einen Mann, auf Gottfried. Nur nach ihm sucht ihr Blick auf der Straße. Manchmal bricht sie in hemmungsloses Weinen aus. Den ständigen Fragen der sich sorgenden Eltern und des beunruhigten Schwiegervaters entgeht sie mit der Lüge, dass ihre Kinderlosigkeit der Grund für ihre Trauer sei. Die Bemühungen der Angehörigen, die junge Frau auf andere Gedanken zu bringen, gipfeln dahingehend, dass Vater Timm Kindern den Zutritt in das Miltenbergsche Haus untersagt, damit ihr Anblick seine Tochter nicht schmerzt.

Mechanisch verrichtet Gesche ihre Arbeit in Haus und Hof. Endlos lang sind die Tage, öde und inhaltslos. Zum Glück ist inzwischen das Komödienhaus auf dem Ostertorswall wieder eröffnet worden. Im Sommer gehen die Bremer nicht gern ins Theater, da sitzen sie lieber hinter den immergrünen Taxushecken ihrer Gärten in der Neustadt oder spazieren die Weser entlang. Doch wenn die Tage kürzer und die Abende länger werden, ist das Komödienhaus stets gut besucht. Miltenberg mag die Schauspielerei und Gesche begleitet ihn mit Vergnügen. Ist das doch endlich eine Gelegenheit, dem trüben Alltag zu entfliehen, den Liebeskummer für eine Weile zu vergessen. Sie lässt den Inhalt der Stücke ungerührt an sich vorüberziehen, ganz gleich, ob es ein Drama dieses kürzlich verstorbenen Revolutionärs Schiller ist oder eines der zahlreichen Lustspiele von Kotzebue. Das Äußere zieht sie in seinen Bann. Der Glanz, die Lichter. Welch ein Genuss in einem festlichen Kleid unter strahlenden Lüstern zu sitzen und zu beobachten, wie die Schauspieler ihre Rolle spielen, sich heroisch geben, romantisch, verführerisch oder schurkisch. Die Welt auf der Bühne ist lebendig, bunt und dramatisch. Ihre Welt ist eintönig, trostlos, grau in grau.

Dieser Winter ist besonders hart und heftig. Und als im April die Wasserstellen am Stadtgraben wieder ganz frei vom Eis sind, weiß Gesche, dass ein Kind unterwegs ist. Miltenberg humpelt, zieht ein Bein nach beim Gehen und bewegt sich überhaupt sehr merkwürdig. Auf Gesches Frage hin, was ihm denn fehle, entgegnet er, dass er sich an einem Kutschkasten verhoben hat. Sie lässt den Chirurgus Hofrat Schmidt kommen, der sich mit ihrem Mann einschließt und nach über einer Stunde mit bedeckter Miene aus der Stube kommt. Auf die Frage, was ihrem Mann denn fehle, antwortet er knapp, dass sie keinen ehelichen Umgang mehr mit ihm haben dürfe. Sie geht nun oft hinüber zu ihren Eltern und schließt sich abends in ihrem Zimmer ein.

Mutter Timm lässt eine Kartenlegerin holen, deren grausiger Anblick die junge Schwangere zutiefst verstört. Später erfährt sie von der Mutter, dass die Karten nichts Gutes ausgesagt haben.

Kurz vor der Niederkunft näht die Mutter einen halben Groschen und eine wundertätige Wurzel in Gesches Kleid. Beides soll wohltuende Wirkungen hervorrufen. Unter Kopfkissen und Matratze legt sie Säckchen mit heilkräftigen Kräutern und Steinen. Vom Vater bekommt sie eine schöne, neue Bettstelle, feine Tücher, eine Wiege und niedliches Kinderzeug. Außerdem stellen ihr die Eltern Kaffee, Tee, Zucker und Schokolade in die Speisekammer, Kolonialwaren, so kostbar wie nie zuvor, seitdem Napoleon gegen seinen Erzfeind England die Kontinentalsperre verhängt hat, um die Einfuhr britischer Güter aus Übersee zu unterbinden. Doch die Herren der Meere besetzen Helgoland, von Wind und Wasser geformter Felsen in der Nordsee. Bald entwickelt sich ein lebhafter Schmuggel zwischen der roten Sandsteininsel und den Hansestädten und auf die überseeischen Genusswaren muss nun keiner mehr verzichten.

Gesches Kind, ein kleines Mädchen, kommt leicht und schnell zur Welt. Die Großeltern tragen es auf Händen und umsorgen es Tag und Nacht. Nach vier Wochen hat Gesche keine Milch mehr und das Kind, die kleine Adelheid, bekommt eine Amme. Sie ist zu blass und will nicht richtig gedeihen. Auf der Haut zeigen sich Flecken und kleine Bläschen. Als augenscheinlich wird, dass es mit Anzeichen der Lustseuche geboren ist, schiebt man dieses der Amme in die Schuhe. Obgleich alle wissen, wer die verhängnisvolle Krankheit übertragen hat, wird die Amme entlassen. Ein zweites Kind kommt knapp ein Jahr später tot zur Welt.

Da Gottfried fern und unnahbar bleibt – abgesehen von einem Kuss während eines Spazierganges zum Wall war nichts geschehen – richtet sich Gesches Sehnsucht auf einen anderen Mann, ebenfalls ein Weinhändler, verheiratet, wohlbeleibt, aber voller schöner Worte. Manch gute Flasche trägt auch er in das Miltenbergsche Haus, Rheinwein, Burgunder und wohl auch mal eine Flasche Rum. Später kommen kleine Geschenke für die Hausfrau hinzu, Blumen, Konfekt, eine besonders edle Flasche Rebensaft, die dann allerdings ihr Mann leert. Miltenberg übersieht geflissentlich die Blicke, die Kassow seiner Frau zuwirft. Es ist ihm nur Recht, wenn sich ein anderer um Gesche kümmert. So kann er ungestört seinen eigenen Vergnügungen nachgehen. Kleine Geschenke und sehnsuchtsvolle Billetts werden ausgetauscht. Einmal möchte Gesche ihrem Verehrer eine Tuchnadel mit einer Haarlocke schenken und ein paar liebe Zeilen hinzufügen. Da sie nie Briefe geschrieben hat, ihr Mann aber sehr geschickt darin ist, bittet sie ihn einige Worte zu schreiben und behauptet, dass diese für eine Freundin seien, die ihrem Freund eine Tuchnadel schenken wolle. „Nicht diese Locke sei Ursache, dass sie sich meiner erinnern", schreibt Miltenberg, „nein, das Gefühl der Freundschaft und Tugend mehre sich täglich bei Ihnen." Gesche schreibt die Worte ab und lässt sie mit der Nadel und einer Locke Herrn Kassow zukommen. Dieser zeigt sich erkenntlich. Am Wochenende unternehmen sie nun Landpartien, entfliehen den engen Gassen der Stadt und fahren nach Horn oder weiter noch bis zu den Eichenhainen von Oberneuland. Hier haben wohlhabende Bremer ihre Sommersitze mit knorrigen Obstbäumen und einer Laube im Garten. Hier atmen Großzügigkeit, Fülle und Licht. Manchmal geht es sogar bis nach Lilienthal. Die Fahrt in das kleine, von Mooren umgebene Bad dauert mindestens zwei Stunden und ist oft beschwerlich, denn nach Regenfällen stehen schon kurz hinter dem Wall die Wege unter Wasser. Doch wer es sich leisten kann, verlässt die Stadt gern für ein paar Stunden und besucht das Badehaus an der Wörpe, um hier in das angeblich heilsame Wasser zu tauchen. Das Badehaus hat Johann Hieronymus Schroeter errichten lassen. Er ist nicht nur Oberamtmann von Lilienthal, sondern auch ein anerkannter Astronom. Sogar Goethe wollte hier in seinem Badehaus einmal kuren - erzählt Kassow - und bei der Gelegenheit auch Schroeters große Sternwarte besichtigen – aber daraus wurde nichts. Die Wirren der Zeit, Kriege und wechselnde Besetzungen führten zur Schließung der Sternwarte und aus der Reise des großen Deutschen Dichters in die norddeutsche Tiefebene ist leider nichts geworden.

Als Kassow geschäftlich nach Berlin muss, ist der Alltag wieder grau und trübe, ohne kleine Aufmerksamkeiten, Ausflüge und zärtlich geflüsterte Schmeicheleien. Sie hatten auch miteinander geschlafen. Was Gesche sich in ihren Fantasien so glühend ausgemalt hatte, war nicht eingetroffen. Das war keine Liebesnacht gewesen, wo sich Sonne und Sterne treffen, wo die Glut zwei Körper erfasst und einer in dem anderen weint und lacht und schmilzt. Kassow hatte sie genommen, wie etwas, was ihm seit langem zusteht, behäbig, dienstbeflissen und selbstverständlich.

Gesche verlässt nun manchmal abends das Haus und geht hinunter an die Weser. Die Häuser stehen wie Scherenschnitte vor dem Mondlicht und der Fluss zieht grau und träge dahin wie die Zeit. Ihr Bruder ist durch Frankreich gezogen, er kennt Paris, Lyon, Marseille. Die Namen dieser Städte klingen wie Musik, verheißungsvolle Klänge einer anderen Welt. Sie selbst ist über die umliegenden Dörfer nicht hinausgekommen. Die Pumpenhäuser an der Schlachte schweigen, nachts wird kein Wasser weitergeleitet. Die Pumpe ist nur tagsüber tätig und das nach wie vor nur für die Gutsituierten, die es sich leisten können, ihre Häuser an ein Pumpenhaus anschließen zu lassen.

Das Leben und Treiben am Fluss hat sich verändert. Schon lange kommen keine großen Segler mehr bis an die Schlachte. Die Weser ist hier inzwischen zu versandet und die kostbaren Güter aus Übersee müssen in Brake oder Elsfleth an Land gebracht und auf Lastkähne umgeladen werden. Früher hat Gesche sich oft ausgemalt, wie es sein würde, einen stolzen Schoner oder eine wendige Brigg zu betreten, den festen Boden ihrer engen Stadt mit den schwankenden Planken eines Schiffes einzutauschen und zwischen Himmel und Meer Weite zu spüren, Licht und Neugier auf das Ungewisse. Die platten Weserkähne, die nun die Waren flussaufwärts bringen, schwerfällig, mit braunen Segeln, sind keine Verheißung auf eine andere Welt.

Miltenberg ist ihr inzwischen zuwider. Was ist sie denn je anderes für ihn gewesen als ein Gebrauchsgut, das man putzt und benutzt und oftmals in die Ecke stellt. Seine Annäherungen nach ausschweifenden Abenden im Club oder im Wirtshaus, die Symptome seiner Krankheit, ekeln sie. Allein das Erinnern daran, dass sie mit diesem Mann das Bett geteilt und Kinder bekommen hat, lässt sie erschauern. Nie wieder sollen diese feuchten Hände sie berühren, nie wieder will sie diesen ausgemergelten mit Schrunden und Flecken bedeckten Körper spüren. Wie hatte sie damals der ersten Nacht mit ihm entgegengefiebert, sich in Veilchenduft gehüllt, die Haare gelöst. Sie hatte Angst, aber auch die Hoffnung, dass nun Zärtlichkeit in ihr Leben treten würde, Liebe, Lust. Ein seidenes Nachthemd hatte der Vater für die erste Nacht angefertigt, der Stoff eine Kostbarkeit aus Lyon, dem glanzvollen Königreich der Seide.

Tage und Nächte sind unsäglich lang, bis Gottfried von einer mehrmonatigen Geschäftsreise zurückkommt. Da das Haus, in dem er zur Miete wohnte, verkauft worden ist, muss er sich nach einer neuen Bleibe umsehen. Als Miltenberg seine Frau eines Abends fragt, ob sie bereit wäre, die Wohnstube in das Hinterzimmer zu verlagern, da Gottfried bei ihnen einziehen wolle, muss sie tief durchatmen. Scheinbar gleichgültig willigt sie ein. Gottfried hat auch seine umfangreiche Bibliothek mitgebracht. Da stehen nun Klopstocks Oden neben Lafontaines Fabeln, Shakespeares Dramen neben einigen Erzählungen von Kleist, Andachtsbücher zur Förderung der häuslichen Erbauung und mehrere Liedersammlungen. Gottfried dichtet selbst und hat eine eigene Sammlung herausgegeben. Seine „Blumenlese geselliger Freude" hat vier Auflagen erlebt. Nun sitzt man abends zusammen, trinkt Punsch, spielt Karten und liest mit verteilten Rollen ein Lustspiel. Doch bald schon kann Miltenberg auf seinen Club nicht mehr verzichten und wenn Gesche allein in ihrer Kammer liegt, nimmt Gottfried die Gitarre zur Hand und singt mit samtiger Stimme seine Lieder: „Beglückt, beglückt, wer die Geliebte findet", „Wen ich liebe, weiß nur ich", „Süßer Traum, wie bist du bald entschwunden", und Gesche drückt ihr Gesicht in die Kissen.

Draußen werden die Laternen angezündet. Die Lampenwärter holen nun Hanföl aus dem Magazin, das gefriert nicht im Winter wie Tran. Die „Deputation für Gassenreinigung und Erleuchtung" hat nun endlich nach niederländischem Vorbild auch neue Laternen setzen lassen. Gesche schleicht sich aus dem Zimmer und die Laterne vor dem Haus wirft schmale Streifen auf die gebohnerten Dielen. Die Ölgemälde des alten Miltenbergs blicken stumm aus ihren verschnörkelten Rahmen herab. Gesche huscht die Treppe hinunter.

Gottfrieds Zimmer ist offen. Endlich Erfüllung, Sterne, Liebe?

Sie gehört nun beiden Männern. Wenn diese nach einem gemeinsamen Zechgelage nach Haus kommen, fragt Miltenberg seinen Freund oft scherzhaft, was nun wohl ihre kleine Frau mache. Und wenn Gesche noch am Tisch sitzt, wo sie auf Gottfried gewartet hat, lacht dieser auf bei ihrem Anblick und küsst sie im Beisein Miltenbergs auf Hals und Nacken.

Als Kassow aus Berlin zurückkehrt und alte Ansprüche geltend macht, kann Gesche ihm diese nicht verwehren. Er bringt Geschenke mit, wispert schöne Worte und fährt mit ihr wieder aufs Land, wo sie sich ihm hinter den hängenden Zweigen verschwiegener Trauerweiden hingibt. Kassow nistet sich nun bei ihren Eltern ein, hilft mit einem Darlehen aus und schleppt so manch gute Flasche Wein ins Haus des alten Kleidermachers. Die Eltern ahnen wohl, dass da etwas im Gange ist zwischen Kassow und ihrer Tochter, wollen es aber nicht wahrhaben. Sie bereuen schon lange, dass sie Gesche dem Miltenberg zur Frau gegeben haben und versuchen mit Geschenken und allerlei anderen Zuwendungen ihren Fehler wieder gutzumachen. Die Mutter hilft ihr beim Waschen und Seife sieden und kocht am Freitag Stockfisch in weißer Soße mit Wurzeln. Auch der Vater macht sich im Miltenbergschen Haushalt nützlich. Mit gewohnter schneller Nadel flickt er das Weißzeug, säumt ausgefranste Kittel und versieht die Kleider seiner geliebten Tochter mit Bändern und Biesen. Doch die Bemühungen der Eltern sind kein Trost. Der Alltag mit seinen immer gleichen, nie enden wollenden Anforderungen nimmt ihr die Luft zum Atmen. Das Haus, in dem neben den Dienstboten nun oftmals auch die Eltern emsig hin und her huschen, gleicht trotz seiner Geschäftigkeit einem inhaltslosen Gefüge, einem Käfig, dessen Wände immer näher zusammenrücken.

Gesche spielt nun nach außen die bedauernswerte Ehefrau und unterstreicht noch ihre bemitleidenswerte Lage, indem sie verbreitet, dass ihr Mann sie misshandelt und dass er heimlich Gegenstände aus dem Haushalt verkauft, um seinen Lastern nachgehen zu können. Jedoch ist sie diejenige, die schon das Brautbett versetzt und Vasen und Geschirr veräußert hat, denn sie braucht ebenfalls Geld, viel Geld, mehr noch als ihr Ehemann. Sie kauft Kleider und Hüte, die sie niemals trägt, Puderquasten aus Schwanendaunen, Parfüms in kristallenen Flakons, glitzernde Knöpfe, Bänder, Schnallen und Perlen. Immer wieder überkommt sie dieser unentrinnbare Drang schöne Dinge zu erstehen, sich zu belohnen für die Mühsal ihres Lebens, dieses elende Dasein, das ohne Liebe und Zärtlichkeit im Alltag zerrinnt. Meist braucht sie die wahllos erworbenen Dinge gar nicht. Vieles wird dann verschenkt, an die Eltern, an Freunde, ja, sogar an die Dienstboten, die dann dankbar die Hände ihrer Wohltäterin ergreifen und sich darin ergehen, deren Großmut und Freigebigkeit zu preisen. In solchen Momenten kommen Gesche die Tränen. Dann fühlt sie sich geliebt und anerkannt.

Gesche braucht mehr Geld. Sie leiht sich ein paar Taler bei Freunden oder bei Kassow, aber es reicht von vorn bis hinten nicht. Ihr Mann hat schon einige ihrer Anleihen begleichen müssen, ihn kann sie um Geld nicht mehr angehen. In der Werkstatt hängt zwischen Handmesser, Zangen und Nähwerkzeug ein Dietrich. Es fällt nicht auf, wenn sein Platz ab und zu leer ist. Geschickt öffnet Gesche mit dem Diebesschlüssel nun jede Schatulle und jedes Pult und bestiehlt ihren Mann, ihren Geliebten Gottfried und einen weiteren Hausbewohner, der seit einiger Zeit ebenfalls zur Untermiete bei ihnen wohnt. Dass in dessen Pult plötzlich neunzig Taler fehlen, kann nicht unentdeckt bleiben. Der Aufruhr ist groß, das ganze Haus wird auf den Kopf gestellt, doch Gesche bleibt gelassen, verlangt, dass die Schuldigen gefunden werden. Ja, sie beteiligt sich sogar an der Suche und lässt es wieder einmal geschehen, dass der Verdacht auf Unschuldige fällt. Die Aufwärterin und ein Lehrling werden entlassen.

Als Gesche wieder schwanger ist, geht sie zu einer Wahrsagerin, die ihr die Karten legt. Es ist die gleiche, graugesichtige alte Frau, von der auch die Mutter sich regelmäßig die Zukunft deuten lässt. Die Mutter lässt sich auch aus Kaffee weissagen und befragt ab und an den Orakel-Automaten in der Obernstraße, wo man an einer Scheibe mit einem Pfeil in der Mitte drehen muss. Wo der Zeiger stehen bleibt, steht das Schicksal geschrieben. Sie glaubt an dergleichen Dinge und weint oft über die Prophetien, die alle das Gleiche sagen, dass Gesche zwar noch mehr Kinder bekommen und dass die Entbindungen leicht sein würden, dass es aber viele Sterbefälle im Haus geben und dass nur die Tochter von der Familie übrig bleiben würde, allerdings auch nur bis zum vierzigsten Lebensjahr.

Endlich ist Sommer. Ein leichter Wind fährt durch die Wäsche, die sich im Hinterhof aufbläht, und das Kind, ein Junge, kommt mühelos und schnell zur Welt. Es bekommt den Namen Heinrich und man sagt, es sähe Kassow verblüffend ähnlich.

Ende des Jahres wird Bremen dem französischen Kaiserreich einverleibt und ist nun Hauptstadt des „Departement des Bouches du Weser". Der Code Civile hält Einzug in die Amtsstuben. Die hergebrachte Ordnung wird erneuert, vertraute Regeln revidiert, altgewohnte Bestimmungen abgeschafft. An Stelle der Kirchen registriert nun ein ordentliches Standesamt Geburt, Heirat und Tod. Der Senat wird abgeschafft. Die Zünfte werden aufgelöst und Gewerbefreiheit eingeführt. Jeder, der für wenige Taler ein entsprechendes Patent erwirbt, kann nun Tischler, Sattler, Schneider, Schuster, Metzger, Bierbrauer oder Buchbinder sein. Der Schütting, ehrwürdiges Haus der Bremer Kaufmannschaft, wird zum „Palais de la Justice". Die Häuser der Stadt bekommen Hausnummern, breitere Straßen werden angelegt und auf dem Bremer Wappen, dem Schlüssel zur Welt, thront nun der sich aufschwingende napoleonische Adler. Die Stadt zählt 4.800 Wohnhäuser und 28.000 Einwohner. Alle Bürger sind gleich, auch die Juden.

All diese Ereignisse rauschen an Gesche vorüber, wie ein Fluss, der nach einem ungestümen Aufbrausen wieder leise murmelnd dahinzieht, mal Strudel bildend, mal kreisend und schäumend, um dann doch wieder in seinem gewohnten Lauf zu strömen. Nur einmal, als der Vater klagt, dass er wegen der Gewerbefreiheit Angst um seine Existenz habe, dass nun die Schneider wie Pilze aus dem Boden schießen würden und dass da ja noch der Sohn sei, Gesches Bruder, der hoffentlich irgendwann wiederkommen und seinen Vater in der Werkstatt ablösen würde, da stockt ihr der Atem. Den Bruder möchte sie nun gar nicht zurückhaben. Die Zuwendung der Eltern mit ihm teilen und wohl auch noch deren mageres Erbe, das mag sie sich nicht vorstellen.

Manchmal entflieht sie der engen Pelzerstraße und läuft die Sögestraße hinunter, zum Herdentor, in die neuen Anlagen am Wall. Schon vor Jahren sind die mittelalterlichen Festungsmauern abgerissen, die Wälle eingeebnet worden, und an den Rändern der Wege, die sich zum Stadtgraben schlängeln, blühen Hortensien, Rosen und flammender Rhododendron. An Stelle wehrhafter Bastionen stehen Windmühlen auf den übergrünten Anhöhen und die neu angepflanzten Pappeln und Baum-Hasel strecken sich schon in die Höhe. Statt Zugbrücken führen feste Brücken über den Stadtgraben. Am Wall und auch auf der anderen Seite des Stadtgrabens, an der Contrescarpe, sind prächtige Wohnhäuser entstanden, helle, mehrgeschossige Villen, weiträumig und klar, von schlanken Säulen flankiert, ohne Schnörkel und Schnickschnack wie die schmalbrüstigen Häuschen in der Pelzerstraße. Hier herrscht eine andere Luft als in der stickigen Altstadt, wo morgens schon der Rauch der frisch entfachten Herdfeuer in den Gassen hängt, wo sich im Laufe des Tages die Gerüche aus Küchen und Fleischereien, aus den dumpfen Gottesbuden und von den Abfallhaufen am Straßenrand vermischen und wie eine drückende Wolke über der Altstadt lasten.

Gesche ist wieder schwanger und der Gestank nimmt ihr die Luft zum Atmen. Ende Oktober wird ihre Tochter Johanna geboren. Sie überlebt nur den Winter, der erfüllt ist von der Unruhe in einer besetzten Stadt, und stirbt im April des folgenden Jahres so still, so leicht, wie sie auf die Welt gekommen ist. Da ist Napoleons Armee in den unermesslichen Weiten Russlands schon zugrunde gegangen und in Bremen und Umgebung züngelt der Widerstand gegen die verhassten Franzosen.

Gesche hört die Leute reden, dass Lilienthal von einer französischen Strafexpedition abgebrannt worden ist, da die Bauern dort den Russen geholfen haben sollen. Auch die berühmte Sternwarte ist nur noch Schutt und Asche. Ob das Badehaus an der Wörpe noch steht? Mit Kassow ist sie mehrmals dort gewesen und hat den Torfkähnen nachgesehen, die mit ihren schwarzen Segeln den kleinen Fluss durchzogen. Das Moor, das sich hier in alle Richtungen ausbreitet, hat sie immer bedrückt mit seiner Grabesstille. Es ist abweisend, karg und unwegsam. Nur Schilfhalme wiegen sich an den kleinen Tümpeln oder Wollgras mit seinen weißen Federbüscheln, und an den Wassergräben stehen silbrige Moorbirken wie einsame Wächter. Doch der Rest ist Ödnis und Einsamkeit. Der ewig bewölkte Himmel lastet auf dem Land und den Menschen auf der Seele.

Was wohl aus Kassow geworden ist? Er hat sich schon lange nicht mehr blicken lassen und Gesches Sehnsucht richtet sich nun wieder auf Gottfried. Weinend wirft sie sich ihm in die Arme. Dass ihr der Tod nun noch ein Kind genommen hat, muss doch sein Mitleid erregen. Ja, das tut es. Gottfried sieht das tränenüberströmte Gesicht der jungen Frau, den Schmerz in ihren Augen und nimmt sie in seine Arme. Neun Monats später bekommt sie wieder eine Tochter, die ebenfalls Johanna genannt und Gottfried immer ähnlicher wird.

Den Ehemann erträgt sie nicht mehr. Wie ein Schatten seiner selbst schleicht er durch Haus und Werkstatt, bleich und schlaff, ständig erschöpft, grindig und voller Pusteln im Gesicht. Die Lustseuche hat im Verlauf der letzten Jahre von seinem ganzen Körper Besitz ergriffen. Dass sein rechtes Bein nun fast lahm ist, erklärt er abermals damit, dass er unter einen Kutschkasten geraten sei. Das Bett teilt Gesche schon lange nicht mehr mit ihm. Einmal hört sie die Eltern flüstern, dass er zu nichts mehr nütze sei und besser bald den Tod fände. Der Tod, was ist der Tod? Johanna ist so leicht gestorben. Das Kindchen, das nach Adelheid zur Welt kam, wollte gar nicht erst leben. Wozu auch?

Als Gesche ihrem Schwiegervater eines Morgens den Kaffee bringt, sitzt dieser am Tisch und kann sich kaum bewegen. Das Bett ist noch gemacht, er hat also die ganze Nacht über am Tisch gesessen. Mittags legte er sich hin und steht nicht wieder auf. Gesche bleibt an seiner Seite. Sie füttert ihn, sie wäscht ihn und wenn er vor Kälte zittert, legt sie sich zu ihm ins Bett um ihn zu wärmen. Ihre Eltern und die Dienstboten blicken bewundernd zu ihr auf. Wie sie sich um den alten Mann kümmert, wie sie ihn pflegt und unermüdlich um ihn ist, gebietet Anerkennung und Verehrung. Nach nur wenigen Tagen haucht der alte Miltenberg sein Leben aus, friedlich, ruhig und sanft. Gesche schließt ihm die Augen und hält noch lange seine Hand. So also ist der Tod, denkt sie, so einfach, so still und leicht, fast eine Erleichterung. Ist es nicht manchmal besser zu sterben, als sich selbst und anderen zur Last zu fallen?

Am Abend nach der Beerdigung nehmen Gesche und Miltenberg mit den alten Timms noch ein Gläschen Malvasier in der Diele, wo die kostbaren Ölgemälde des Verstorbenen in ihren Goldrahmen prangen. Das Gespräch kommt auf einen fernen Verwandten, der unheilbar krank ist und seit Jahren dahinsiecht. Da ereifert sich Miltenberg über die Ärzte, die doch lieber ein wenig nachhelfen sollten, anstatt so ein Leben unnötig zu verlängern. Ihm ist ja doch mit seinem Leben nicht gedient. Wie ein Blitz durchfährt es Gesche. Wem ist mit seinem Leben denn gedient? Ihm nicht und ihr noch viel weniger. Auch den Kinder nicht, niemandem. Seine Krankheit würde ihn weiter zerfressen, auch sein Gehirn befallen. Er bewegt sich ja jetzt schon so merkwürdig, als könne er Arme und Beine nicht mehr kontrollieren.

Gesche findet keinen Schlaf. In der Stille der Nacht, in der Dunkelheit, die sie umgibt wie ein schützender Schild, malt sie sich ein neues Leben aus, ein Leben mit Gottfried, ohne Miltenberg, ein Leben voller Glück, Liebe und Lust. Endlich wirft die Morgendämmerung schmale Streifen Licht durch die Jalousie. Die Bilder der Nacht verschwimmen und bevor die Wirklichkeit wieder Einzug hält, bevor die alltägliche Geschäftigkeit mit ihrem Geklapper und Geschepper im Haus beginnt, geht Gesche hinüber zur Mutter und fragt nach dem Gift. Sie weiß, dass sich die Mutter unliebsame Nagetiere und anderes Ungeziefer mit Arsenik vom Leibe schafft und klagt ihr, dass sie seit einiger Zeit Mäuse in ihrer Schlafkammer habe. Die Mutter gibt kleine Mengen des giftigen Pulvers auf Brotstückchen und verteilt diese unter dem Bett ihrer Tochter, eine schmale, einfache Schlafstatt, denn ihr eichernes Brautbett hat Gesche längst versetzt. Die Tür zu Gesches Kammer wird fest verriegelt, damit niemand versehentlich mit dem Gift in Berührung kommt.

Die Tage vergehen und Gesche streicht unruhig durch das Haus. Manchmal verharrt sie vor der verschlossenen Tür ihrer Kammer und horcht. Aus der Küche schallt das Geplapper der Dienstmagd, die den Kindern das Essen bereitet. Draußen rattert ein Karren vorbei und aus der Sattlerei unten ist das ewig gleich tönende Hämmern und Stanzen zu hören. In ihrer Kammer ist es so still und leer wie in ihr selbst. Und doch liegt dort die Lösung ihres Schmerzes. Wo ist die Grenze, die sie überschreiten darf um diese Leere zu füllen? Dann geht sie endlich doch hinein, kratzt mit einem Messer etwas von dem Gift ab und will es Miltenberg in die Suppe geben. In der Küche ist alles, wie es sein soll. Die Geräte zum Rühren, Schlagen, Hacken und Schneiden hängen dort, wo sie hingehören. Die Töpfe stehen blank geputzt an ihrem Platz, Spülstein und Bottiche sind ordentlich gescheuert. Der Topf mit der Suppe zum Mittagessen steht zum Warmhalten auf dem Herd und in der Anrichte blinkt das blauweiße, glasierte Tafelgeschirr, das sie zur Hochzeit bekommen hat. Nein, es geht nicht. Alles ist so ordentlich gerichtet. Sie will es nicht zerstören. Gesche verwahrt das Gift in einem zusammengefalteten Stück Papier in ihrer Kommode und versucht es zu vergessen.

Als die Mutter später nachfragt, ob es noch Mäuse in der Schlafkammer gebe, erwidert sie, dass die Plage noch immer kein Ende habe und dass sie noch mehr Gift benötige. Auch das zweite Quantum Arsenik wird in der Kommode verstaut. Das polierte, mit Kirschbaum furnierte Möbelstück steht vor dem Fenster und glänzt im Licht der Herbstsonne, die ihre letzte Wärme verteilt. Draußen wirbelt schon Laub durch die Gasse. Bald ist Winter. Das bedeutet Kälte, Trübsal und Nächte, die noch länger und einsamer sind als diese jetzt. Immer wieder steht Gesche vor der Kommode, unschlüssig, zögerlich, bis sie eines Morgens plötzlich die Schublade öffnet und das Papier auseinanderfaltet. Nun sind all ihre Bewegungen wie mechanisch. Ein Quentchen auf das Frühstücksbrot, ein Quentchen in die Suppe. Zwei Tage Pause und dann ein Quentchen auf den Streuselkuchen, den er so gerne zum Kaffee isst. Johan Gerhard Miltenberg liegt acht Tage krank im Bett, er leidet, er schreit und krümmt sich vor Schmerzen. Gesche bleibt seinem Lager fern. Wie versteinert sitzt sie vor ihrer Kommode und schaut in den Spiegel. Sie sieht müde aus. Ihr Gesicht ist hager geworden. Der ganze Körper ist hager geworden, viel zu dünn. Die fehlende Leibesfülle versucht sie dadurch zu kaschieren, dass sie mehrere Leibchen übereinander trägt, aber im Gesicht lässt sich da nun mal nichts machen. Höchstens etwas blühende Röte auf die Wangen. Sie lächelt sich an, wehmütig, melancholisch. Dann plötzlich malt sie Trauer auf ihr Gesicht, unsagbaren Schmerz, Tränen, ja, es kommen sogar Tränen. Das Gesicht, das ihr da aus dem Spiegel entgegensieht, kann sie sogar zum Weinen bringen. Ja, so ist es gut. So wird sie sich zeigen, wenn Miltenberg erst tot ist. Am 1.Oktober 1813 stirbt ihr Mann unter fürchterlichen Qualen. In der „Bremer Zeitung" erscheint ein Inserat:

Todesanzeige für Johann Gerhard Miltenberg

Am ersten dieses Monats endigte mein geliebter mir unvergesslicher Mann Johann Gerhard Miltenberg nach kaum vollbrachten 33. Lebensjahre und im achten Jahre unserer vergnügt geführten Ehe, die mit vier Kindern gesegnet wurde, wovon ihm zwei vorangingen, seine irdische Laufbahn an einem hitzigen Gallenfieber. Überzeugt auch ohne Beleidsbezeugung, dass jeder, der ihn kannte, den Schmerz und die Tränen gerecht finden wird, die ich mit denen, die sich seines näheren Umgangs erfreuten, an seinem Sarge zolle, füge ich nur noch die Anzeige hinzu, dass die Geschäfte des Verewigten durch ein tüchtiges Subjekt fortgeführt und ich mich bestreben werde, dem Zutrauen derjenigen zu entsprechen, die mich mit ihren gütigen Aufträgen beehren werden. Gesche Margarethe Miltenberg, geborene Timm

Einen Monat später ist die Franzosenzeit zu Ende. Unter Glockengeläut und Illuminationen wird die entthronte Ordnung in der Hansestadt wieder hergestellt.

Schottland 1814

Geh an Orte, wo neue Gegenstände, Worte und Menschen dich berühren, Dir Blut, Leben, Nerven und Gedanken auffrischen. Wir Frauen haben dies doppelt nötig.
(Rahel Varnhagen)

Der Tod kam viel zu früh und unerwartet. Auch wenn ihre Erinnerung an den Vater vor allem die Erinnerung an seine Abwesenheit ist, spürt Maria eine schmerzliche Lücke. Nun ist es gewiss, dass er von keiner Reise zurückkommen wird. Sein Abschied damals, als seine Fregatte zum Schutz der britischen Handelsflotte in See stach, war ein Abschied für immer. Er hatte diesen Einsatz widerwillig angetreten. Die ewigen Scharmützel mit gegnerischen Freibeutern, die sich zu gern auf die kostbare Fracht englischer Handelsschiffe stürzten, ermüdeten ihn und brachten außerdem nichts ein. Selber Prisen nehmen, Beute machen, um den eigenen, kärglichen Lohn aufzubessern passte nicht zu seiner Auffassung von Ehre, hatte aber schon über manch eine ökonomische Durststrecke hinweggeholfen. Als María hier in Dundee am Firth of Tay die Nachricht vom Tod ihres Vaters bekommt, hat man ihn längst beigesetzt, er war – wie üblich auf See – unter den schrillen Tönen der Steuermannspfeife dem Meer übergeben geworden, ohne Leichenzug und Blumenschmuck, ohne Orgelklänge und Trauerkranz. Wie er gestorben ist und woran, wird sie nie erfahren.

Vor zwei Jahren war in Edinburgh ihr erstes Buch erschienen, „Journal of a residence in India". Im gleichen Jahr kam sogar eine zweite Auflage auf den Markt, doch ihre Freude über diesen Erfolg wurde durch die herablassenden Äußerungen einiger Kritiker geschmälert: „Es handelt sich hier um das Buch einer jungen Dame", schrieb z.B. die`Quarterly Review´, „die wie viele andere ihres Standes sicherlich nach Indien ging, um dort eher einen Ehemann zu finden, anstatt Informationen zu sammeln." Das war kränkend. Das hat ihr weh getan. Ja, sie hatte ihren Ehemann auf dieser Reise kennengelernt, aber Grund für den Aufbruch nach Indien war ein anderer gewesen. Der Vater, ständig auf See, immer unterwegs, wollte seine Familie nach vielen Jahren der Trennung für eine längere Zeit zusammenbringen. Und das war nur möglich, indem er sie auf seinen Einsatz nach Indien mitnahm. Maria hat sich auf diese Reise gefreut. Den eng gefassten Erwartungen ihrer Umgebung entfliehen, neue Länder, neue Horizonte erforschen, zusammen mit dem Vater und den Geschwistern das Meer durchpflügen. Schon auf ihrer gemeinsamen Reise vor 10 Jahren nach Edinburgh zu Onkel James, dem dritten Bruder aus dem ehrwürdigen Geschlecht der Dundas, sind sich Maria und ihr Vater näher gekommen.

Nach zehn Jahren Trennung viele gemeinsame Tage und Wochen in der voll bepackten Reisekutsche, in kleinen Gasthäusern, wo das köstliche Weizenbrot gerade aus dem Ofen geholt und mit Taubenpastete serviert wird, durch die weite Ebene, die sich still unter dem winterlichen Himmel ausdehnt, vorbei an kleinen Gehölzen und verschlafenen Dörfern.

Maria freut sich auf ihren Bruder Ralf, dem sie damals in Papcastle so oft die Mutter ersetzt hat. Ralf ist auf einem Internat in Yorkshire. Es war geplant, ihn zu besuchen und eventuell nach Edinburgh mitzunehmen. Sie erreichen das Internat am späten Nachmittag. Maria eilt die geschwungene Treppe empor. Sie kann es kaum erwarten, den Bruder wiederzusehen. Ungeduldig lässt sie den Ring des Türklopfers, der im Rachen eines grimmigen Löwenkopfes aus Eisen hängt, gegen die Tür knallen. Es wird geöffnet. Ein griesgrämiges, graues Gesicht erscheint, der Pedell. Er scheint erschrocken, dienert und zieht sich sofort wieder zurück, um die Ankunft der beiden Dundas dem Schulleiter zu melden. Ralph, er weiß doch, dass wir kommen. Warum hat er uns nicht erwartet? Wenige Minuten später kommt Mr. Barnstorf mit einem jungen Mann ins Vestibül. Er ist blond, hoch aufgeschossen, leicht nach vorne gebeugt. Kein freudiges Aufleuchten über das Wiedersehen in seinem Gesicht. Der Vater breitet seine Arme aus, doch der Junge weicht zurück, sagt keinen Ton. Auch Maria will ihn an sich drücken. Ralph erstarrt und hebt abwehrend seine Hände. Als die Schwester auf ihn einredet, ihn fragt, warum er so abweisend ist, versucht er mühsam zu artikulieren, seine Lippen zu formen, doch er stößt nur einige unverständliche Laute aus. Während der ganzen Szenerie steht der Schulleiter mit betretener Miene da. Er räuspert sich, druckst herum. Dann endlich erfahren Maria und ihr Vater, dass Ralph nicht sprechen kann. Er ist taub und stumm. Keiner hat den Vater in all den Jahren über die Behinderung des Jungen in Kenntnis gesetzt, weder die Boldens in Liverpool, wo er die ersten Jahre seines Lebens nach dem frühen Tod der Mutter verbrachte, noch die Leiter der verschiedenen Schulen, die er durchlief. Er selbst hat regelmäßig in seiner schönen, gestochen scharfen Handschrift über seine Studien berichtet, über die Fortschritte in seinen Lieblingsfächern Mathematik und Nautik und dabei kein Wort über sein Gehörlosigkeit verloren. Ralph ist nun vierzehn Jahre alt und wird nie einen Beruf ausüben können, nie selbstständig sein. Es wird immer für ihn gesorgt werden müssen. Der Vater veranlasst, dass er auf eine Schule für Taubstumme geschickt wird.

Die Reise geht weiter, die letzten Meilen im Angesicht des Meeres, das eisig glitzernd daliegt. Vater und Tochter schweigen. Ihre Fröhlichkeit, die sie trotz der Beschwernisse der Reise bisher nie verlassen hat, ist wie weggewischt. Der Wagen holpert über die gefrorenen Wege, die sich durch winterweiße Hügel und Wiesen schlängeln, Stille, Kälte, Ratlosigkeit. An einem Abend im Februar erreichen sie endlich Edinburgh und alles ist anders. Die Familie von Onkel James empfängt Maria mit offenen Armen. Die drei unverheirateten Schwestern ihres Vaters verwöhnen und umsorgen sie. Es herrschen Frohsinn, Wärme und Offenheit in diesem Haus. Das Gegenteil von dem, was in Onkel Davids Anwesen in Richmond zelebriert wird.

Edinburg ist schön und schrecklich zugleich, Verfall und Aufschwung gleichermaßen. Hier die Altstadt, ein winkliges, düsteres Gassengewirr, die baufälligen Häuser scheinbar planlos zusammengewürfelt, Hinterhöfe und unterirdische Gänge und dort die neue Stadt, systematisch angelegt, mit rechtwinkligen Straßen, großzügig, praktisch und vernünftig. „Der in Stein gehauene Geist der Aufklärung". Und über allem thront das Schloss, Edinburgh Castle, der uralte Wohnsitz der schottischen Könige.

Maria erkundet mit ihrem Vater und Onkel James die Umgebung der Stadt, geheimnisvolle Seen und Wasserfälle, in denen Ungeheuer und gespenstische Wesen hausen. Sie erwandern Wälder und Schluchten und besuchen sagenumwobene Schlösser, in denen die Geister der Verstorbenen ihr Unwesen treiben. Maria fühlte sich oft zurückversetzt in ihre Kindheit, in die Küche des kleinen Hauses in Douglas, wo ihr die Köchin die alten Sagen und Legenden der Kelten erzählt hat, wo die Götter und Helden der Vergangenheit Gestalt annahmen und sie auf all ihren Wege über die Insel begleiteten. Wie damals tauchen sie vor ihr auf und kämpfen, lieben, zaubern und bestehen unzählige Abenteuer. Nur das Bild der Mutter will keine Form annehmen. Sie hat es damals weit weggedrängt, als sie so plötzlich von ihr getrennt wurde, und nun scheint es für immer verloren.

Nach wenigen Wochen wird der Vater wieder zum Einsatz gerufen. Fünf französische Fregatten haben sich in den Indischen Ozean geschlichen und mehrere englische Handelsschiffe erbeutet. George Dundas macht sich auf den Weg nach Porthsmouth und sticht mit seiner ELEPHANT, einer robusten 30-Kanonen-Fregatte, in See.

Im Haus des Onkels versammeln sich alle illustren Geister der Stadt: Künstler, Ärzte, Politiker und Philosophen. Es ist ein Ort des kultivierten Zusammenseins, des Gedankenaustausches, der Reflexion über den Prozess des Aufbruchs und der Entwicklung, in der sich die Gesellschaft befindet. Neue Theateraufführungen werden erörtern, Gedichte rezitiert, die aktuellen politischen Ereignisse kommentiert. Auf dem Kontinent ist Krieg. Napoleon hat seine Schlacht gegen die Preußen gewonnen und Österreich und Russland bezwungen. Kaiser Franz II. hat seine römische Kaiserwürde niedergelegt. Die von Napoleon verhängte Kontinentalsperre hat einige Ärgernisse mit sich gebracht. Der Ausfuhrhandel ist gesunken, die Lebenshaltungskosten sind gestiegen, doch hier im Haus von Onkel James geht das Leben mit all seinen Annehmlichkeiten wie gewohnt weiter.

Da England die Meere der Welt beherrscht und auf allen Erdteilen Kolonien besitzt, herrscht nach wie vor kein Mangel an all den Gütern, die das Leben versüßen. Kaffee, Tee und Schokolade werden weiterhin à la mode in der schlichten, elfenbeinfarbigen Keramik der Porzellanmanufaktur Wedgewood gereicht. In den Raucherzimmern der Herren vernebeln nach wie vor süße Tabakschwaden die Gemälde der Ahnen an den Wänden und in der Küche verströmen Pfeffer, Muskat, Kardamon und Zimt ihren Duft. Maria fühlt sich wohl in diesem Umfeld, sie sucht die Gespräche über Kunst, Literatur und Philosophie. Sie möchte mehr erfahren und lernen. Hier erschließt sich ihr eine neue Dimension des Wissens, die weit über das hinausgeht, was sie bei

Mrs Bright gelernt hat. Sie ist glücklich, bis sie spürt, dass die Menschen, mit denen sie auf Festlichkeiten zusammentrifft, ihr zunehmend mit Argwohn begegnen. Es ist nicht üblich, dass sich ein junges Mädchen auf Bällen nur mit den Notabilitäten der Stadt unterhält, anstatt zu tanzen und nach eventuellen Heiratskandidaten Ausschau zu halten. Gebildet sein, oh ja, das erhöht die Chancen auf dem Heiratsmarkt, doch zu viel Belesenheit und diese auch noch hervorkehren, das gehört sich nicht. Und als junges Mädchen ständig das erste Wort zu haben oder – viel schlimmer noch – das letzte, ist ebenfalls unangemessen.

Abermals fühlt Maria sich missverstanden, ausgeschlossen, wie damals, in Onkel Davids Haus in Richmond, in dessen auserlesenen Kreis sie nicht passte, wie in der Schule von Mrs. Bright, wo sie die arme Kapitänstochter war. Ihr wird Zurückhaltung anempfohlen, mehr Bescheidenheit. Überall Grenzen, in die man sich zu fügen hat, überall Einschränkungen, allenthalben Abstand wahren.

Maria wird schwer krank. Sie bekommt Fieber und spuckt Blut. Wochen, ja Monate muss sie liegen. Und wenn ich nun sterbe? Ich würde den Tod annehmen. Sie sieht ihn als Erlösung von dieser Welt, die ihr bisher mehr Kummer als Freude bereitet hat, und in der sie weder verstanden, noch anerkannt wird.

Doch ein Gutes hatte dieser erste Anfall ihrer Krankheit, die sie im weiteren Verlauf ihres Lebens immer wieder ans Bett fesseln wird. Maria fühlt sich zum ersten Mal geliebt und geborgen. Eine solche Zuwendung, so viel Zärtlichkeit und Anteilnahme, wie ihre

Verwandten und Freunde ihr jetzt zuteil werden lassen, hat sie bisher nie erfahren. Langsam geht es ihr wieder besser.

Es ist September, die ersten kühlen Tage machen sich bemerkbar und noch einem rauen, schottischen Winter will man sie nicht aussetzen. Aber eine beschwerliche Reise in der Kutsche wäre ihrer Gesundheit ebenfalls abträglich. Also wird beschlossen, dass Maria in Begleitung ihrer Tante Agnes mit dem Schiff zurück nach Richmond fährt. Als sie das Deck betritt, atmet sie tief durch. Sie spürt das leichte Schlingern des Schiffes, sie hört das Knarren der Planken und riecht das Meer, sie fühlt, wie sie an neuer Kraft gewinnt. Während der Fahrt prasseln Regengüsse auf das Deck, ein Sturm kommt auf und Wind und Wellen werfen das Schiff auf die Seite. Beim Einfahren in die Themse bricht der Fockmast und das Schiff stößt mit einer Barkasse zusammen, die am Ufer vor Anker liegt. Je aufgeregter die Passagiere durcheinander laufen oder sich angstvoll aneinander klammern, desto gelassener wird Maria. Sie kennt das Meer, es hat sie während ihrer Kindheit begleitet, es ist die Domäne ihres Vaters. Sie würde sie am liebsten nicht mehr verlassen.

Der Garten in Richmond liegt still unter herbstlichem Himmel, der Rasen strahlend grün, die Rosen tragen noch vereinzelt Blüten, burgunderrot, strahlend gelb, silberrosa, weiß. Den Winter über liegt Maria meist allein in ihrem kleinen Zimmer, das in den Garten geht. Die Tante lässt sich nicht blicken, aber Onkel James sieht regelmäßig nach seiner Nichte und versorgt sie mit Arzneien und Bänden aus seiner umfangreichen

Bibliothek. Maria liest, zeichnet und schreibt. Und als der Sommer den Garten mit seiner Fülle überzieht, erhält sie von ihrem Vater die Nachricht, dass sie mit ihm nach Indien segeln wird.

Im Dezember gleichen Jahres sticht die Fregatte CORNELIA mit dreihundert Mann Besatzung und Proviant für sechs Monate in See. An Bord befinden sich neben Maria und ihrem Vater, ihre Schwester und ihr jüngster Bruder Ralph. Das Leben an Bord, der grenzenlose Ozean: eine Befreiung. Es gibt nur noch Himmel und Meer. Maria interessiert sich für alles und für jeden. Sie spricht mit den Matrosen, erkundigt sich nach ihren Familien. Für die vier Seekadetten, halbe Kinder noch, organisiert sie Unterricht. Bei Windstille steht der Vater mit ihnen auf dem Achterdeck und lehrt sie Rechnen. Sie selbst unterweist sie in Geschichte und an Sonntagen wird in der Bibel gelesen. In Funchal auf Madeira, ihr erstes Ziel auf der langen Reise in den Indischen Ozean, sieht sie zum ersten Mal Bananenstauden. Silbrige Eukalyptusbäume säumen die Wege, Weinpflanzungen und Drachenbäume. Das Schönste aber ist, unter einem Orangenbaum voller reifer Früchte zu liegen. Der Himmel auf Erden für einen Bürger aus dem nebelumwölkten England.

Sie segeln weiter die afrikanische Küste entlang in Richtung Süden. Maria unterrichtet, zeichnet und liest. Trotz der Beengtheit an Bord fühlt sie sich frei und unbegrenzt. Und den Vater, in England nur der arme Bruder des königlichen Leibarztes, sieht sie in einem ganz anderen Licht. Als hohem Beauftragten der englischen Krone werden ihm hier auf dieser Reise alle erdenklichen Ehrenerweisungen zuteil: Beim Einfahren in die Häfen donnern Ehrensalven von den umliegenden Festungen, überall werden sie mit Pomp und Pracht empfangen, mit glanzvollen Paraden, Trommelwirbel und üppigen Diners. Den Damen stehen kleine Moorensklaven in niedlicher Uniform zur Verfügung.

In Kapstadt fahren sie in einer gefederten Kutsche nach Constantia, um den Gouverneur zu begrüßen. Neben ihr der junge Schiffsoffizier Thomas Graham de Fintry. Wie die Dundas aus vornehmer schottischer Familie. Er gefällt ihr. Sie tanzen zusammen, plaudern, scherzen und sind sich einig darin, dass die Sklaverei ein abscheuliches Geschäft ist.

Zurück an Bord, auf der Weiterfahrt in den Indischen Ozean, lesen sie zusammen Tacitus. Die Lektüre dauert 24 Tage. Tacitus' „Germania" begleitet sie die Küste Südafrikas entlang, bis die Gewässer des drittgrößten Meeres der Welt sie umfangen. Sie lesen die Stelle, wo die Germanen dem Quintilius Varus und seinen Legionen eine verheerende Niederlage bereiten. Noch Jahre nach der Schlacht bietet der Ort des Gemetzels ein grausames Bild. „Mitten auf dem Felde lagen bleichende Knochen, zerstreut oder in Haufen, je nachdem ob sie von Flüchtigen oder von einer noch Widerstand leistenden Truppe stammten", liest Maria. „Daneben lagen zerbrochene Waffen und Pferdegerippe, an Baumstämmen waren Schädel befestigt. In Hainen in der Nähe standen die Altäre der Barbaren, an denen sie die Tribunen und Zenturionen ersten Ranges geschlachtet hatten." Sie schließt das Buch, das sie nun schon zum zweiten Mal gelesen hat, und beide sehen sich an.

Die Kriege der Römer und Germanen verflüchtigen sich mit der Gischt, die über dem Meer schäumt. Die geschlagenen Schlachten rücken in weite Ferne, in die Zeit, in der sie geschlagen wurden, vor hunderten von Jahren. Heute ist heute, jetzt ist jetzt, und es soll keine Rede mehr sein von Tod und Blutvergießen, sondern von Liebe und Leben. Maria ist wie verzaubert. Einen Menschen mit allen Sinnen zu lieben und selbst geliebt zu werden, erfüllt sie mit einer nie zuvor gekannten Kraft. Sie ist glücklich.

Nach fünf Monaten auf See erreichen sie Bombay. Maria und Thomas sind inzwischen verheiratet. Nebel wabert über dem Wasser. Am Himmel ballen sich tiefschwarze Wolken, Vorboten des Monsuns. Im Hafen liegen Mast an Mast die Schiffe aus Arabien mit ihren Schätzen, auf die der Mensch, der es sich erlauben kann, so versessen ist: edle Pferde, Perlen, Kaffee, Rosenwasser und Wein aus Shiraz, der Stadt der Rosen und der Dichter. An der Pier warten mit Glöckchen und bunten Fransen bestückte Sänften auf die Neuankömmlinge. Zwischen Reitern, Kutschen und behäbigen Ochsenkarren geht es durch die bunt bevölkerte Esplanade, wo an den Wasserstellen Frauen in leuchtenden Saris Wäsche schlagen oder Wasser in ihre Krüge füllen.

Maria und ihre Familie kommen vorerst im Haus von Sir James und Lady Mackintosh unter. Das Haus steht luftig auf einem kleinen Hügel und ist umgeben von mächtigen Kokospalmen und Mangobäumen. Wenn der Mangobaum seine duftenden Blüten verliert und langsam seine Früchte zeigt, wird er von Sepoys bewacht, damit kein Unbefugter auf die Idee kommt sie zu pflücken. Seine köstlichen Früchte sind den adeligen Tafeln vorbehalten.

Thomas und Maria erkunden die Umgebung. Sie besuchen Tempel, Moscheen und die weiß getünchten kleinen Kirchen, die noch aus der Zeit der Portugiesen stammen. Sie fahren die strahlenden Strände der Küste entlang und halten inne vor dem heiligen Bayanbaum, zu dessen Füßen die Gläubigen kleine Schreine und Blumen niedergelegt haben. Ein Pfau schlägt sein Rad aus bunten Federn. Akribisch notiert Maria alles, was ihr in diesem Land der Gewürze, der Edelsteine, des Sandelholzes begegnet. Sie beschreibt die Menschen und ihre Götter, die überwältigende Natur, die Hütten, Tempel und Paläste. Sie fertigt exakte Zeichnungen an, Szenen aus der indischen Mythologie, den neuen Gouverneurspalast in Kalkutta, die berühmte Höhle von Carli.

Das koloniale Leben, das ihre Landsleute hier führen, empfindet sie als eintönig und oberflächlich: „Vierzig bis fünfzig Leute versammeln sich abends um sieben und starren sich gegenseitig stumm und stur an, bis endlich zum Essen gerufen wird. Die Sitzordnung ist streng hierarchisch: der Rang einer Dame muss dem Rang ihres Tischnachbarn entsprechen, so dass sich bei jedem Dinner unausweichlich dieselben Leute nebeneinander platziert finden. Die Gespräche sind so schal wie der Geist der Gäste. Es geht um Pferde, Kaleschen, Intrigen, Mode, Juwelen. Jeder Gast bringt zwei bis drei Diener mit, die schwarzbärtig hinter den Stühlen stehen und mit Palmwedeln für Luft sorgen."

Als Thomas nach Madras einberufen wird, fühlt sie sich einsam und verlassen. Mehr noch als in England wird sie hier von den Damen der gehobenen Gesellschaft argwöhnisch beäugt. Eine Frau, die lieber reist und schreibt und zeichnet, anstatt sich für Teegesellschaften und Bridge-Zirkel zu interessieren, ist ihnen suspekt. Missbilligende Blicke überall. Obgleich Maria eigentlich kein Interesse am kolonialen Alltag in der britischen Kolonie hat, fühlt sie sich abermals ausgeschlossen und missachtet. Sie wird wieder krank. Müde und erschöpft entflieht sie allen gesellschaftlichen Verpflichtungen und stürzt sich in ihre Bücher. Sie lernt Persisch und Sanskrit und versucht wie vormals schon in der Welt der geschriebenen Worte ihre Ruhe zu finden, doch dieses Mal will es ihr nicht gelingen. Schließlich reist sie Thomas nach, nach Madras an der Koromandelküste. Sie verbringen die letzten Tage umgeben von tausend Farben, Klängen und Gerüchen und Maria schreibt und zeichnet, als wolle sie die ganze wundersame Welt, die sie nun bald verlassen würde, für immer erhalten. Am 19. Februar 1811 besteigen sie in Bombay die BARBADOS und segeln zurück nach England.

Valparaíso 1814

Denn woraus besteht eine Stadt? Aus allem, was in ihr gesagt, geträumt, zerstört wurde, aus allem, was in ihr geschehen ist. (Cees Noteboom)

Es brodelt nicht nur im Mutterland, auch in den Kolonien herrscht Aufruhr. In Madrid hat Napoleon den spanischen König abgesetzt und seinen Bruder Joseph auf den Thron gehievt. Das Volk rast. In den Städten setzen die Bürgerschaften Räte ein, die bis zur Rückkehr des wahren Königs, des dicken Carlos Sohn Ferdinand VII., die Geschicke des Landes bestimmen sollen. Eine Gelegenheit für die Kolonien, dasselbe zu tun, eine eigene Regierung zu bilden um endlich die unerwünschten Gouverneure loszuwerden, die als Stellvertreter des Königs in den überseeischen Reichen mit Pracht und Pomp residieren.
Am 18. September 1810 versammeln sich in der Hauptstadt Chiles Abgesandte von Kirche, Heer und einflussreichen kreolischen Familien und wählen einen Regierungsausschuss, der Ferdinand VII. zwar die Treue schwört, sich aber gleichzeitig als autonome Provinz innerhalb des spanischen Königreichs erklärt. Der freie Handel mit allen Völkern wird verfügt. Bisher hat die spanische Krone versucht, fremde Schiffe und somit

auch fremde Einflüsse von ihren Kolonien fernzuhalten, doch nun öffnet sich Valparaíso ungebunden den Schiffen der ganzen Welt. Aus aller Herren Länder kommen nun mehr und mehr Händler, Kaufleute, Walfischfänger und nach wie vor Glück suchende, Gesindel und Abenteurer. Weit draußen in der Bucht ankern die Schiffe aus der Alten Welt und den jungen Staaten Nordamerikas. Sie wiegen sich im Wind, Mast an Mast, und gaukeln ein friedvolles Bild vor. Dicht über dem Meer ziehen Pelikane ihre Bahn. Ihre Flügel scheinen das Wasser zu berühren. Plötzlich halten sie inne und schießen mit angelegten Flügeln wie Pfeile nach unten, um ihre riesigen Kehlsäcke mit Fisch zu füllen. In Ufernähe tummeln sich Pinguine und Kormorane.

Eine nordamerikanische Fregatte läuft in die Bucht von Valparaíso ein, an Bord die erste Druckerpresse, die in Chile eingerichtet wird. In San Felipe am Aconcagua-Fluss erscheint wenig später „La Aurora de Chile", die erste eigene Zeitung des Landes, Sprachrohr der nach Unabhängigkeit strebenden Patrioten.

Der Sklavenhandel wird verboten, nicht nur der Handel, sondern auch die Durchfuhr der schwarzen Ware über chilenisches Territorium, doch dieses Gesetz erstreckt sich nur auf das Land. Was weiterhin auf dem Meer geschieht, entzieht sich der Kontrolle der Autoritäten. Dass weiterhin Schiffsladungen aneinander geketteter Afrikaner chilenische Gewässer passieren, wird übersehen.

Händler, Goldgräber und Reisende, die über den Atlantik kommend das tosende Kap Hoorn umrunden, erwarten sehnsüchtig die Stadt Valparaíso, das Tal des

Paradieses, wo sie endlich den Gefahren der antarktischen Gewässer entronnen an Land gehen dürfen. Wenn eisige Kälte durch die Kleidung dringt, wenn turmhohe Wellen das Schiff hochheben und wieder hinabstürzen lassen, wenn das Deck überflutet ist und noch die Gefahr besteht, einen Eisberg zu rammen, beten sie, dass die Stadt ihrer Träume endlich aus dem wutschäumenden Meer auftauchen und sie für die erlittenen Ängste und Gefahren entschädigen würde.
Wie groß ist dann die Enttäuschung, wenn sich der Sturm gelegt und die See wieder ruhiger wird. Sie segeln an einer amphibischen Welt von Inseln und Lagunen vorbei, die sich eisig, abweisend und scheinbar unbewohnt aneinanderreihen. Schroffe Felsen fallen ins Meer hinab, feindselig und verschlossen. Dass sich dahinter fruchtbare Täler verbergen, weite Ebenen und dichte Wälder, ist kaum zu erahnen. Und wenn das Schiff in die Bucht von Valparaíso einläuft, sucht der erwartungsvolle Blick vergeblich wogende Palmen, flammende Gärten und das schillernde Farbenmeer tropischer Gestade. Eine abweisende Wand aus Felsen und Hügeln erhebt sich scheinbar aus dem Meer, grau und öde wie der Ort, der ihr zu Füßen liegt. Nacktes Gesträuch zieht sich die Hänge hoch. Über den Wegen, die ihr Muster in den rötlichen Sand zeichnen, liegen Wolken aus Staub. Ein tristes Bild, das nichts mit der Vorstellung zu tun hat, die sich ein Europäer von der Neuen Welt macht. Zu Füßen der Hügel klettern die ersten Hütten die Hänge empor. Wie Vogelnester kleben sie an der Schräge, scheinbar wahllos aneinandergefügt, je höher

die Behausung desto ärmer der Mensch, der sie errichtet hat.

In der Ebene zwischen Hügeln und Meer, im Zentrum des Geschehens, ist es eng geworden. Hier residieren inzwischen die Autoritäten der Stadt, meist Ausländer, gut situierte Kaufleute, Handelsherren und die Vertreter der Kirchen, die das arme Volk immer weiter auf die Hügel drängen.

Die Wege, die sich hoch zu den Behausungen schlängeln, verwandeln sich im Winter in reißende Wasserfälle, die Erdreich, Steine und streunende Katzen mit in die Tiefe reißen. Doch ein Privileg haben die Armen der Ärmsten hier oben: den Blick nach unten auf die Bucht, in der sich der silbrig blaue Ozean kräuselt. Sie sehen die Schiffe, die ein- und auslaufen, und am Ende der Bucht, weit in der Ferne, die Küstenkordillere mit ihren Gipfeln voller Schnee.

Auf der Planchada, bisher die einzige Straße der Stadt, ist ein Kommen und Gehen, ein ewiges Hin und Her von Kutschen, Karren, Reitern, Lastenträgern, Bauern, Priestern und Tagelöhnern. Straßenhändler rufen lauthals ihre Ware aus. Ein jeder hat seinen eigenen Ruf, mit dem er seine Spezialität anpreist, ein jeder seinen eigenen Singsang, mit eigener Betonung. Ein Zusammenspiel verschiedener Töne und Klänge. So manche Ware ist an die Tageszeit gebunden, an Auf- und Untergang der Sonne. Früh am Morgen holen die Brotverkäufer das Brot aus den Bäckereien und bieten es in Weidenkörben an. Am späten Nachmittag oder abends, wenn das Brot seinen Duft verloren hat und langsam hart wird, ziehen sie hinauf auf die Hügel und verkaufen die Reste an die Armen. Vormittags um elf verlassen die Fleischverkäufer mit ihrer Ware den Markt. Geduldig schleppt ihr Lasttier die riesigen Fleischbrocken durch die Straßen, daneben der Fleischverkäufer mit einem gewaltigen Messer in der Hand, allzeit bereit aus der fliegenumschwärmten, blutigen Masse ein Stück herauszuschneiden. Geflügelhändler tragen ihre Ware in Käfigen, die rechts und links von ihren Schultern baumeln. Das Geschrei und Gegacker des Federviehs übertönt ihre Rufe. Hausierer ziehen mit ihren Bauchläden voller Bänder, Nähnadeln, Seife und Rasierklingen von Tür zu Tür und singen ein Loblied auf die niedrigen Preise ihrer Waren. Kaum ist die Sonne untergegangen, kommen die Kerzenverkäufer mit Stäben, an denen die Talglichter hängen. Und nachts, zu später Stunde, oder frühmorgens, bei Tagesanbruch, wenn die ersten Tagelöhner auf dem Weg zur Arbeit sind, hört man den lockenden Ruf der Pequeneros, die ihre frisch bereiteten Teigtaschen anpreisen, das Frühstück für die Armen.

Am Hafen stapeln sich Fässer, Bündel, Kisten und Kästen. Die Kaufleute hetzen zur Mole, zum Zoll, vom Lagerschuppen zur Post und sind emsig darauf bedacht, dass sich das ihrige schnellstens vermehrt. Überall Geschäftigkeit.

Das schäumende Meer ist hier so nahe, dass bei starkem Wind die Gischt ihren Sprühregen bis auf die Straße treibt. Es ist alles in Bewegung. Die Menschen, die See, der ewige Wind, der nachmittags vom Land kommt und den Staub durch die Gassen jagt, und die Möwen, die in Formationen ihre Bahnen ziehen. Um zwölf Uhr mittags läuten die Glocken aller Kirchen und jeglicher Betrieb steht still, jeglicher Lärm verstummt, die Frauen bekreuzigen sich, die Männer nehmen ihre Hüte ab und senken den Blick. Zwölf Glockenschläge lang tiefstes Schweigen, dann ist die Stadt wieder von Lärm und Leben erfüllt.

Der Strand und das Stück Land, das sich eine Viertelmeile entfernt vom Hafen am Saum des Meeres dahinzieht, trägt den Namen Almendral, Mandelbaumpflanzung, obgleich sich kaum einer daran erinnern kann, dass hier einmal Mandelblüten ihren Duft verströmten. Wo der Sand in feste Erde übergeht, nahe dem kleinen Bach, der von den Hügeln herunter bis ins Meer springt, haben Mercedarier ein bescheidenes Kloster errichtet. Sie verpachten das Land, das niemals das ihrige war, und versuchen an den Stellen, wo der Bach dem Land Feuchtigkeit schenkt, Früchte und Gemüse anzupflanzen. Niedrige mit Kalk gestrichene Häuschen ducken sich im Wind und am Strand zwischen Algen und Tang breiten die Fischer ihre Netze zum Trocknen aus.

Der Almendral ist eine Durchgangsstation für alle, die aus dem Landesinneren kommend nach Valparaíso wollen. Der schmale Weg, der den Hafen mit dem Almendral verbindet, ist tagsüber lebendig und viel befahren. Ächzende Ochsenkarren, mit Früchten und Gemüse beladene Maultierherden, Kutschen, Reiter und manch ein gebeugter Fußgänger, der seine Waren auf dem Rücken in die Stadt trägt, weben in einem unaufhörlichen Hin und Her ihr Netz zwischen den beiden Orten, die im Laufe der Zeit zusammenwachsen und zu einer Stadt werden. Doch nachts, wenn der Weg sich unbeleuchtet schwarz und finster zwischen Felsen und Meer dahinschlängelt, traut sich kaum einer diese Strecke zu befahren, geschweige denn zu begehen, denn in dem Felsen, der sich steil und karstig zwischen Hafen und Almendral fast bis ans Meer hinunterzieht, gibt es eine Höhle, la Cueva del Chivato, die Höhle des Ziegenbocks. Nach Sonnenuntergang fliegen hier schwarze Vögel ein und aus, verwandelte Wesen, Zauberer und Hexenmeister. Und der Teufel erscheint in Gestalt des riesigen Ziegenbocks, der in dieser Höhle heimisch ist, und mit seinem fürchterlichen Blick die Menschen hypnotisiert und erstarren lässt, sodass sie nicht mehr fliehen können. Manch ein Reisender, die sich des Nachts auf diesen Weg wagte, hat sein Ziel nie erreicht. Manch ein Fischer, der hier auf der Suche nach Meeresfrüchten war, ist für immer verschwunden.

Das Meer in seinem unaufhörlichen Kommen und Gehen hat hier Seesterne an den Strand geworfen, Hölzer, Algen, tote Vögel oder Fische. Doch an der Stelle, wo sich der Eingang zur Höhle befindet, liegen nur Knochen, die Reste der Verschollenen. Schließlich lässt die Polizei einen Pfahl mit einer Laterne neben dem Schlund der Höhle errichten, um etwas Licht in die Dunkelheit zu bringen und die Räuber zu vertreiben, die hier im Hinterhalt lauern. Indes der teuflische Bock lässt sich nicht vertreiben, weder aus seiner düsteren Domäne, noch aus den Vorstellungen und Geschichten der Menschen.

Valparaíso ist aus seiner kreolischen Trägheit erwacht und geschäftig geworden, ein Ort des Geschäftemachens. Wer hier sein Leben bestreiten will, vom großen Handelsherrn bis hin zum Straßenhändler, muss kaufen und verkaufen.

Im ehemaligen Mutterland, in Spanien, ist eine düstere Zeit angebrochen. Ferdinand VII., el Deseado, der Gewünschte, hat die Verfassung außer Kraft gesetzt und Folter, Inquisition und Zensur wieder eingesetzt. Er schickt ein Heer in die Kolonien, um die Aufstände dort niederzuschlagen, doch das Rad der Geschichte lässt sich nicht mehr zurückdrehen.

Bremen 1822

Die unendliche Tiefe der Leere. (Rahel Levin)

Nach Miltenbergs Tod nimmt sich der alte Timm seiner Tochter an. Schließlich waren es die Eltern gewesen, die ihr Kind in diese missliche Ehe gedrängt hatten. Das will er nun wieder gutmachen. Emsig akkordiert er mit den Gläubigern unter der Hand, verschafft Kredite, gibt ihr Holbücher auf seinen Namen und stellt neue Gesellen ein. Das verschuldete Geschäft kommt wieder in Gang. Gottfried rekommendiert sie auf all seinen Geschäftsreisen, will ihr aber sonst nicht näherkommen.

An manchen Tagen, meist wenn sie allein im Haus ist, hat Gesche Visionen. Dann sieht sie Lichter, die wie Blitze urplötzlich auf sie niederfahren oder wie kleine Irrlichter am Boden flackern und dann langsam emporschweben bis an die Decke. Einmal findet sie kaum hinunter in die Diele, weiß nicht mehr, wohin die Treppe führt, das ganze Haus erscheint ihr fremd und ungewohnt. Da schwebt eine große Wolke auf sie zu, dunkel und bedrohlich, und sie vermeint, den seligen Miltenbergs zu sehen.

Gottfried pflanzt eine lavendelblaue Passionsblume im Garten und spielt mit den Kindern, aber von Heirat ist nicht die Rede. Einer der neu eingestellten Gesellen hält um die Hand der jungen Witwe an, aber Gesche weist ihn zurück. Sie schiebt das Trauerjahr vor. Der Antrag schmeichelt ihr zwar, doch sie will Gottfried, nur ihn. Sie versteht nicht, dass er keine ernsten Absichten zeigt. Miltenberg steht ihm doch nun nicht mehr im Wege. Was hält ihn noch zurück? Ihre Kinder vielleicht oder die Eltern? Die Mutter ahnt sehr wohl, dass Gesche den Antrag des Gesellen wegen Gottfried abgelehnt hat. „Ich weiß, du liebst ihn, aber mit unserem Willen wirst du nie mit ihm zusammenkommen!" Gesche stockt der Atem. Die Mutter ist das Hindernis auf ihrem Weg zum Glück, die eigene Mutter. Wie soll es nun weitergehen? Das Schicksal muss ihr einen Wink geben. Sie lässt die alte Kartenlegerin der Mutter rufen. Deren grausiges Aussehen schreckt sie schon lange nicht mehr. Auch die alte Trine am Stavendamm und die Tante ihrer neuen Dienstmagd Beta legen ihr die Karten. Ganz gleich, was die Frauen legen und fragen, welche Muster sie deuten und erläutern, das Ergebnis ist jeweils das Gleiche – dass die ganze Familie sterben und nur sie zurückbleiben würde. Die Eltern gedenken schon ab und an ihres Todes und versichern sich gegenseitig, dass keiner ohne den anderen weiterleben möchte. Keine acht Tage möchte die Mutter den Vater überleben, das wünscht sie sich vom lieben Gott. Ach, es geht aber doch alles viel zu langsam.

Als die Mutter erkrankt, nimmt Gesche sie zu sich ins Haus um sie zu pflegen. Sie bekommt das neu tapezierte Zimmer mit der Kirschbaumkommode, in der sie einst das Gift versteckt hat, und auf der nun ihre unzähligen

Dosen und Flakons funkeln und glänzen. Am Abend geht sie hinüber ins Elternhaus, um für die Mutter etwas Wäsche zu holen, da fällt ihr Blick im Schrank auf ein fest verschnürtes Päckchen mit der Aufschrift Ratzenkraut. Es ist, als sei es ihr in den Weg gelegt worden. Ihr schwindelt. Sie greift nach zwei blütenweißen Leinenhemden und hetzt nach Hause.
Die Mutter erholt sich und öffnet das Fenster. Die Frühlingssonne schickt ihre ersten wärmenden Strahlen ins Haus. Unten zwischen den Pflastersteinen blüht leuchtend gelb der Löwenzahn. Sogar zwischen Schutt und Abfallhaufen hinter der Werkstatt wiegt er seine goldenen Blüten. Gesche soll die Blätter sammeln und einen Aufguss bereiten. Das entschlackt den Körper und reinigt das Blut. Guten Mutes trinkt die Mutter den heilenden Tee, erleidet aber wenig später einen schweren Rückfall. Nun denkt Gesche, dass sie vielleicht sterben würde, aber sie kommt erneut zu Kräften. Es ist ein ewiges Hin und Her, bis Gesche endlich hinüber ins Elternhaus geht um von dem Gift zu holen. Sie rührt es in ein Glas Limonade und bricht in Lachen aus. Ja, so würde die Mutter im Himmel mit den Engeln lachen...

Am Tag nach der Beerdigung steht auf der Anrichte unter der Kuchenglocke aus geschliffenem Glas noch Butterkuchen von der Begräbnisfeier. Die kleine Johanna, pausbäckig, rund und fröhlich, ist noch nicht anderthalb Jahre alt. Gerade zieht sie sich am Sofa hoch und möchte ihre ersten freien Schritte erproben. Ach, wie mühselig doch alles ist, die ersten Gehversuche, die ersten Worte, die Anstrengungen, sich in diese vorgegebene Welt einzufügen. Und wofür dann die ganze Mühe, die ewige Plackerei, wenn das Leben dann zerrinnt in öder Gleichförmigkeit, wo ein Tag so trostlos und trübe ist wie der andere.

Gesche erinnert sich an die Jubelfeier im Februar auf dem Rathausplatz. Da war die ganze Stadt auf den Beinen und ehrte mit Beifall klatschen und Hurra dieses Mädchen, Anna Lühring, das als junger Mann verkleidet bei den Lützowern gegen Napoleon gekämpft hatte. Das konnte Gesche kaum fassen, ein Mädchen, hoch zu Pferd, in Uniform mit einem Säbel an der Seite. Eine Zimmermannstochter, die ihrer Familie davongelaufen war, um für ihre Traumbilder zu kämpfen. Doch so ein Leben würde sie beileibe nicht führen wollen, davonlaufen und in den Krieg ziehen, im Stroh schlafen und blutige Schlachten schlagen. Sie weiß nur, dass sie Gottfried will, seine Liebe, etwas Glück und Glanz in ihrem trüben Alltag. Sie versteht nicht, dass Gottfried sich immer noch nicht entschließen will, sie zu heiraten. Ob ihm die Kinder ein Hindernis sind?

„Und so wie ich dachte der Johanna etwas zu geben, führte ich es gleich aus." Gesche huscht in ihre Kammer, an die Kommode, und öffnet die obere Schublade. Da liegt noch von dem weißen Pulver zwischen sorgsam zusammengefaltetem Papier. Sie nimmt eine Löffelspitze und verteilt das Ratzengift zwischen Zucker, Zimt und Mandelsplitter auf einem Stück Butterkuchen. Sie füttert Johanna, blickt gedankenverloren auf den kleinen Mund, der sich gierig öffnet und genießerisch wieder schließt. Sie weiß nicht, was sie für ihre Kinder empfindet. Vor der Geburt ihrer Adelina, als sie von allen umsorgt und verwöhnt wurde, hatte sie gedacht, dass sie die gleiche Liebe und Fürsorge, mit der man sie nun umgab, an das Kind weitergeben würde. Aber dann war das kleine, schreiende Bündel da und Gesche spürte nichts als unendliche Leere. Sie versorgt ihre Kinder, weil es von einer Mutter erwartet wird, mechanisch, notgedrungen, manchmal widerwillig. Meist sind ihr die Kinder eine Last. Sie schickt sie oft mit einer Wärterin nach draußen, um ihre Ruhe zu haben.

In der Nacht bäumt sich Johanna vor Schmerzen auf. Am nächsten Tag gegen Abend stirbt sie. Acht Tage danach bekommt Adeline das Gift, auch auf ein Stück Kuchen. Sie stirbt in Gesches Armen.

Gesche weiß selbst nicht, warum sie dieses Mal weinen muss. Sie holt das Ölgemälde hervor, das ihr der alte Miltenberg zur Hochzeit über das Bett gehängt hatte. Es zeigt ein Mädchen mit einem Blumenkranz, das große Ähnlichkeit mit Adelheid hat. Die Mutter hatte es damals, als die ganze Familie sehnsüchtig auf Nachwuchs hoffte, in den Keller verbannt, da sie meinte, dass der Anblick des lieblichen Mädchens Gesches Kummer wegen ihrer Kinderlosigkeit noch vergrößern würde. Nun holt Gesche das Bild wieder hervor, lässt einen neuen Rahmen anfertigen und nennt es „meine Adelheid".

Vater Timm geht so oft zum Friedhof, wie es seine müden Glieder zulassen. Der Weg ist nun weiter und führt aus der Stadt heraus, vorbei an den kleinen Häuschen der Tagelöhner und Kohlhöker, die wie Pilze am Stadtrand wuchern. Von jeher wurden die Toten in der Nähe der Kirche ihres Bekenntnisses bestattet oder in der Kirche selbst, wenn sie von höherem Stand waren.

Doch mit der Zeit waren die innerstädtischen Begräbnisplätze mit verwesenden Leichen überfüllt und die Franzosen hatten durchgesetzt, dass die Toten nicht mehr auf den Kirchhöfen bestattet werden durften. Die Leichengifte wurden als eine gesundheitliche Bedrohung für die Bevölkerung gesehen. Nun liegt der Gottesacker außerhalb des Stadtgrabens, am Herdentor, zwischen Wiesen, Weiden und Gemüsegärten. Er war kurz vor Miltenbergs Tod dort angelegt worden.

Gebeugt schlurft Timm durch die Sögestraße und lässt die enge, verwinkelte Altstadt hinter sich. Er nimmt die verwelkten Kränze und Blumen von dem Grab, in dem seine Frau, Miltenberg und die beiden Enkeltöchter ruhen, und pflanzt Immergrün und Vergissmeinnicht. Er gehe gern zu den Gräbern, sagt er seiner Tochter, aber ein drittes Kind würde er nicht zum Friedhof begleiten.

Da ist wieder dieser Druck in Gesches Brust, dieses Gefühl, als würde sich innen alles zusammenschnüren, eine Unruhe, eine Kälte, die sie erschauern lässt.

Am Sonntag kocht Gesche Kalbfleischsuppe und backt einen Küsterkuchen. Der Teig muss fast eine Stunde lang gerührt werden, immer in die gleiche Richtung, Gesche rührt und rührt, gibt Mandelsplitter hinzu, Vanille, einen Teelöffel Rosenöl und versucht keine Gedanken aufkommen zu lassen. Mittags bringt sie dem Vater eine Kumme Kalbfleischsuppe, in die sie von dem Ratzengift gegeben hat, und sieht zu, wie er mit großem Appetit isst. Dann trägt sie die Kumme nach Hause und wäscht sie sorgsam ab. Nachmittags machen Vater und Tochter einen Spaziergang durch die Wallanlagen. Auf den Gräben ziehen Schwäne ihre Kreise. Die Rhododendren stehen in voller Blüte, flammend rot, sonnengelb, schneeweiß und violett, eine leuchtende Farbenpracht. Zu Hause legt Gesche sich erschöpft auf das grünsamtige Sofa, auf dem sie alle gesessen haben, Miltenberg, ihre Mutter, ihre Kinder Johanna und Adelina. Sie zieht sich nicht aus, sie wartet und um vier Uhr morgens klopfte es an der Tür. Ein Bote von Tischler Bolte meldet, dass der Vater nach ihr hat rufen lassen, er liege in seiner Schlafkammer auf dem Boden und wälze sich vor Schmerzen. Zwei Tage weicht Gesche nicht von seiner Seite, sie wischt ihm den Schweiß aus dem Gesicht, sie massiert ihm Bauch und Rücken und spricht beruhigend auf ihn ein. Dann erinnert sie sich daran, dass Gottfried Adelina in ihren Todesqualen Wein gegeben hatte, und dass das Kind davon ruhiger geworden war. Sie öffnet eine Flasche des guten Rotspon, den Gottfried von einer seiner Reisen nach Lübeck mitgebracht hat, ein besonders edler Tropfen, den sogar Napoleon genossen haben soll, und gibt dem Vater davon zu trinken. Nachdem er eine Tasse Wein getrunken hat, redet er irre, phantasiert von der seligen Frau, die er auf seinem Bette sitzen sieht, ordnet noch Verschiedenes an und stirbt darauf am 28. Juni.

Inzwischen blühen die Linden an der Chaussee nach Schwachhausen, wo Gesche mit ihrer Magd Beta an Sonntagen ab und an in der kleinen Gastwirtschaft einkehrt, die Betas Eltern dort betreiben. Auch hier sind hübsche Häuschen entstanden und wenn die sorgsam angelegten Ligusterhecken nicht schon einem akkuraten Schnitt zum Opfer gefallen sind, verströmen ihre kleinen, weißen Blüten einen betörenden Duft. Goldregen hängt in sonniger Pracht und an den Rändern der Gehwege leuchten die orangefarbenen Köpfchen der Ringelblumen. Früher hat die Mutter die Blütenblätter getrocknet und Tees oder Tinkturen daraus bereitet. Gelegentlich hat sie den Aufguss auch zum Färben von Wolle verwendet. Ach, die Mutter, nun ist sie mit dem Vater im Himmel vereint, so wie sie es immer gewollt hat. Und es ist gut so. So hatte sie es sich gewünscht.

In den Sommermonaten wird wie immer eingeweckt und eingekellert. Zum Marmeladekochen und für Kompott schleppt Beta Weidenkörbe voller Erdbeeren, Kirschen und Johannisbeeren in die Küche. Wofür und für wen das alles? Gesche entkernt die Kirschen und streift Johannisbeeren von den zarten Rispen. Angeekelt sieht sie auf ihre Hände. Der Saft rinnt wie Blut zwischen den Fingern. Sie kann kein Blut sehen. Sie lässt Beta allein weitermachen.

Der kleine Heinrich, er ist nun fünf Jahre alt, fragt die Mutter, warum der liebe Gott die Geschwister zu sich genommen hat, den Vater und auch die Großeltern. So ein Gott sei doch gar nicht lieb. Das Haus sei ihm nun so still und einsam, dass er es kaum aushalten kann. Das Kind sieht sie mit großen Augen an. Es ist ihr fremd.

Am nächsten Morgen bekommt Heinrich seine Lieblingsspeise zum Frühstück, geröstetes Weißbrot mit Zucker und Zimt. Gesche mischt eine Messerspitze Ratzengift mit Butter und gibt es unter Zucker und Zimt auf die Weißbrotscheibe. Nach dem Frühstück macht sich das Kind auf den Weg zur Schule. In der

Küche klappern Betas Holzpantinen auf den Fliesen. Töpfe und Tiegel scheppern, Öl zischt in der Pfanne, der Geruch nach gebratenem Aal zieht durch das Haus. Betas Verlobter hat den fetten Fisch am Morgen aus dem Wallgraben geangelt. Gesche schüttelt sich. Schon der Gedanke an den glatten, glänzenden Fisch, der sich den ganzen Morgen in einem Eimer neben dem Herd gedreht, gekrümmt und gewunden hat, verursacht ihr Übelkeit.

Noch bevor das Mittagessen fertig ist, kommt Heinrich wieder nach Hause. Er krümmt sich vor Schmerzen. Beta ruft nach einem Arzt. Es werden Bäder und Quarkwickel verordnet, die keinerlei Besserung bringen. In der Küche klatscht Beta nun Teig auf den Tisch und knetet und walkt und kann ihre Tränen kaum zurückhalten. Nach zwei Tagen stirbt das Kind unter grausamen Schmerzen.

In der Stadt beginnt man nun zu munkeln. So viele Tode im Haus der Miltenbergerin, da geht wohl etwas nicht mit rechten Dingen zu. Bekannte raten Gesche eine Obduktion zu veranlassen, um dem Gerede ein Ende zu bereiten. Gesche stimmt zu. Herr Dr. Olbers, der Heinrich behandelt hat, lässt die Leiche des Kindes öffnen und konstatiert, dass es an einer Verschlingung der Eingeweide gestorben ist. In der „Bremer Zeitung" erscheint ein Inserat:

Todesanzeige Heinrich

Am 22. diesen Monats wurde ich durch den an den Folgen einer Verschleimung der Gedärme erfolgten Tod meines geliebten Sohnes Heinrich im sechsten Jahre seines Alters zur kinderlosen Mutter. Verwandte und

Freunde, die gerührten Anteil an den mich kürzlich getroffenen harten Schlägen des Schicksals nehmen, werden mich auch jetzt ihres stillen Mitleids würdig finden und mir ihr ferneres Wohlwollen erhalten. Johann Gerhard Miltenbergs Witwe.

In den Gassen wirbelte das Herbstlaub und dicker Nebel kriecht aus dem Fluss. Er verhüllt die Häuser, die Pfähle an denen die Straßenlaternen im Wind schwingen und legt sich als glitschig feuchter Überzug auf das Pflaster. Gesche wird schwer krank. Wochenlang liegt sie oben in ihrer Kammer und lässt nur Beta zu sich. Ein unbestimmbarer Schmerz frisst sich durch ihren Körper, die Glieder schwellen an, ein Gefühl, als wollten sie bersten. Im Fieber erscheinen nebelhaft verschwommen ihre Eltern und die Kinder. Wie Schatten tauchen sie hinter Betas schwerfälligem Körper auf, wenn diese ihr Wadenwickel mit Essigwasser macht und für die Nacht eine Kette aus Rettichscheiben um den Hals bindet. Sie sehen glücklich aus, so als wären sie froh, dem Dasein auf Erden entronnen und im Himmel vereint zu sein.

Langsam wird Gesche wieder gesund. Wo sie nun von Armen und Hilfsbedürftigen hört, sucht sie Beistand zu leisten. Mehrmals die Woche macht sie sich auf den Weg ins Stephaniviertel oder ins Buntentor, in die Gänge, Wohnkeller und Gottesbuden, ein Wirrwarr von Elend und Gestank. Oft bestehen die Behausungen nur aus einem Raum, in der Mitte eine Feuerstelle, an den Wänden sind Strohmatten ausgebreitet. Hier schlafen die Menschen, hier essen sie ihre dünnen Suppen mit Hafergrütze, hier liegen sie oft wochenlang, wenn sie krank sind, und sich vor Schwäche und Auszehrung nicht mehr auf den Beinen halten können. Vor den Eingängen häufen sich die Abfälle. Doch Gesche geht ihren Weg, weicht den Rinnsalen aus, in denen ab und an eine tote Ratte schwimmt, und hält den Atem an, wenn ihr der Gestank nach Abfällen, Krankheit und Kot in die Nase steigt. Die Räume sind meist ohne Fenster, sodass der Rauch des ewig schwelenden Feuers nicht abziehen kann. Er beißt in den Augen. Gesche verteilt warme Kleidung, Brot und Speck. In den Familien, wo die Mutter im Wochenbett liegt, stellt sie sich selbst an den Herd. Sie pflegt Kranke, tröstet Einsame und hat für die Kinder stets ein Stück Zuckerwerk dabei.

Die Kinder der Ärmsten werden schon mit 8 Jahren in die Zigarrenfabriken geschickt, wo sie als Abstreifer arbeiten. Nachdem sich die geheimnisumwitterten, vom Meer des Südens umspülten Länder von der spanischen Krone losgesagt haben, hat Bremen seine Handelsverbindungen nach Südamerika verstärkt und bezieht seinen Tabak nun auch aus Brasilien, Kolumbien und Venezuela. Ganze Familien arbeiten in den Zigarrenfabriken. Die kleinen Kinder, deren Hände in der Tabakmanufaktur noch nicht zu gebrauchen sind, ziehen durch die Gassen und verkaufen Schwefelhölzer.

Gesche ist nun alleinstehend und kinderlos, was hindert Gottfried noch daran, sie zu heiraten? Er überschüttet sie mit Artigkeiten, lobt ihre wohltätigen Werke, aber vor einer Ehe scheint er zurückzuschrecken. Man feiert gemeinsam Weihnachten und Sylvester und im Frühjahr geht er wieder auf Geschäftsreise, ohne dass ein klärendes Wort gefallen ist.

Er hat die Stadt kaum verlassen, da steht plötzlich Johan vor der Tür, abgemagert, zerlumpt, mit verkrüppelten Füßen. Johan, der Zwilling, der die Muttermilch bekommen hat, während sie von einer Amme gesäugt wurde. Den hat sie längst für tot gehalten und auch erklären lassen. Vor Jahren waren noch vereinzelt Nachrichten gekommen. Es hieß, dass er sich von den Franzosen hat anwerben lassen und Husar geworden sei. Er soll sogar den katholischen Glauben angenommen haben, um in Napoleons Grande Armee besser dazustehen. Mit der Grande Armee ist er nach Russland gezogen, wo ihm in der unermesslichen Kälte auf dem Rückmarsch durch Eis und Schnee beide Füße erfroren sind.

Seit Ende der Franzosenzeit hat Gesche nichts mehr von ihm gehört und nun steht er da und begehrt Einlass. Allein der Anblick dieser abgerissenen Gestalt verursacht ihr Abscheu. Widerwillig nimmt sie ihn auf und fragt sich, ob er wohl sein Erbteil einfordern und sich als Herr im Haus aufspielen will, ihr den Platz streitig machen, auf dem sie sich gerade gut eingerichtet hat. Sie ist es nun seit langem gewohnt zu schalten und zu walten, wie es ihr beliebt, und sollte es jemals einen zweiten Herrn im Hause geben, würde das Gottfried sein, mitnichten dieser heruntergekommene Taugenichts.

Ein dreiviertel Jahr ist vergangen, ohne dass Gesche an das zusammengefaltete Papier mit Ratzengift gedacht hat, das wohlverwahrt in ihrer Kommode unter all den Handschuhen, Spitzenschals und Seidenblumen liegt, die sie gekauft und nie benutzt hat.

Am Sonntag tischt Gesche Schellfisch mit Erbsen und gelben Wurzeln auf. Wenig später überkommen ihren Bruder die ersten Krämpfe. Er liegt nun tagelang im Bett und will nicht leben und nicht sterben. Gesche kocht Tee und massiert ihm den Rücken. „In Lyon lässt man die Kranken baden", stöhnt der Bruder, „das entspannt und entzieht dem Körper die Schmerzen".

Gesche bestellt eine Kalesche und fährt mit Johan und einem seiner Freunde nach Lilienthal, wo wieder eine kleine Badeanstalt unterhalten wird. Dort wird alles für den kranken Bruder vorbereitet. Doch am Abend, als sie zurückkehren, glüht der Bruder und redet irre: „Herr Leutnant! Das ist gut, dass sie da sind! Mein Pferd ist schon gesattelt! Vive l'empereur!" Am Tag darauf ist er tot.

Nun soll nichts mehr an das bisher geführte Leben erinnern. Das ewig Gleichbleibende, das ständig Wiederkehrende, das Altgewohnte muss weg. Gesche verkauft die Sattlerei. Sie möchte nicht mehr als Handwerkerwitwe dastehen. Das Handwerk hat kein Ansehen, wie sie es gern hätte, wenn es nicht das eines Goldschmieds, Uhrmachers oder Seidenwebers ist. Was gilt schon ein Sattler oder ein Schneider.

Als Gottfried von seiner Geschäftsreise zurückkommt, empfängt ihn Gesche voller Zuversicht darauf, dass er sich nun endlich erklären würde. Kein lärmendes Kindergeräusch im Haus, keine nörgelnden Eltern, kein verkrüppelter Bruder, der dem Geliebten eventuell seine Rolle im Haus streitig machen würde. In der Küche werkelt Beta wie immer treu und verschwiegen vor sich hin. Gottfried nimmt nach langer Zeit endlich wieder seine Gitarre zur Hand und singt wie damals, als der selige Miltenberg ihn ins Haus geholt hatte: „Beglückt,

beglückt, wer die Geliebte findet", "Wen ich liebe, weiß nur ich", "Süßer Traum, wie bist du bald entschwunden." Von einer Ehe ist nicht die Rede.

Der Herbst bringt lang anhaltenden Regen mit sich. Schwer hängt die Nässe in den Gassen und Höfen und trotzdem ist die ganze Stadt auf den Beinen, als am 18. Oktober zum zweiten Mal die Befreiung von den Franzosen gefeiert wird. Schon früh am Morgen dröhnt das Geläut des ehrwürdigen St. Petri Doms über den Marktplatz. Die anderen Kirchen stimmen machtvoll mit ein: die Liebfrauenkirche neben dem Rathaus, St. Ansgarii an der Obernstraße, deren Turm die anderen Kirchen weit überragt, und direkt am Weserfluss St. Martini. Im Viertel der Armen schwingt St. Stephani die Glocken zum Gottesdienst. Nach „Dank und Preis dem Herrn der Heerscharen, der den Bremern die Freiheit wiedergebracht und erhalten hat", paradiert auf dem Marktplatz die Bürgerwehr und präsentiert unter Beifallgeschrei und Hurra ihre Flinten. Richtig vergnüglich wird es am Nachmittag, wenn auf der Bürgerweide das Vogelschießen abgehalten wird. Oben auf einer langen Stange wartet der kunstvoll gedrechselte, gefiederte Holzvogel mit weit ausgebreiteten Flügeln darauf, dass ihm Kopf, Beine, Schwanz und Schwingen abgeschossen werden. Wer den Rumpf zerschmettert, wird Schützenkönig. Gesche mag dieses Spektakel nicht. Es ist ihr mit zuviel Lärm verbunden.

Doch am Abend, wenn Freudenfeuer und Fackeln brennen und ihren Schimmer in die Gassen werfen, geht sie gern hinaus. Dann wandert sie die Sögestraße hoch, über den Markt, am Roland vorbei, der seinen steinernen Blick gegen den Dom richtet, durch die Böttcherstraße, wo Fässer und Tonnen darauf warten an die Schlachte gerollt und mit Bier, Wein oder Fischen gefüllt zu werden. An der Weserbrücke fällt der Blick auf den grauen Fluss, der aufgewühlt von den Herbststürmen dahinjagt, auf die Schiffe, die im Wasser hin und her dümpeln und ihre nackten Masten in den trüben Himmel strecken. Die Kräne und Wippen vor den Packhäusern stehen still. Oft hat sie sich gefragt, was sich hinter der Mündung des Flusses, auf der anderen Seite der Meere verbergen oder auch eröffnen könnte: China, Indien, Afrika, die Neue Welt... Darüber hat sie in der Kirchspielschule nichts gelernt. Wohl hat Herr Schweers manchmal aus Campes „Robinson" vorgelesen, den es auf eine einsame Insel inmitten des Südmeeres verschlagen hatte. Da war von Menschen die Rede, die wild wie das Vieh sind, nackt herumlaufen und Austern und Kokosnüsse sammeln, die ungekochtes Fleisch und rohe Fische essen und noch nicht einmal an Gott glauben.

Inzwischen gibt es aber auch andere Berichte aus den fernen Ländern. Neue Staaten sind dort entstanden, in denen Freiheit und Überfluss herrschen, keine drangvolle Enge wie hier. Wo die Natur weit und unberührt ist, wo neue Städte mit breiten, offenen Straßen wachsen.

Der Kaffee, den sie sich ab und zu leistet, kommt aus Brasilien. Auf den Dosen und Kisten, aus denen der Händler die Bohnen in kleine Säckchen schaufelt, sind bunt gefiederte Vögel abgebildet, Palmen mit tief hängenden Wedeln und weiß gekleidete Negerinnen mit großen Glutaugen. Was mag das für ein Land sein?

Es wird dunkel. Zeit nach Hause zu gehen. Nachts treibt sich hier allerlei Gesindel herum, Strolche und Spektakelmacher. Langsam geht Gesche den gleichen Weg zurück. Die Freudenfeuer sind erloschen, die Illuminationen beendet. Zuhause sitzt Gottfried in der Küche und knackt einen feuerroten Flusskrebs, den Beta in Weißwein gekocht hat. Sein Mund und seine Finger triefen. Gesche schaudert.

Der Festtag ist kaum überstanden, da beginnt auch schon der Freimarkt mit seinen Zelten, Buden und Fahrgeschäften. Die ersten Karussells drehen sich mit hölzernen Pferden, gesattelt und gezäumt. Schiffschaukeln schwingen an Ketten und Seilen und am Wall, zwischen Ansgarii- und Doventhor, zeigt die Kunstreitergesellschaft Wecke neben ihren Fähigkeiten auf den Pferden einen Hirsch, der durch ein sprühendes Feuerwerk springt. Von morgens bis abends ziehen Drehorgeln durch die Gassen und am Ende der Marktzeit geht es hoch her im Ratskeller, wo sich Kaufleute und Handwerker, Senatoren und Schausteller, Gastwirte und Kirchenmänner zuprosten, um nach den verrückten zehn Freimarktstagen wieder ordentlich im Rahmen ihrer Stände zu verharren. Gesche mag keinen Freimarkt mehr besuchen. Der Trubel und die Menschenmengen, ein fremder Blick, eine unvorhergesehene Berührung verursachen ihr Angst und Beklemmung. Oft sitzt sie lange allein in ihrer Kammer, manchmal sogar auf dem Dachboden, und wartet nur darauf, dass die Zeit vergeht. Wofür nur alles, wozu?

Als Gottfried von seiner letzten Geschäftsreise krank zurückkehrt, weicht Gesche nicht mehr von seiner Seite. Es stellt sich heraus, dass er kaum Geld besitzt um die Arzneien, die er benötigt, und den Arzt zu bezahlen. Gesche hat vom Vater ein Bremer Staatspapier geerbt, das sie nun verkauft um Gottfried zu helfen. Sie pflegt ihn mit aller Hingabe und es sieht so aus, als wäre er nun endlich gewillt, sich an sie zu binden.

Es wird Winter und der Geruch nach Torffeuer hängt in der Stadt. Aus Norden weht ein eisiger Wind. Über den Wallgraben zieht sich langsam eine Schicht aus Eis. Die Bäume, die Ufer und Wege säumen, recken ihre nackten Äste zum Himmel. Die Brunnen sind zugefroren und kaum einer mag das Haus verlassen. Die Stadt ist wie erstarrt, reglos, gleichsam ohne Leben. Klirrende Kälte durchdringt das Haus, wenn nachts in den Öfen nicht nachgelegt wird. Doch Gesche kann nun so viel Torf verheizen, wie sie will. Keiner mahnt mehr zu Einschränkung und Sparsamkeit. Trotzdem wachsen Eisblumen an den Fenstern.

Zu Sylvester hat Beta Ausgang. Gesche kocht das Festtagsmal und braut einen kräftigen Punsch. Der Duft nach Zimt und Nelken durchzieht die Stube, in der schon die Kerzen brennen. Auf dem grünen Sofa nimmt Gottfried sie endlich in die Arme.

Nach zwei Monaten weiß sie, dass sie schwanger ist. Was würde Gottfried dazu sagen, vielleicht würde er sie verstoßen, weil sie sich vergessen hat. Er ist jung und unerfahren, sie hat immerhin schon fünf Kinder geboren. Dieses Kind darf nicht auf die Welt kommen. Sie beginnt schwere Möbel zu heben, schleppt Mehlsäcke und Wäschezuber. Sie kocht Petersiliensamen und trinkt den bitteren Sud mit angehaltenem Atem. Vergebens. Alle Anstrengungen sind umsonst. Aber unverheiratet Mutter werden? Das geht nicht an. Um ihrer Ehre willen soll Gottfried sie nun endlich zur Frau nehmen. Dieser aber weist ihr Ansinnen freundlich doch bestimmt zurück. Es könne ja auch sein, dass nicht er, sondern Kassow der Vater sei, mit dem habe sie sich ja während seiner Abwesenheit mehrmals getroffen. Soll sie doch auf dem Lande, wo niemand sie kennt, das Kind zur Welt bringen und dann in Pflege geben. Er kenne dort Leute, bei denen sie heimlich die Wochen halten könne.

Gesche spürt einen bohrenden Schmerz. Verzweifelt wendet sie sich an seine besten Freunde und diese überreden Gottfried, seine Verlobung mit Gesche Miltenberg nun doch endlich bekannt zu geben. Gesche Leib ist schon gerundet, als Gottfried sein Versprechen wieder rückgängig macht, doch die Freunde setzten sich abermals für Gesche ein und endlich wird das Aufgebot bestellt.

Nun sollte Gesche beruhigt sein. Sie würde Frau Gottfried werden und das Kind nicht ledig gebären müssen. Doch es kommen ihr Zweifel: Gottfried will mich eigentlich nicht, er liebt mich nicht, er nimmt mich nur, weil man ihn dazu überredet hat. So können wir nicht zusammen leben. Ich werde nicht glücklich mit ihm sein.

Gesche gibt das Gift in die Mandelmilch, die er so gerne trinkt, in den Haferbrei, den er am Abend isst, und morgens auf seinen Zwieback. Übelkeit und Erbrechen treten auf, Krämpfe und unsägliche Schmerzen. Eilends wird der Pfarrer gerufen um die Trauung zu vollziehen. Drei Tage später ist Michael Christoph Gottfried tot. In der „Bremer Zeitung" erscheint ein Inserat:

Todesanzeige Gottfried

Kaum sind die Wunden geheilt, welche mir das Schicksal seit drei Jahren auf so mancherlei Weise bereitete, und der Schmerz überwältigt mich aufs Neue. Meinen mir seit wenigen Tagen angetrauten Gatten, Michael Christoph Gottfried aus Regensburg, entriss mir der Tod am 5. dieses Monats durch eine Lungenentzündung. Und meine Hoffnungen auf irdisches Glück gehen damit verloren. Verwandte und Freunde, welche das Maß meiner vielfachen Leiden kennen, werden mir eine stille Träne des Mitleids nicht versagen. Michael Christoph Gottfrieds Witwe, verwitwete Miltenberg

Im Herbst bringt sie einen Jungen zur Welt, er wird tot geboren. Wieder sitzt Gesche in ihrer Kammer und fragt sich, wofür nun alles war. Das Glück, das ihr die Wahrsagerin prophezeit hat, wollte sich nicht einstellen. Die Tage sind trübe wie der Himmel, aus dem es unaufhörlich nieselt. Wenn Beta nicht wäre, würde sie gar nicht ihr Bett verlassen, sondern einfach liegen bleiben, die Augen schließen und vielleicht irgendwann nicht mehr aufwachen.

Schneidermeister Dolge reißt sie aus ihrer Lethargie. Er hat sie schon als junges Mädchen verehrt und den Vater um ihre Hand gebeten, was dieser ihr nie erzählt hat. Inzwischen ist er selbst Vater und zwar von neun

Kindern, was ihn nicht davon abhält, Gesche zu hofieren und ab und an einen Kuss zu rauben. Damit seine häufigen Besuche bei ihr nicht auffallen, hat er eine seiner Töchter zu ihr in Pflege gegeben. Ein kurzes Aufblühen. Gesche bringt wieder Kleidung und Speisen in die Häuser der Armen, macht Krankenbesuche und kauft Geschenke für ihre Freunde. Hin und wieder besucht sie eine Komödie im Stadttheater oder ein Singspiel. Für all das braucht sie Geld und Dolge leiht es ihr gern. Wie er es als Schneidermeister und Vater von neun Kindern zu einem stattlichen Vermögen gebracht hat, weiß sie nicht. Ihr ist auch nicht bewusst, dass sie immer mehr in finanzielle Abhängigkeit zu ihm gerät. Das Geld, um das sie Dolge immer wieder bittet, zerrinnt wie Sand. Inzwischen lässt Dolge sich Schuldscheine quittieren und genießt das Gefühl, dass er die junge Frau immer mehr in seiner Hand hat.

Drei Heiratsanwärter bitten Gesche um ihre Hand, doch diese lehnt ab. Nie würde sie ihre Freiheit so einfach wieder aufgeben. Und heiraten, um versorgt zu sein, hat sie nicht nötig. Schließlich ist da Dolge, der ihr immer wieder einen Zuschuss zukommen lässt. Der möchte keine Nebenbuhler um sie herumschwirren sehen. Und ihre Untermieter tragen auch dazu bei, dass sie keine Geldnot leiden muss. Einer derselben, Johann Mosees, ist ihr besonders lieb. Wie einst der selige Gottfried pflegt er den Garten, singt mit heller, froher Stimme und geht mit Gesche spazieren.

Die nun folgenden Jahre plätschern heiter dahin. Mit Mosees fährt Gesche zuweilen aufs Land und oft nehmen sie Kinder aus der Nachbarschaft mit, die in den zahlreichen Gastereien auf dem Weg ins Grüne mit Limonade und Krullkuchen voller Äpfel und Nüsse verwöhnt werden. Ihr munteres und dankbares Geplapper macht Gesche glücklich. Wenn sie dann abends zurückfahren, durchs Herdentor am Friedhof vorbei, dann denkt sie an ihre Kinder und verstummt. Dann fallen Wehmutstropfen in den fröhlichen Tag und sie versteht nicht mehr, wie alles so kommen konnte.

Die düsteren Gedanken verflüchtigen sich wie Nebel im Sonnenlicht, wenn sie dann verstärkt ihre wohltätigen Dienste versieht, wenn ihr die Menschen in den Gängen und Gottesbuden dankbar sind. Dann schwebt sie mit ihren gefüllten Körben und Beuteln durch die Gassen und schlägt die Augen nieder, wenn sie achtungsvoll gegrüßt wird. Doch wieder zu Hause starren sie aus allen Winkeln und Ecken die Erinnerungen an. Als dann noch Beta ihren Küfer Schmidt heiratet und zu ihm in die Böttcherstraße zieht, mag sie nicht mehr in der Pelzerstraße wohnen. Sie bezieht eine Wohnung in der Obernstraße bei Herrn Eckerlin. Hier kann sie am Fenster sitzen und dem Treiben auf der Straße zusehen. Die Rufe der Hökerinnen und Fischweiber und das Rattern der Kutschen und Karren übertönen die Geräusche, die sie manchmal plagen: ein Pfeifen und Zischen im Ohr, ein Rauschen und Sausen im Kopf. Alles ist in Bewegung dort draußen. Ein Kommen und Gehen, manchmal verweilen, so ist das Leben.

Rio de Janeiro 1822

Mit 24 erklärte er die Unabhängigkeit Brasiliens und wurde Kaiser Pedro I. Gleich darauf unterzeichnete er die ersten Anleihen bei den britischen Banken. Die neue Nation und die Auslandsschulden kamen gleichzeitig zur Welt. Sie sind heute noch unzertrennlich. (Eduardo Galeano)

Nach ihrer Rückkehr aus Indien hatten Thomas und Maria sich in Schottland niedergelassen, in einem kleinen Cottage in Broughty Ferry am Rande von Dundee. In Dundee machen die Walfangflotten auf ihrem Weg nach Grönland Station und am Ufer des Tay, der sich hier in die Nordsee ergießt, stehen die armseligen Häuschen der Fischer, die am Strand ihre Netze zum Flicken auslegen. Dicht reihen sie sich aneinander, in gebührender Entfernung von den pompösen Villen der Jute-Könige, die ihren Reichtum aus Indien beziehen, wo Frauen und Kinder in den Jutemühlen schuften, damit die „goldene Faser" hier in Dundee zu Säcken, Tauen und Teppichen verarbeitet werden kann.

Napoleons Stern war gesunken, die Briten hatten ihre Vormachtstellung auf den Meeren weiter gefestigt und ihre Kriegsmarine kostensparend dezimiert. Fregattenkapitän Thomas Graham wurde mit halbem Sold an

Land gesetzt und wartet ungeduldig auf einen neuen Auftrag. Maria pflanzt Blumen, zieht Gemüse und bessert ihre Kleidung aus, während Thomas sein Gewehr schultert und mit den Hunden auf die Jagd geht. Die Liebe zum Land, die Maria als Kind so stark empfunden hat, lebt wieder auf. Die wilde Schönheit Schottlands, steile Berghänge und tiefe Seen, die Burgruinen auf windumtosten Klippen verzaubern sie immer wieder, doch Naturerlebnisse und Arbeiten in Haus und Garten reichen nicht aus, um sie wirklich auszufüllen. Sie liest Lord Byron und mit Hilfe eines spanischen Wörterbuches Lope de Vega. Sie vertieft ihre Kenntnisse der irischen Sprache und taucht wie damals während ihrer Kindheit auf der Isle of Man wieder ein in die Sagen und Mythen der Kelten. Sie beschließt ein Buch darüber zu schreiben. Kurz nachdem sie im Kreise ihrer zahlreichen schottischen Verwandten von ihrem Vorhaben erzählt hat, kursiert ein Brief in der Familie, den leider auch sie zu sehen bekommt. Eine Tante ist entsetzt über ihre literarische Absicht. „Schon wieder schreibt sie. Diesmal wahrhaftig an einer heidnischen Mythologie. Niemand wird das lesen wollen."

Es kommt wieder zu Ausbrüchen ihrer Krankheit, Fieber- und Schwächeanfälle verbannen sie dann ins Bett und zu absoluter Untätigkeit. Ein quälender Zustand, doch sie klagt nie.

Nach fünf Jahren Landleben bekommt Thomas einen Posten im Auswärtigen Dienst und das Ehepaar Graham bricht auf nach Italien. Fast ein Jahr lang leben sie in Rom, wo Maria auf den Spuren des klassischen Altertums wandelt. Doch sie folgt nicht nur den ausgetretenen Pfaden ihrer Landsleute und der Deutschen und Franzosen, für die Italien das Ziel ihrer Sehnsüchte ist. Sie studiert das Alltagsleben in der Vatikanstadt, sammelt Lieder und Balladen des Volkes, Sagen und Legenden über Helden und Heilige und kommt zu dem Schluss, dass wichtiger als klassische Säulen und Ruinen die Menschen sind, die in diesem Land leben, die Bevölkerung, das, was die modernen Italienschwärmer links liegen lassen.

In den Sommermonaten ziehen die Grahams in die Berge und hier, in der arkadischen Landschaft um Tivoli und Palestrina, das Paradies der Maler und Dichter der Romantik, leben sie Tür an Tür mit den Dorfbewohnern, die ihre Ziegenherden in die Berge treiben, im Herbst ihren Wein ernten und bis in den März hinein Oliven. Bei allem, was sie tun, leben die Menschen hier in ständiger Angst vor den Banditen, die in den nahen Apennin ihre Schlupfwinkel haben. Wer ihnen keine Kopfsteuer zahlt, wird überfallen und niedergemacht. „Kein Richter ahndet solche Vorfälle", schreibt Maria. „Hier gilt allein das Faustrecht." Ihre Beobachtungen und Erfahrungen in den Bergen der Campagna Romana schildert sie in ihrem Buch „Three Months Passed in the Mountains East of Rome", das 1820 in Edinburg erscheint.

Endlich darf Thomas das Festland wieder gegen schwankende Schiffsplanken eintauschen. Er bekommt das Kommando über die 42-Kanonen-Fregatte DORIS und sie nehmen Kurs auf Brasilien. Die Unabhängigkeitskämpfe auf dem südamerikanischen Kontinent waren immer noch im Gange und die DORIS hatte den

Auftrag englische Handelsinteressen zu schützen. Auf Brasilien hatte die englische Wirtschaft ihr besonderes Augenmerk gerichtet. Brasilien wurde zu ihrem großen Ausweichquartier, als Napoleon durch seine Kontinentalsperre den Engländern die europäischen Märkte verschloss. 1808 waren der portugiesische König Joao VI. und sein gesamter Hofstaat mit Hilfe Englands vor Napoleons Truppen in das Papageienland, seine reichste Kolonie, geflüchtet. Als Gegenleistung erhielten die Engländer nun unbeschränkten Zugang zu Brasiliens Häfen.

Mit dem portugiesischen König und seinem Hof waren an die fünfzehntausend Menschen nach Brasilien geflohen. Neben seinen Beamten und Hofschranzen auch Lehrer, Künstler, Handwerker und Architekten. Sie waren schon in Portugal dankbarste Abnehmer englischer Fertigwaren gewesen und wollen nun hier in Brasilien – so weit entfernt von ihrer Heimat – noch weniger auf europäischen Firlefanz verzichten. Knöpfe, Tücher, Geschirr, Kämme, Strümpfe, Möbel, Uhren, glitzernde Karossen und edle Reitpferde für die Königsfamilie und die Begüterten fanden ihren Weg über den Atlantischen Ozean. Sogar Schlittschuhe verschiffte Perfidious Albion in das Papageienland. Die fanden leider keinen Absatz hier, wo noch niemand je zugefrorene Gewässer gesehen hat.

Wenige Monate bevor die englische Kriegsfregatte DORIS vor der brasilianischen Küste ankert, ist König Joao VI. nach Portugal zurückgekehrt und hatte seinem Sohn Dom Pedro die Regierungsgeschäfte übertragen. Der sieht sich nun vor eine schwierige Aufgabe gestellt.

Die vom Vater versprochenen Reformen kann er nicht durchführen, da König Joao die Staatskasse mitgenommen hat. Im Norden des Landes flackern ständig Unruhen auf. Die Provinzen dort fordern mehr Rechte und Unabhängigkeit vom Königshof in Rio de Janeiro. Ein Teil der Bevölkerung sieht sich als treues Glied der portugiesischen Monarchie, andere verlangen die Loslösung von der Krone im Mutterland. Die Situation ist heikel. Es ist sogar von einem drohenden Bürgerkrieg die Rede, als die Grahams in Recife an Land gehen. In der Stadt herrscht Belagerungszustand. Läden und Handelshäuser sind geschlossen, in den Straßen kein Mensch, nur die Einschusslöcher der Kanonen, deren Mäuler in alle Richtungen zeigen. Vor den weißgetünchten, mit Türmchen beflankten Häusern der Begüterten und Ausländer stehen Wachposten mit geschulterten Gewehren. Der Gouverneur hat angeordnet, nur diese vor den Rebellen zu schützen. Die Armen haben ja sowieso nichts zu verlieren, aufrührerisches Gesocks, das eher zu den Rebellen überläuft, anstatt vor ihnen davonzulaufen.

Auch Indios sind zur Verteidigung der Regierung aufmarschiert. Sie tragen ihren traditionellen Federschmuck und sind mit Schleudern, Pfeil und Bogen bewaffnet. Teilnahmslos blicken sie aus verhangenen Augen vor sich hin. Der Alkohol hat sie zu einem willigen Werkzeug gemacht. Für einen Schluck Brandy und eine Handvoll Mandioca ziehen sie für Portugals König und seinen Gouverneur in den Tod. Maniocmehl, Dörrfleisch und Stockfisch ist alles, was es hier noch zu essen gibt.

Die Rebellen haben Blockaden errichtet und verhindern den Nachschub frischer Nahrungsmittel. In der Stadt herrscht Hunger. Doch als das Ehepaar Graham anlässlich seines ersten Landgangs vom königstreuen Gouverneur zum Diner geladen wird, ist ein Mangel an Nahrungsmitteln nicht zu erkennen. Die prächtig gedeckten Tische biegen sich unter den Schüsseln und Schalen voller Speisen: gekochtes und gebratenes Fleisch, Geflügel, Reis mit duftenden Kräutern, Fisch in Bananenblättern gegart, Salate aus den vielen, verschiedenen Früchten des Landes und zu Ehren der englischen Gäste Roastbeef. Die Kandelaber werfen ihr Licht auf die tafelnde Gesellschaft und hinter den Stühlen der Gäste stehen weiß gekleidete Mulattinen und halten ihnen mit Palmwedeln die Fliegen vom Leib. Das Dessert ist auf einem Nebentisch angerichtet: Früchte, Kuchen, Torten, Pasteten, Pudding und Wein, kunstvoll dekoriert mit Rosen und zart duftenden Jacarandablüten. Der Gouverneur und seine Gäste erheben ihre Gläser abwechselnd zu Ehren des englischen und des portugiesischen Königs. Sie stoßen auf die englische Marine an, auf den König von Frankreich, auf das weiße Gold, den Zucker, der ihnen das Leben versüßt, und bringen ein Hoch nach dem anderen auf den Gouverneur und seine Regierung aus. In einem mit blauen Seidendamast ausstaffierten Nebenraum wird das Piano angeschlagen und die Gattin des Gouverneurs lässt ihre glockenklare Stimme erklingen. Maria genießt den Abend, auch wenn sie weiß, dass draußen, außerhalb der Paläste und Landhäuser Mangel an allem herrscht.

Wenige Tage später gerät sie mitten ins Zentrum der Belagerer. Sie hatte die Weißwäsche des Schiffes zum Waschen an Land bringen lassen und nun erfahren, dass die Rebellen von der Wäsche Besitz ergriffen hatten und sich jetzt weigerten Tischtücher, Laken, Hemden und Unterhosen wieder herauszurücken. Mit einem Dolmetscher und zwei anderen Begleitpersonen macht sie sich auf den Weg ins Hauptquartier der Freischärler, um das Weißzeug zurückzufordern. Es geht an den letzten Posten der Königstreuen vorbei, durch ein Sumpfgebiet, in dem Reispflanzen reifen, vorbei an Kokospalmen und immergrünen Tamarindenbäumen, an dichten Hecken, an denen sich Clematis und Jasmin emporschlängeln, bis zu einem Landhaus, das nun ein Wachposten der Rebellen ist. Ein alter Mulatte mit seiner Donnerbüchse im Anschlag geleitet sie zu Fuß weiter und warnt sie davor, ihn zu überholen. Sie halten sich dicht hinter ihm. Da sie gezwungen sind langsam zu reiten, kann Maria in Muße die Umgebung in sich aufnehmen, den Duft der Blumen, den Glanz der Orangen, Zitronen und glatthäutige Mangos in den Bäumen. Hier und da ist der Boden für Manioc freigemacht worden, der jetzt im klarsten Grün strahlt. Und über allem farbenprächtige Schmetterlinge und das Flirren der Kolibris. Die Anwesen hier und da inmitten der Gärten und Obsthaine sind verlassen, ihre Besitzer vor den Rebellen nach Recife geflohen.

In einer dieser verlassen Besitzungen haben die Rebellen ihr Wachhaus eingerichtet. Dort werden Maria und ihre Eskorte von einem jungen Offizier in Empfang genommen, der sie weiter auf einen Hügel führt, wo sie plötzlich vierzig Reitern gegenüber stehen, einige in prächtigen Uniformen, andere offensichtlich in der Kleidung der vertriebenen Landbesitzer. Weiter oben auf dem Hügel warten weitere hundert Mann, bis an die Zähnen bewaffnet. Maria hat keine Angst, nur Augen für die Landschaft. Sie bedauert, dass sie keine Gelegenheit hat zu zeichnen, den von uralten Bäumen gesäumten See, den sie von hier aus erkennen kann, und den Fluss, über den sich in mehreren Bogen eine Brücke aus weißen Steinen schwingt.

Im Hauptquartier der Rebellen drängen sich Menschen und Tiere, in einer Ecke die Verwundeten, deren Stöhnen sich mit dem munteren Geplapper der Soldaten vermischt. Endlich sitzen Maria und ihre Begleiter der provisorischen Regierung der Freiheitskämpfer gegenüber. Nach vorsichtigen Begrüßungsfloskeln folgt ein langer Vortrag über die Absichten und Ziele der Bewegung, von dem Maria nicht alles mitbekommt, da sie des Portugiesischen nicht mächtig ist und der Dolmetscher offensichtlich auch nicht alles versteht. Als am Schluss die Frage gestellt wird, ob England die Rebellen unterstützen oder gegen sie kämpfen würde, fühlt sich Maria unbehaglich und nimmt die hereinbrechende Dämmerung zum Anlass, sich endlich auf den Rückweg zu machen. Man gibt ihnen die Wäsche zurück und versorgt sie außerdem mit frischem Fleisch, Obst und Gemüse. Ein Humpen voll Wein wird gereicht. Maria darf als erste daraus trinken, bevor er die Runde macht und die dunklen Bärte der Männer benetzt. Eine Militärkapelle stimmt die Nationalhymne an und Maria und ihre Eskorte reiten durch die zauberhafte Landschaft zurück, während die Sonne, die eben unterging, noch ihre letzten Strahlen zwischen die Baumwipfel wirft.

In Recife wird es ruhig. Nachdem die Rebellen sich mit dem Gouverneur auf einen Waffenstillstand geeinigt haben, setzt die DORIS Segel und umschifft die Klippen in der Bucht von Recife mit Kurs auf Bahia. Drei Tage segelt das Schiff bei günstigem Wind die Küste entlang, vorbei an grün bewaldeten Hügeln und Ufern, zwischen denen goldene Sandstrände blinken. Funkelnde, fliegende Fische schwingen sich über die Oberfläche des Meeres und umkreisen in Scharen das Schiff. Endlich sind in der Ferne weiße Häuser zu sehen, Kirchen und eine mächtige Festung. Gleichmäßig ziehen sie sich die Hügel empor und bilden vom Meer aus gesehen einen zauberhaften Anblick. Dieser Eindruck verkehrt sich aber leider ins Gegenteil, als Maria und ihr Mann an Land gehen. Die Straße der unteren Stadt, die das Hafengebiet säumt, ist voller Abfälle, Kot und Schlamm. Mitten darin haben Handwerker ihre Arbeitsbänke und ihr Werkzeug aufgebaut, dazwischen drängen sich Straßenhändler und rufen ihre Waren aus: Früchte, Würste, gebratenen Fisch, Öl und Zuckerwaren. Hunde, Hühner und Schweine suchen nach Essensresten und wühlen in der Abflussrinne, die mitten auf der Straße verläuft. Hier ist kein Weißer zu Fuß unterwegs. Für Kutschen und Karren ist aber kein Platz, also lässt sich der Bessergestellte in einer cadera tragen, ein Stuhl aus Rohr mit Arm- und Rückenlehne. Dieser ist an einer Stange befestigt, die flinken Schritts von zwei Schwarzen getragen wird. Er hat sogar ein kleines Dach, an dem ein Vorhang mit goldbestickten Rändern angebracht ist. Je nach Bedarf kann man diesen öffnen oder vor dem Elend und fremden Blicken schließen.

Wo die Stadt weiter auf die Hügel klettert herrscht weniger Schmutz und weniger Gestank. Hier wohnen Beamte, Kaufleute und Händler. Die Häuser sind meist mehrstöckig mit Balkonen und Gärten, weißgetüncht mit leuchtend roten Dachziegeln. Im Untergeschoss befinden sich Lagerräume, Ställe und Zellen für die Sklaven. „Sie leben wie Tiere in ihren engen Behausungen und es sind doch ihre Hände, die den Herren aus den oberen Stockwerken Reichtum und Wohlstand erwirtschaften", schreibt Maria.

Auch in São Salvador da Bahia de Todos os Santos – Heiliger Erlöser von der Bucht der Allerheiligen – ist es unruhig. Die politisch unterschiedlichen Positionen entladen sich in Straßenkämpfen. Truppen marschieren auf. Das Fort wird besetzt. Wird die Situation brenzlig, verschanzen sich die Engländer mit ihrem Gold, ihren Juwelen und anderen Kostbarkeiten auf der Fregatte Kapitän Grahams.

Als es wieder friedlich wird in der „Bucht der Allerheiligen", setzt Graham die Segel. Wenige Tage später läuft die DORIS in die Bucht von Rio de Janeiro ein. Vorbei an kleinen, mit Palmen bewachsenen Inseln, an den steilen Felsen, die wie ein Tor die Einfahrt in die Bucht rahmen, begleitet von pfeilschnellen, fliegenden Fischen, die am Schiff vorüberjagen.

Die Grahams mieten ein Haus in einem Vorort, nahe einem kleinen Fluss, der hier seinen Weg zum Meer sucht. Thomas muss sich erholen, seine Gesundheit macht ihm seit einer Weile zu schaffen. Maria lernt Portugiesisch und unternimmt lange Ausritte durch Täler und Orangenhaine, über Wiesen, wo sie im Schatten duftender Akazien ausruht und zu den Kaffeeplantagen blickt, die sich bis auf die Hügel erstrecken. Die Kaffeeplantagen sind nicht anders zu betreiben als mit Sklavenarbeit, genau so wie die Zuckerrohrplantagen und die Tabakfelder dieses zauberhaften Landes. Von daher ist der Sklavenhandel in Brasilien noch ein besonders gutes Geschäft. Es gibt in den Städten zwar schon Freie und Leihsklaven, die ebenfalls gute Aussichten auf einen Freibrief haben, aber tagtäglich kommen neue Schiffe mit der schwarzen Ware. In Rio ist der Hauptmarkt.

Die Sklavenhändler haben in der Rua Vallongo schöne große Gebäude, durch die stets eine frische Meeresbrise weht. Im Innern der Gebäude wird die Ware einer besonderen Behandlung unterzogen, ehe man sie zum Verkauf ausstellt. Die Schwarzen werden gewaschen, Haare und Bart werden geschoren und sie bekommen bessere Nahrung. Es werden ihnen auch die einfachsten Manieren beigebracht, damit der Kauflustige nicht denkt, er hätte Wilde vor sich. Auch werden manche Toilettenkünste angewendet, um ältere Ware zu verjüngen, Hässliche zu verschönern und Makel zu übertünchen. Dann werden die Sklaven in die geräumigen Säle des Hauses geführt, wo sie von den Käufern wie Vieh begutachtet werden.

Am 9. Januar 1822 erfolgt aus Portugal der Befehl, der Prinz habe sich unverzüglich nach Lissabon zu begeben. Das empört nicht nur seine Königliche Hoheit den Prinzen, sondern das ganze Papageienland. Man hatte die Befürchtung, dass Brasilien nach Jahren der Gleichstellung mit Portugal wieder zu einer abhängigen Kolonie werden könnte. Don Pedro widersetzt sich der Anordnung seines Vaters. Río ist in Aufruhr und die Grahams verschanzen sich auf ihrem Schiff. Während königstreue Truppen planen, den Prinzen mit Gewalt nach Portugal zu schleppen, werden die ersten Rufe nach Unabhängigkeit laut. Die einheimische Elite des Landes will sich von den Portugiesen nichts mehr sagen lassen und stellt eine eigene Streitmacht auf, die nach und nach die arroganten Portugiesen aus dem Land treibt.

Nachdem nun die erste brasilianische Wachmannschaft in den Palast eingerückt und die letzte portugiesische unter Schmährufen der Bevölkerung abmarschiert ist, beschließen die Grahams zur Feier der Waffenruhe auf der Kriegsfregatte einen Ball zu geben. Die Kanonen werden mit Blumen geschmückt. Das Orchester des städtischen Opernhauses wird vor dem Hauptmast platziert und die Gäste in ihren festlichen Roben schweben über frisch gescheuerte Schiffsplanken. Ein festlicher Abschluss. Nicht nur auf dem Schiff, auch in den Straßen wird getanzt. Endlich unabhängig. Die Kämpfe werden eingestellt, für wie lange, das steht in den Sternen. Ein englisches Kriegsschiff hat hier nun nichts mehr zu suchen und am 10. März lichtet die DORIS die Anker und nimmt Kurs auf Kap Hoorn, dem südlichsten Zipfel des amerikanischen Kontinents. Ein Teil der Besatzung ist krank. Auch Kapitän Graham leidet unter Schwächeanfällen und Fieber. Maria hofft, dass sich der

Klimawechsel förderlich auf den Zustand der Kranken auswirken würde, doch die Kälte, die sie nun umfängt, raubt ihnen den Atem. Es schneit, es hagelt, der Himmel ist tagtäglich düster und verhangen. Eisige Stürme fegen über Deck und in die Segel. Albatrosse und Sturmvögel begleiten das Schiff, das unermüdlich durch die aufgewühlten Wogen kreuzt. Maria empfindet den Kampf mit der wilden See und den tobenden Winden als Herausforderung und vertraut darauf, dass der Mensch mit Umsicht und Körperkraft die rasenden Elemente bezwingen kann, doch gegen das Eis, das die Masten und Taue umschließt, und das Deck mit einer spiegelglatten Schicht überzieht, kommen sie schwer an. Maria näht gefütterte Handschuhe und Westen für die Männer, die trotz Sturm und Eiseskälte ihren Dienst draußen verrichten müssen. Die Besatzung ist erschöpft, der Zustand von Kapitan Graham kritisch. Maria sitzt Tag und Nacht an seinem Bett und hofft auf Besserung.

Am 9. April, nach fast einem Monat seit sie Brasilien verlassen hat, legt Maria zum ersten Mal ihre Kleider ab und legt sich hin. Alles ist vorüber. Umsonst die durchwachten Nächte an seinem Bett, umsonst alle Pflege und Gebete. Sie ist nun Witwe und allein, die halbe Erdkugel zwischen sich und ihrer Heimat.

Valparaíso 1822

Chilenen des Meeres! Zum Angriff! Ich bin Cochrane. Ich komme von weit her. Ihr habt schon die Künste des Feuers gelernt und die Pracht der Gleichheit. (Pablo Neruda)

Die Bevölkerung ist weiter gewachsen und mit ihr der ewige Kampf um mehr Platz. Die Unermüdlichkeit, mit der die Menschen hier in der Enge zwischen Ozean und Kordillere versuchen, sich einen Raum für ihre Häuser zu erobern, scheint geradezu verrückt in einem Land, so weitläufig und so spärlich besiedelt wie dieses, voller Urwälder und Weideland, voller Täler, die darauf warten, in Obstgärten und Kornkammern verwandelt zu werden. Doch die Menschen in Valparaíso sehen nicht, was sich hinter der Kordillere erstreckt. Hier in der Stadt ist Verheißung, hier ist Fortschritt, jede neu entstandene Behausung, jede neu eroberte Gasse ist ein Sieg. Der Ebene zwischen Meer und Hügeln, der Unterstadt, auch „plan" genannt, haben sich die Ausländer bemächtigt. Der kreolische Kaufmann, besiegt durch das Kapital und die Beharrlichkeit und Überlegenheit der ausländischen Eindringlinge, hat diesen den Außenhandel fast ohne Gegenwehr überlassen. Jetzt tummeln sie sich hier Geschäftsleute aus ganz Europa, hauptsächlich Engländer und Abgesandte aus den jungen nordamerikanischen Staaten, und geben den Ton an. Ihr Reichtum blüht, ihr Einfluss wächst und der Rest der Gesellschaft schwimmt im Fahrwasser ihres Unternehmertums.

Der Platz zwischen Hafen und Zollhaus ist ein Gewirr von Waren: gestapelte Hölzer und Stämme aus dem bewaldeten Süden Chiles, Fässer, Säcke, Bündel und Ballen, fest verschraubte Kisten mit allerlei Schnickschnack wie Seidenstrümpfen und Schildpattkämmen für die Begüterten der Stadt. Diese lassen sich fast alles aus der alten Welt kommen, sogar die Möbel für ihre Häuser, obgleich dieses Land so reich an edlen Hölzern ist. Auch Musikinstrumente werden importiert. In jedem Haus, das etwas auf sich hält, steht ein Klavier im Salon. Und wenn die Frauen und Töchter des Hauses nicht an ihren Nähtischen sitzen, um ihre Kleider mit feinen Stickereien zu versehen oder um für die Armen Kittel zu nähen, entlocken sie dem Klavier sehnsuchtsvolle Lieder ihrer Heimat. Die Söhne werden zur Ausbildung nach Europa geschickt. In den Läden der Unterstadt ist das Angebot nicht anders als in irgendeiner beliebigen Stadt im fernen Europa: Stoffe aus Leinen, Wolle oder Seide, Rosenkränze aus Holz oder Elfenbein, Heiligenbilder, prunkvoll verzierte Tabakdosen, Eisenwaren und Geschirr. In den deutschen Geschäften werden Gläser angeboten, Vasen, Spiegel und Spielzeug aus Nürnberg. Einheimische Produkte sind nicht in diesen glitzernden Läden zu finden. Ponchos, Ledergürtel oder die dunklen, rotbraunen Tonkrüge und Schalen aus Penco oder Pomaire werden nur auf dem Markt angeboten. In die eleganten Häuser der neuen Reichen würden sie sowieso keinen Einlass finden.

Auch der Wald aus Segeln und Masten auf dem ständig wogenden Meer ist ein Zeichen für die neue Zeit, die nach der Öffnung des Hafens angebrochen ist. Die ganze Küste entlang, über die Meere hinweg, kommen und gehen die Waren nordwärts bis nach Kalifornien, südwärts um das wilde Kap Hoorn herum in die ganze Welt. Namen wie Kalkutta, Canton, Sydney, Hamburg oder Rotterdam sind dem Kaufmann in Valparaíso genauso geläufig wie Callao, Buenos Aires oder La Paz.

Und in dem Maße, wie sich die emsigen Geschäftsleute hier niederlassen und noch mehr und noch schönere Häuser und Magazine für ihre Waren errichten, strömen auch die Armen aus dem Landesinneren in die Stadt. In der Hoffnung sich ihren täglichen Lebensunterhalt in der aufstrebenden Stadt verdienen zu können, bevölkern sie die Hügel, bauen ihre armseligen Hütten aus Lehm, Brettern und Zweigen, decken die Dächer mit Stroh oder Binsen. Immer weiter klettern die windschiefen und zerbrechlichen Behausungen die Hügel empor, hängen an den Felsen, über den Schluchten, sich scheinbar gegenseitig stützend und vor dem Absturz bewahrend. Der Boden ist meist aus Erde oder Stein, die Fenster ein Loch ohne Scheiben und an Stelle einer Tür hängt ein Stück Leder vor der Öffnung. Im Sommer brennt die Sonne durch die Ritzen und im Winter suchen sich Regen und Wind den gleichen Weg. Dann werden die Fenster zugenagelt und die Bewohner suchen Schutz und Wärme am Kohlebecken.

Ende April läuft die englische 42-Kanonen-Fregatte DORIS in den Hafen ein. Maria lenkt ihren Blick auf die schneebedeckten Gipfel der Kordillere, auf die Felsen, die das Meer säumen und auf die Hügel und Schluchten, die sich hinter dem Hafen abwechseln. Dann entdeckt sie zwischen den beflaggten Segelschiffen die HEKATE, eines der ersten Schiffe, das unter dem Kommando ihres Mannes segelte. Chile hat es vor Jahren England abgekauft und nun fährt es unter dem Namen GALVARINO für die neugeborene Republik.

Maria weiß nicht, wie sie das Schiff verlässt, wie sie zur Mole gelangt, wo ihr eine Gruppe von Landsleuten und der Gouverneur Valparaísos ihr Beileid ausdrücken. Sie ist wie benommen. Am nächsten Tag werden die sterblichen Überreste ihres Mannes an Land gebracht. Die Besatzung der DORIS, die Besatzungen der anderen Schiffe und die Honoratioren der Stadt begleiten die Prozession zur spanischen Festung, wo Thomas Graham beigesetzt wird. Sie ist nun allein, in einem fremden Land am Ende der Welt, wo Sommer ist, wenn in ihrer Heimat der Winter anbricht, wo der Winter mit Regen und Sturm das geschäftige Treiben der Stadt zum Erliegen bringt, wenn in ihrer Heimat der Frühling beginnt. Der Kapitän einer englischen Fregatte bietet ihr an, mit ihm die Rückreise nach Europa anzutreten. Aber Maria lehnt ab, sie ist zu erschöpft, um sofort wieder eine lange Reise anzutreten und möchte ihrem Mann, der nun in dieser quirligen Stadt am Pazifischen Ozean begraben ist, noch nahe sein. Sie mietet ein kleines Häuschen aus Lehmziegeln am Ende des Almendral, umgeben von Büschen, Beeten und Obstbäumen. Ihr Entschluss, sich gerade hier niederzulassen hat eher Missfallen als Zustimmung hervorgerufen. Man hält diesen Teil des Almendral nicht für so sicher, dass man ohne die Gefahr beraubt oder umgebracht zu werden, darin leben könnte. Doch Maria ist ganz ruhig. Sie glaubt, niemand raubt oder tötet ohne Verlockung oder Versuchung und sie hat nichts, um Diebe zu locken oder Mörder in Versuchung zu führen. Sie richtet sich ein und beginnt zu schreiben. Langsam macht sie sich mit ihrer neuen Umgebung vertraut. Ihr Haus ist eine typisch chilenische Wohnstatt. Es hat einen kleinen Flur am Eingang, an dessen Ende sich eine Tür befindet, die in ein dunkles Schlafzimmer geht. Eine andere Tür führt in das einzige Zimmer, das ein Fenster aufweist. Die meisten Häuser der Mittelschicht in Valparaíso haben nur ein Fenster und dieses auch ohne Glasscheiben, normalerweise durch geschnitzte Holzstäbe geschützt oder Eisengitter. Dem Haus gegenüber ist ein Garten angelegt mit Apfel- und Birnbäumen, Pfirsichen, Apfelsinen, Quitten und Weinstöcken. Die Oliven an ihren knorrigen Bäumen beginnen zu reifen und am Boden kriechen dicke Ranken, an denen Kürbisse und Melonen schwellen. Der Garten zieht sich bis zu einem Bach hinunter. Wenn hier Wäsche gewaschen wird, entzündet die Nachbarin am Ufer ein Kohlefeuer und stellt den blitzenden Kupferkessel auf. Der immergrüne Quillay liefert die harte, runzelige Rinde, die in Wasser gerieben wie Seife schäumt und sich auch gut zum Waschen feiner Gewebe eignet. Hinter dem Haus erhebt sich ein kahler, rötlicher Hügel, zu dessen Fuße unablässig Herden von Maultieren vorüberziehen. Sie schaffen Holz, Kohle und

Gemüse in die Stadt, oder auch Wein, der in prall gefüllten Lederschläuchen auf den Rücken der Tiere lastet. Maria leiht sich ein Pferd und reitet hinunter zum Hafen, durch die einzige Straße der Stadt, wo die Aushängeschilder englischer Schneider, Schuster, Sattler und Gastwirte an den Ladentüren prangen. Die Vorherrschaft des Englischen über die anderen Sprachen, die auf der Straße gesprochen werden, ist offensichtlich und deutlich hörbar. Man könnte glauben, in England zu sein. In der einzigen Apotheke der Stadt stehen altertümliche, mit kabbalistischen Zeichen beschriftete Medizintöpfe in den Regalen. Daneben ein Durcheinander von Päckchen mit Heilmitteln, angeblich aus Europa, getrocknete Kräuter, Fischköpfe und Schlangenhaut. In einer Ecke ist ein großer, ausgestopfter Kondor zu sehen, der ein Lamm reißt, in einer anderen ein monströser Widder, dem ein fünftes Bein aus der Stirn wächst. Mittendrin hocken präparierte Katzen, Papageien und Hühner und über allem liegt eine jahrhundertealte Schicht aus Staub.

Der Sommer geht vorbei und neigt sich seinem Ende zu. Morgens hängt der Küstennebel über der Bucht und will sich nur zögernd auflösen. Maria ergreift jede Gelegenheit die Umgebung zu erkunden. Sie reitet nach „La Rinconada", vorbei an Gärten und Gemüsebeeten bis zu einer Ansammlung von Steinhaufen und verfallenen Mauern, die früher wohl der Verteidigung des Ortes gedient haben. Hier soll sich eine Töpferei befinden, doch es gibt weder Töpferscheibe noch Brennofen, keine Werkzeuge zum Modellieren, Gravieren oder Abdrehen. Und doch stehen da Krüge, Töpfe und Teller vor den armseligen Behausungen zum Verkauf. Vor einer der ärmsten Hütten aus Zweigen, mit einem Dach aus Binsen und einem Stück Leder als Tür, sitzt eine Familie auf Schaffellen im Schatten eines Feigenbaumes und arbeitet. Die Kinder kneten kleine Kugeln aus Lehm. Die Frauen formen die Masse für Schüsseln und Töpfe. Den Männern ist die Herstellung großer Gefäße für Wasser oder Wein vorbehalten. Maria setzt sich einfach dazu, deutet auf den Ton und hebt fragend die Augenbrauen, bevor sie etwas von der rotbraunen Masse nimmt. Vergeblich versucht sie eine kleine Schüssel zu formen, bis eine ältere Frau die Arbeit in die Hand nimmt und ihr zeigt, wie einem Klumpen Ton mit Mühe, Sorgfalt und Geduld eine Form gegeben wird. Dann nimmt sie eine Muschel aus einem Ledersäckchen, formt noch einmal den Rand nach und beginnt, auf dem frischen Gefäß vorsichtig zu reiben. Zwischendurch wird die Muschel angefeuchtet und der Druck verstärkt, bis der Ton fest wird und einen besonderen Glanz annimmt.

Den Rückweg nimmt Maria über Pocuro, vorbei an Apfelbäumen, an denen sich wildes Geißblatt emporwindet. Etwas weiter oben, etwa 90 Fuß oberhalb der Stadt, ist der neue Friedhof angelegt worden. Auch hier ist man dazu übergegangen, die Toten außerhalb der Stadt zu begraben.

Die Tage werden kürzer, die Abende kühl, der Himmel wolkenverhangen. Allein in ihrem kleinen Haus denkt Maria an all die Hoffnungen und Sehnsüchte mit denen sie vor vierzehn Jahren an Bord der DORIS ging um England zu verlassen. Sie fühlt sich einsam.

Der Blick in die Zukunft verheißt gar nichts. Nichts Gutes, nichts Schlechtes. Es ist, als hätte sie selbst schon die Grenze des Lebens überschritten. Doch schnell wischt sie diese trüben Gedanken beiseite, will sich nicht weiter darin vertiefen. Der Lauf der Dinge ist verschlungen und nach jeder Krümmung müssen wir uns neuen Gegebenheiten stellen. Maria arbeitet weiter an ihrem Tagebuch, sie lernt spanisch und zeichnet: die Stadt mit ihren Kirchen, dem Markt und dem Hafen, Kutschen, Karren und Pflanzen, immer wieder Pflanzen. In den Gärten der Nachbarn entdeckt sie Kräuter, die sie aus ihrer Heimat kennt, Thymian, Minze, Salbei und die gelbblütige Raute. An einem sandigen Weg hinter dem Haus wachsen Eisenkraut, Klee, Fenchel und Goldmohn, der nur bei Sonnenschein seine Blütenblätter öffnet. Nachts oder wenn sich der Himmel bewölkt, verschließt er sich. Der Pflanze werden allerlei Heilkräfte zugesprochen. Die getrockneten Blätter, mit heißem Wasser überbrüht, helfen gegen Schmerzen und Schlaflosigkeit.

An einem nebelverhangenen Tag im Juni läuft Lord Cochrane mit zwei Fregatten in die Bucht von Valparaíso ein. An den Türen und Fenstern aller Häuser wird die chilenische Fahne gehisst, um seine glückliche Rückkehr zu feiern. Dass der letzte Einsatz erfolgreich war, davon geht man aus. Cochrane war in kalifornischen Gewässern auf Kaperfahrt und ist bisher aus jeder Seeschlacht siegreich hervorgegangen. Der englische Admiral segelt seit der Unabhängigkeit Chiles unter chilenischer Flagge. Die Regierung der jungen Republik hatte ihn angeheuert, um die verhassten Spanier aus dem Pazifik zu vertreiben und durch Aufbringen feindlicher Schiffe zum Auffüllen der leeren Staatskasse beizutragen. Aus dem Land waren die Spanier ja nun endlich verjagt worden. Nun muss nur noch die tausende von Kilometern lange Küste Chiles gesichert werden und dazu wurde der berühmte Admiral, dem Napoleon respektvoll den Beinahmen Seewolf verliehen hatte, zum Befehlshaber der chilenischen Flotte ernannt.

Sie treffen sich im Haus eines englischen Freundes, der anlässlich der Ankunft Cochranes einen Empfang gibt. Der Champagner ist eisgekühlt, der Wein exzellent und die Speisen erlesen. Maria ist aufgeregt. Sie war ihm schon in England begegnet. Cochrane und ihr verstorbener Mann kannten sich noch aus der Zeit, als sie ihre Ausbildung bei der Marine begannen, und ihre Wege hatten sich immer wieder gekreuzt. Doch nun sieht er viel besser aus als früher, findet sie, die Strapazen seines unruhigen Lebens haben ihre Spuren hinterlassen. Das steht ihm gut, macht sein Gesicht markanter, interessanter. Sein Gesicht ist auch Spiegel seiner Empfindungen und Gedanken, seine Sprache lebendig und mitreißend. Auch wenn er nicht schön ist, so drückt doch seine Erscheinung eine solche Überlegenheit und Würde aus, dass man ihn immer wieder ansehen muss. Auch Cochranes Blick fällt immer wieder auf Maria, die sich mit Schwung und Leidenschaft in die Gespräche über die Geschicke Chiles einbringt. Beide sind seit Jahren nicht mehr in ihrer Heimat gewesen. Beide sind tatkräftig, aber einsam. Maria ist Witwe und Cochrane lebt ebenfalls allein in Valparaíso, wenn er nicht auf See ist. Seine Frau ist bereits vor einem Jahr mit den Kindern zurück nach England gesegelt. Sie konnte es nicht länger aushalten in diesem Land voller Fremder und Gauner, hatte sie ihrem Mann geschrieben.

Dem Winter mit seinen Stürmen und Regengüssen sieht María nun gelassen entgegen. Seit Cochranes Ankunft in Valparaíso ist sie wieder zuversichtlich, denn der Admiral und sie werden nun einen Teil ihrer Wege gemeinsam gehen. Sie reisen nach Concón an der Mündung des Río Aconcagua, der die fruchtbaren Täler von Santa Rosa und Quillota speist, und weiter nach Quintero. Dort hat die Regierung dem Seewolf ein Stück Land überlassen. In der Ferne erblicken sie den schneebedeckten Berg, der den gleichen Namen trägt wie der Fluss, und dessen weiße Krone niemals schmilzt. Und das Meer, das schillernde, gleißende Meer ist immer in Sicht. Es schlägt mit gewaltiger Wucht gegen steil aufragende Felsen oder badet kleine goldene Strände. In der Lagune von Quintero waten Flamingos durch das seichte Gewässer, der chilenische Schwan mit seinem rabenschwarzen Hals. Cochrane will sich hier, an der vor Winden und Wellen geschützten Bucht, seinen neuen Wohnsitz schaffen. Das Haus ist noch im Bau, aber wer denkt an das Haus, wenn der Besitzer anwesend ist? Sie machen Pläne. Cochrane hat Harken, Spaten und Pflüge aus Europa kommen lassen, Gerätschaften, die hier unbekannt sind, und die Arbeit auf dem Felde doch ungemein erleichtern. Sie wollen Gemüsesorten aus der Alten Welt anbauen, Rüben, Kohl, Zwiebeln und Kopfsalat. Die Zukunft nimmt wieder Gestalt an.

Ende August, der regenreiche chilenische Winter geht langsam zu Ende, unternimmt Maria eine Reise nach Santiago, in die Hauptstadt. Ein Marineoffizier, ihr Dienstmädchen und der treue Knecht Felipe begleiten sie. Drei Maultiere werden beladen, mit Bettzeug, Töpfen und Kleiderbündeln. Die Reise dauert zu Pferd drei Tage. Der Weg zwischen Santiago und Valparaíso ist das ganze Jahr hindurch voller Bewegung. Auf Wagen und Maultieren kommen und gehen die Güter vom Landesinneren an die Küste, von Valparaíso nach Santiago, knarrend, quietschend, Schritt für Schritt, begleitet vom Pfeifen und Rufen der Treiber. Räder und Achsen der Lastwagen sind ganz aus Holz gefertigt, manche werden von vier oder sechs Ochsen gezogen. Zehn bis zwölf Tage braucht eine solche Reise, um von Valparaíso nach Santiago zu kommen. Die Fuhrmänner und Maultiertreiber sind oft mit ihrer ganzen Familie unterwegs, wie Zigeuner ziehen sie unaufhörlich hin und her, begleitet von unzähligen kläffenden Hunden, eingehüllt in eine Wolke aus Staub. Sie müssen Pässe überwinden und Schluchten durchqueren, manchmal geht es zu beiden Seiten des Weges steil hinunter. In der Tiefe der Schluchten leuchten Wiesen, Kokospalmen wiegen ihre Wipfel. Sie haben keinen Blick für die schneegekrönten Gipfel der Andenkette, die sich im Hintergrund erhebt, oder für die Blumenpracht, die nach der Cuesta de Zapata ihre Wege säumt, wilde Anemonen, Milchsterne und meterhohe Malven. Sie treiben ihre Tiere an, fluchen über gebrochene Wagenräder und hüllen sich nachts für einen kurzen Schlaf in ihre Ponchos.

Maria und ihre kleine Eskorte brauchen einen Tag bis Casablanca, die erste Ortschaft auf dem Weg in die Hauptstadt, wo sie ihre mitgebrachten Kissen und Decken auf hölzernen Bettstellen ausbreiten können, die mit Ochsenhäuten überzogen sind. Hier treffen alle Produkte zusammen, die von der Küste oder aus den fruchtbaren Tälern der Ebenen in die Hauptstadt geschafft werden: Kartoffeln, Kürbisse, goldgelber Mais und Früchte. In Fässern schwappt eingesalzener Fisch aus Valparaíso. Der Königsfisch kommt in so großen Schwärmen in die Bucht gezogen, dass man von den Fischerbooten nur Eimer ins Meer hängen muss um ihn zu fangen.

Nach einer erholsamen Nacht reiten sie bis Curacaví im Tal des Flusses Puangue. Der Weg ist von Espino-Sträuchern gesäumt, in denen die scharlachroten Blüten der Schönranke klettern und Scharen kleiner Vögel ihre Nester bauen. Über der Ebene von Curacaví erhebt sich die Cuesta de lo Prado, der Pass, zu dessen Gipfel sich der Weg in unzähligen Windungen emporschlängelt, gesäumt von mächtigen Bäumen. Von der Höhe des Passes aus fällt der Blick in das Tal, in dem die Hauptstadt unaufhörlich wächst. Santiago, einst eine kleine Siedlung, entwickelt sich zum Zentrum des Landes. Kurz vor Santiago wird Maria von Don José Antonio de Cotapos erwartet. Er ist gekommen, um Maria während ihres Aufenthaltes in der Hauptstadt ins Haus seiner Familie einzuladen. Viel lieber wäre sie in einem englischen Hotel eingekehrt, um ihre Unabhängigkeit zu wahren, doch hinter Don José hoch zu Ross erblickt sie seine Frau und seine drei Töchter. Sie sind ebenfalls erschienen, um der Einladung Nachdruck zu verleihen. Die Cotapos gehören zu den angesehensten Familien Chiles. Sehr bald erfährt Maria, dass die Familie mit dem Regierungschef O'Higgins verfeindet ist. Daher ist ihre Verwunderung groß, als die Cotapos eines Tages darauf bestehen, dass sie in Begleitung der Dame des Hauses und einer Tochter den Palast des Director Supremo aufsuchen soll. Wenn man von ihr erwartet, dass sie Frieden zwischen den beiden Familien stiften soll, kann ihr das nur Recht sein. Vielleicht ist das auch der Grund dafür, dass die Cotapos sie so eindringlich in ihr Haus gebeten haben. Die Damen hüllen sich in festliche Kleider, nur Señora Cotapos entschuldigt sich, dass sie in Baumwollstrümpfen und klobigen, schwarzen Schuhen erscheint. Sie hat während einer schweren Krankheit ihres alten Schwiegervaters ein Gelübde abgelegt, dass sie im Falle seiner Genesung ein ganzes Jahr lang diese groben Strümpfe und diese plumpen Schuhe tragen würde. Der Alte genas und die Schwiegertochter hielt sich an ihr Versprechen. Eine schwere Buße, denn nichts ist einer chilenischen Dame wichtiger als ihr Schuhwerk und seidene Strümpfe. Sie werden schlicht, ohne viel Aufwand und Zeremoniell begrüßt. In den Empfangsräumen stehen englische Öfen, auf dem Boden liegen Teppiche aus Schottland und auf den Tischen glänzen Uhren und Porzellan aus Frankreich, nichts Spanisches, nichts Chilenisches. Nur die silbernen Kohlebecken zum Anzünden der Zigarren, sind Maria ein gewohnter Anblick. In ihrem Haus in Valparaíso sind sie jedoch nicht aus Silber, sondern aus Eisen und sie werden aufgestellt, um an kühlen Tagen Wärme zu spenden. Die Mutter des Regierungschefs und Seine Exzellenz selbst empfangen den Besuch freundlich und aufgeschlossen, man plaudert über England, O'Higgins hat dort seine Ausbildung erhalten und längere Zeit an einer Akademie in Richmond verbracht. Mehr Gäste erscheinen, Getränke werden gereicht und Mariquita Cotapos wird ans Klavier gebeten. Maria hat den Palast Seiner Exzellenz noch öfter aufgesucht. Die Schwester des Director Supremo schickt Blumen und Früchte in das Haus der Cotapos. Ob die Feindschaft zwischen den beiden Familien somit beendet ist, wird Maria allerdings nie erfahren.

Santiago erstreckt sich zu Füßen der Anden am Ufer des Mapocho-Flusses entlang. Dem äußeren Aspekt der Stadt kann Maria nichts Positives abgewinnen. Die einförmige Front der Häuser, kahl und abweisend, lässt kaum erahnen, dass sich dahinter Leben abspielt. Neben der Residenz des Director Supremo streckt die Kathedrale gebieterisch ihre Türme empor und die Paläste der kirchlichen Würdenträger wirken fast noch strenger und unnahbarer als die Häuser der Bürger. Müllberge erheben sich in der fruchtbaren Ebene des Rio Mapocho, ziehen sich im Süden an den Ausläufern der Stadt entlang und erheben sich im Osten mit dem Hügel Santa Lucia, dessen Höhe von zwei Kanonen gekrönt ist. Früher haben hier die Häuptlinge der Ureinwohner Granitblöcke hinabgeworfen um die Feinde abzuwehren.

Nachts hört María den Nachtwächter singen: Ave María Purísima, die Glocke hat elf geschlagen und Nebel steigt auf. Bei Mondschein ist alles in ein zauberhaftes Licht getaucht und Schatten tanzen an den eintönigen Fassaden. Das flirrende Licht der Leuchtkäfer blitzt in den Bäumen. Dann atmet die Stadt Ruhe und Gemächlichkeit.

Sonntags fährt die bessere Gesellschaft zuweilen hinaus in die Umgebung und mischt sich unter das Volk. Unter Schatten spendenden Bäumen drängen sich die Menschen. Sie kommen zu Pferd, zu Fuß oder auf dem Rücken schreiender Esel und brüllender Ochsen. Die älteren Herrschaften und die Damen, die ihre Roben und ihren Teint nicht den staubigen Straßen aussetzen möchten, kommen in gedeckten Wagen, kleine Kutschen, die innen mit Teppichen und Kissen ausgestattet sind.

An den zahllosen Ständen wird gebraten, gebacken und gesiedet. Fleisch, Fisch und frisch ausgebackene Krapfen mit Honig oder dunkelbraunem Zuckersirup werden vertilgt, als sei dies die letzte Mahlzeit. Chicha und Wein fließen in Strömen. Eine Harfe erklingt, ein Tamburin, Geigen und Gitarren. Die Musiker und Sänger steigen auf die leeren Ochsenkarren und geben ihr Bestes. Das sind die Momente, die Maria liebt, voller Lebensfreude, Lachen und Gesang. Das sind andere Töne als die der Kirchenglocken, die den Menschen immer wieder gemahnen, die Augen zu senken und keine Sünden zu begehen. Wenn abends mit untergehender Sonne die Glocken läuten, erstarrt jegliches Leben. Menschen zu Fuß oder zu Pferd, in Kutschen oder Lastkarren, sogar die beladenen Esel stehen still. Die Männer ziehen ihre Hüte, die Frauen senken ehrfurchtsvoll den Kopf und alle verharren in ihrer Haltung wie von der Starrsucht befallen. Wenn die dumpfen Glockentöne der Kathedrale das Ende des Geläutes ankündigen, gerät alles wieder in Bewegung. Schneller als zuvor eilt ein jeder seinem Ziel entgegen, gleichsam als müsse die Zeit wieder eingeholt werden.

Auf einem ihrer Ausflüge hat Maria gesehen, wie aus einer kleinen Kirche Mönche schritten, eine lange, ernste Prozession, die ein neuntägiges Bittgebet einleitete, in dem der heilige Isidro und der Schutzpatron der Stadt, der heilige Santiago, um Regen angefleht wurden. Eine alte Frau erzählte ihr, dass das unbedingt nötig sei, und dass sich die Mönche viel zu wenig an die Heiligen wenden würden. Die Trockenheit brächte viel Unheil mit sich. Sie trockne nicht nur die Erde aus, sondern auch die Körper der Menschen und führe Krankheiten und Seuchen mit sich. Deshalb sei es wichtig, die Heiligen regelmäßig um Schutz und wohlwollendes Eingreifen zu bitten.

Ausgelassenes Feiern und übertriebene Frömmigkeit gehen hier Hand in Hand. Morgens eilen die Damen in schwarze Seide oder Samt gekleidet zur Messe, den hoch erhobenen Kopf in einen ebenfalls schwarzen Spitzenschleier gehüllt, der von einem kunstvoll geschnitzten Kamm gehalten wird. Die stillen, araukanischen Dienerinnen tragen kleine Kissen oder Polster hinterher, auf denen die frommen Damen in der Kirche niederknien. Überhaupt darf man an keiner Kirche und an keinem Kloster vorübergehen ohne den Hut zu ziehen oder sich zu verbeugen. Auch die bekehrten Eingeborenen beten in den christlichen Gotteshäusern. Doch an ihren Feiertagen huldigen sie den Geistern ihrer Vorfahren und tanzen ihre Tänze im Schatten den Zimtbaumes. Vom Wohlwollen der Geister hängt die gute Ernte ab, Frieden, Gesundheit und das Gedeihen der Kinder. Der

Zimtbaum beherbergt die voiguevoes, die Herren des Baumes, die den Mapuche helfen, die Geister der Vorfahren gnädig zu stimmen und die Ränke der Zauberer und Hexer abzuwehren.

Maria reitet zu den heißen Quellen von la Colina, nach Melipilla, nach San Francisco und in das Tal des schäumenden Maipo Flusses. Sie nimmt die Natur in sich auf. Sie schreibt und zeichnet und ist in Gedanken oft in Quintero, bei Cochrane und den Plänen, die sie gemeinsam gemacht haben.

Am 18. September feiert das Land seine Unabhängigkeit und das erste, was Maria am Morgen vernimmt, ist der Lärm der Kavallerie, Pferdegetrappel, Rufe, die Hurras der Bürger, die die Straße säumen. Die Reiter tragen lange Lanzen aus Schilfrohr mit Eisenspitzen. Sie ziehen zum Marktplatz, wo der Director Supremo die Parade abnehmen wird. Maria schleppt sich ans Fenster und sieht auf die lärmenden Truppen, die dort unten vorbeiziehen, auf die jubelnden Menschen, die den Geburtstag ihres Landes feiern. Wie viele Geburtstage sind ihr wohl noch vergönnt? Schwermut und Trauer überkommen sie unversehens, unverhofft, Gefühle, die sie meist schon im Keim erstickt, indem sie sich ablenkt. Sie wird an den Festen zum Nationalfeiertag nicht teilnehmen können. Sie war die letzten Tage ans Bett gefesselt. Während der Rückkehr aus San Francisco nach Santiago ist sie von einem heftigen Hustenanfall und einem Blutsturz heimgesucht worden, der kein Ende nehmen wollte. Nun wartet sie nur noch darauf, dass sie wieder zu Kräften kommt, um zurück nach Valparaíso reisen zu können. Sie fühlt sich matt und ohne jegliche

Tatkraft. Für eine Reise zu Pferd ist sie zu schwach, also wird eine Kalesche besorgt, in der sie liegen kann, ein rechteckiges Fuhrwerk auf zwei rot angestrichenen plumpen Rädern aus Holz. Der Kutschkasten ist innen mit rotgoldener, chinesischer Seide ausgeschlagen und vor den Fensterlöchern flattert ein gestreifter Baumwollstoff. In der Gabeldeichsel müht sich ein Maultier, an dessen Zügel dicke, silberne Nägel leuchten. Und auf dem Rücken des Mulis thront ein stolzer Reiter mit Poncho und Sporen, an denen riesige, gezackte Räder prangen.

Wieder in Valparaíso hat der Frühling schon Einzug gehalten. Der majestätische Kondor kehrt zurück in die Anden, wo er nistet, und deren Eiseskälte ihn in den Wintermonaten vertrieb. Über die Hügel ergießen sich kleine Glockenblumen, Andenkrokusse und leuchtend gelbrote Pantoffelblumen. Mimosen verströmen ihren Duft und an den Felsen und in den Schluchten blüht die himmelblaue Immortelle. Die Bauern, die mit ihrem Gemüse und Bergen von Früchten in die Stadt kommen, schmücken ihre Hüte mit einer Ranke der scharlachroten Kapuzinerkresse. Es ist ein Fest der Farben, ein Aufatmen nach den regenreichen Wintermonaten, in denen aufgeweichte Wege manch einen dazu verdammten, das Haus nicht zu verlassen.

Maria reist nach Quintero. Sie passiert Viña und macht kurzen Halt in Concón, wo die Weinreben Weizenfeldern weichen, wo Ansammlungen von Muschelschalen und Meeresschnecken den Strand säumen. Vergessen sind die trüben Gedanken, die sie nach dem Ausbruch ihrer Krankheit in Santiago plagten. Dieses ist der erste lange Ausritt seit sie wieder in Valparaíso ist.

In Quintero genießt sie die milden Abende, das glänzende Meer und die funkelnden Sterne. Lord Cochrane ist in Valparaíso, aber sie ist hier in seinem Haus und fühlt sich geborgen. Am dritten Abend in Quintero sieht Maria zum ersten Mal seit sie in Chile ist Blitze aufzucken. Wie Flammen lodern sie über den Anden empor und züngeln am Firmament. Um zehn Uhr nachts ertönt ein dumpfes Dröhnen und im gleichen Augenblick beginnt die Erde zu beben. Das Haus schwankt wie ein Schiff auf hoher See. Der Boden bewegte sich wellenartig und mit jeder Welle stürzen Wände ein. Ein Ofenrohr schlägt herunter. Schreie ertönen. Die Menschen laufen ziellos in alle Richtungen. Drei Mal zieht sich das aufgewühlte Meer zurück und kehrt in haushohen Wellen wieder, die krachend auf das Ufer schlagen. Drei Minuten dauert das Erdbeben, drei Minuten, die wie eine Ewigkeit scheinen. Dann ist Ruhe, eine trügerische Stille. Maria und die Bauern, die auf der Hazienda arbeiten, die Knechte und Mägde stehen fassungslos vor den Trümmern ihrer Häuser. Nichts ist mehr, wie es war. Es weht kein Wind und doch bewegen sich die Bäume, als stünden sie mitten im Sturm. Von neuem beginnt die Erde zu beben. Alle zwei Minuten erfolgen Nachstöße. Ein besonders heftiger versetzt die Menschen um zwei Uhr nachts erneut in Panik.

Am nächsten Morgen liegt Tau auf den Pflanzen und die Natur sieht aus, als sei nichts geschehen, doch nach und nach erfahren Maria und ihre Begleiter das

Ausmaß der Katastrophe: fast alle Häuser der Umgebung sind eingestürzt, an manchen Stellen hat sich die Erde geöffnet und aus den Spalten dringen Wasser und Sand. Quillota, La Ligua und Casablanca sind Trümmerhaufen und auch Valparaíso soll zum größten Teil zerstört sein. Die Erde gibt keine Ruhe. Immer wieder werden die Menschen durch mehr oder minder schwere Erschütterungen aufgeschreckt. Ein Bote kommt aus Valparaíso und berichtet, dass Marias kleines Haus im Almendral unbeschadet inmitten von Ruinen steht. Doch im Zentrum der Stadt ist kein Haus mehr bewohnbar. Aus den Trümmern werden Leichen geborgen. Es gibt kein Brot, die Backöfen aus Lehm sind in sich zusammengefallen wie Kartenhäuser. Viele Menschen sind auf die Hügel geflüchtet, da sich das Meer in der Nacht der Katastrophe weit zurückgezogen hat und anzunehmen war, dass es mit doppelter Kraft zurückkehren würde. Doch das Gegenteil war der Fall. Nach fünfzehn Minuten war das Meer zurückgekehrt, doch der Strand hatte an Ausmaß gewonnen und die Felsen ragten höher aus dem Wasser empor als zuvor.

Die Hauptstadt hat das Erdbeben nicht so stark getroffen. Eine fromme Frau, die in Santiago als Heilige verehrt wird, hatte die Katastrophe Tage zuvor vorausgesagt und die Menschen angewiesen unablässig zu beten. Das taten sie auch, und dass ihre Stadt weitgehend verschont geblieben ist, führen sie nun darauf zurück, dass sie sich nach den Weissagungen der Frommen ohne Unterlass in ihre Bußgebete versenkt haben.

Noch Tage nach dem Erdbeben ziehen junge Mädchen barfuß und barhäuptig durch die Straßen um die

Dankbarkeit der Bevölkerung zu demonstrieren. Sie halten schwarze Kreuze in den Händen. Mit gesenkten Köpfen und Augen singen sie Lobeshymnen und murmeln dumpfe Litaneien, gefolgt von Ordensschwestern, den Klarissen, Augustinerinnen, Karmeliterinnen, Franziskanerinnen und anderen heiligen Gemeinschaften, die in Santiago so zahlreich sind wie Bäckereien.

In Valparaíso rücken die Menschen in Hütten aus Ästen, Reisig und Palmwedeln zusammen. Einige haben sich in Marias Haus geflüchtet, da es die Erdstöße weitgehend unbeschadet überstanden hat. Da der Priester dieses für ein Wunder hält, steht nun eine Statue der Jungfrau Maria auf einem Pfeiler neben dem Ofen, in schillernden Satin gekleidet, umgeben von Gaben, die die Menschen ihr aus Dankbarkeit darbringen.

Ein großer Teil des Volkes hält die Katastrophe für eine Strafe Gottes, wegen der vielen Verfehlungen, die es begangen hat. Es war nicht richtig die alte Ordnung abzuschaffen. Die Priester und der entthronte Adel bestärken es in dem Glauben, dass die Einführung von Reformen und die Loslösung von der spanischen Krone eine schwere Sünde war. In Valparaíso fordern einige Ordensbrüder sogar, dass die heidnischen Engländer und Nordamerikaner des Landes verwiesen werden. Sie seien mit ein Grund für die Katastrophe, die das Land heimgesucht hat, predigen sie. Durch ihr ketzerisches Verhalten haben sie Gottes Zorn herausgefordert. Doch die Regierungen der jungen Staaten in Südamerika dienern weiterhin vor den irrgläubigen Ausländern. Sie fürchten nach wie vor die Rückkehr der Spanier und lassen sich von den Engländern Waffen und Soldaten liefern. Dafür öffnen sie ihnen ihre Märkte und garantieren unbegrenzten Absatz. Unmut regt sich. Und die Erde grollt weiter. Doch die Abstände zwischen den Erschütterungen werden größer und zu Weihnachten ist es ruhig. Maria bereitet einen Plumpudding vor und bindet einen Kranz aus Kiefernzweigen und den roten Blüten der Bougainvillea. Am Dienstag, den 31. Dezember, beobachten María und Cochrane, wie die letzte Sonne des Jahres 1822 im Meer versinkt. Der Stille Ozean kräuselt sich im Wind. Kleine Schaumkronen blitzen auf. Es heißt Abschied nehmen. Cochrane ist nach Brasilien beordert worden und María wird ihn begleiten.[1]

---

[1] Maria hat eine detaillierte Beschreibung des verheerenden Erdbebens verfasst. Sie hat beobachtet, dass sich die Küste am Morgen nach der apokalyptischen Nacht so hoch emporgehoben hatte, dass Fische und Muschelgetier auf dem Trockenen lagen. Austernbänke waren bloßgelegt. Ein Wrack, das vorher nicht geborgen werden konnte, war nun vom Lande aus zugänglich. Aus dem Meer ragten Felsen. Nach der Veröffentlichung ihrer Beobachtungen entbrannte eine heiße Debatte in der „Geological Society of London", der ältesten Gesellschaft für Geowissenschaften der Welt. Man warf ihr fehlerhafte Angaben vor, Ungenauigkeiten, Auslassungen und Widersprüchlichkeiten, ja, Hirngespinste eines Frauenzimmers. Als Jahre später Charles Darwin auf seiner Reise um die Welt in Chile die gleichen Beobachtungen machte und publizierte, wurde ihm geglaubt. Er war ein Mann!

Bremen 1828

Die Komödie ist zu Ende.
(Ruggiero Leoncavallo - Der Bajazzo)

Kurz nach ihrem Umzug in die Obernstraße wird Gesche von Hermine eingeladen, eine Freundin, die ins Alte Land nach Stade geheiratet hat. Der Morgen dämmert, kaum fällt sein fahles Licht in die schlafende Stadt, da kommt schon die treue Beta, um Gesche beim Packen zu helfen. Lustlos stapelt diese Hemden, Leibchen, Röcke und Blusen in die Reisetruhe. Sie weiß selbst nicht, warum sie so niedergedrückt ist und sich nicht freuen kann auf die Reise, die Ablenkung vom täglichen Einerlei, auf die Freundin, die einen Regierungsschreiber geheiratet hat und sich nun in gehobenen Kreisen bewegt. Auf dem Weg zum Doventor holen sie Helene ab, Hermines Schwester, die ebenfalls nach Stade eingeladen ist. „Dem Glück entgegen", trällert diese, als der Fuhrmann das Gepäck verstaut. Doch Gesche fühlt sich alles andere als glücklich. Sie muss ihre Tränen zurückhalten, als die Kutsche aus der Stadt rattert und Gärten, Felder und Vorwerke hinter sich lässt. Auf der Chaussee nach Hamburg kommt ihnen ein wandernder Handwerksgeselle entgegen, der fröhlich seinen Stenz schwingt. Da muss Gesche an ihren Bruder denken, der so viele Irrwege gegangen ist, und durch ihre Hand qualvoll sterben musste. Helene schwatzt und singt, auch Gesche versucht zu scherzen, aber ihrem Herzen war nicht danach.

Die Chaussee windet sich durch sumpfige Niederungen, Wiesen und Kiefernwäldchen. Manch öder Gegend sind Gemüsegärten abgetrotzt worden, Blumenbeete und Beerensträucher. Durch die Chausseen, die mehr und mehr die Städte verbinden, ist Bewegung ins Ländliche gekommen. Man lebt hier nun nicht mehr am Ende der Welt, wo jede Fahrt an einen anderen Ort ein mühsames Unterfangen ist, auf elenden Sandwegen, im Sommer schwitzend in Staub gehüllt, im Winter klappernd vor Kälte, wenn die Räder über harte, gefrorene Furchen springen oder im Schnee versinken und nicht weiter wollen.

Fünf Meilen vor Hamburg verlassen sie die Chaussee und erreichen das Alte Land. Vorbei geht es an Höfen mit prachtvollen Prunkpforten, weiß strahlend, rund gebogen, mit kunstvollen Schnitzereien verziert. An den Seiten der Eingänge halten hölzerne Löwenköpfe Wache und in die Häuser – erzählt der Fuhrmann – ist meist noch ein Hexenbesen eingemauert, der soll vor Blitzeinschlägen und bösem Blick schützen. Apfelbäume säumen den Weg, Kirschbäume und wogende Weizenfelder. Schon ragen in der Ferne die Kirchtürme von Stade empor. Gesches Herz klopft, droht zu zerspringen. Angsterfüllt sieht sie hinaus auf die fremde Welt, die dort draußen an ihr vorbeirauscht. Es ist das erste Mal, dass sie eine weite Reise unternimmt und alles ihr Bekannte und Vertraute hinter sich lässt. Am liebsten würde sie wieder umkehren, doch dann sind da Hermine und ihr Mann an der Poststation, um die Gäste mit offenen Armen zu empfangen, und noch am gleichen Abend beginnt ein Reigen an Zerstreuungen und Ergötzlichkeiten, sodass all ihre Bedenken bald wie weggeblasen sind.

Herr Regierungsrat Dr. Schwiers hat zum Souper geladen. Da thront in der Mitte der Tafel auf einem Bett aus Kräutern und wilden Beeren ein Schweinskopf, in dessen weit aufgerissenem Maul eine Zitrone steckt. Eine Kräutersuppe mit verlorenen Eiern wird gereicht, gebackene Seezunge, Pasteten von Tauben und Wild und dicke, grüne Blütenköpfe, Artischocken, die Gesche noch nie gesehen, geschweige denn gegessen hat. Als Hauptspeise wird eine gespickte Hammelkeule serviert, Ochsenzunge in Wein mit Rosinen und Frikassee von jungen Hühnern und Kalbfleisch. Die Speisenfolge ist schier endlos. Unglaublich, was die Gäste an Mengen vertilgen können. Gesche nippt nur. Trotz ermunternder Zurufe der Gastgeber bringt sie kaum einen Bissen hinunter. Essen hat ihr nie großes Behagen bereitet und stundenlang an einer großen Tafel sitzen, das Defilee der gekochten, gebratenen, hachierten und sautierten Fische, Hasen, Hühner und Rinderteile über sich ergehen lassen, ist ihr ein Gräuel, erinnert an Schlachten. Oft genug hat sie Augen und Ohren zugedrückt, wenn die Nachbarn aus Platzmangel auf der Straße ihr Schwein abstachen oder im Hinterhof ihren Hühnern den Hals umdrehten. Da sehen die Nachspeisen schon anders aus. Üppige Torten glänzen unter den glasierten Früchten, die alle aus der Umgebung kommen, Himbeeren, Erdbeeren, Kirschen, Pfirsiche und goldgelbe

Quitten. Auf bemalten Fayencetellern ist feines Gebäck angeordnet und der noch dampfende Makronenpudding duftet nach Nelken, Vanille und Zimt.

Dann wird die Tafel endlich aufgehoben und die Damen schwirren in Mousselin oder raschelndem Taft durch den Saal, während die Herren bedächtig eine Pfeife stopfen oder sich einer dieser neumodischen Rauchrollen, einer Zigarre, widmen. Gesche schwebt, plaudert, dreht sich von einem zum andern und genießt. Das Leben ist wie ein Rausch. Wie soll das werden – fragt sie sich selbst – du wirst verwöhnt. In Bremen bin ich ein ganzes Jahr weniger ausgegangen als hier in drei Wochen. Es werden Tanzabende veranstaltet, Leseabende bei Kampmeyers, denen sie nicht so viel abgewinnen kann, und Ausflüge ins Elbtal, nach Agathenburg, wo man durch den verwunschenen Schlosspark wandelt. Eine kurze Reise führt nach Brunshausen, wo die Schwinge in die Elbe mündet und die königlich-hannoversche Elbzollfregatte ihre hoheitlichen Aufgaben versieht. Wenn der Festlichkeiten zu viel geworden ist, geht es zu einem der zahlreichen Brunnen, wo gekneippt und Bitterwasser getrunken wird. Die Lustbarkeiten wollen kein Ende nehmen und Gesche muss sich für all die Aufmerksamkeiten, die man ihr zukommen lässt, erkenntlich zeigen. In den engen Gassen der Schwingestadt gibt es mannigfache Möglichkeiten für die Freunde Geschenke zu erstehen. Da drängen sich Seiden- und Galanteriewarenhäuser in der Hökerstraße am Rathaus, Tuchhandlungen, Geschäfte für Kolonialwaren und Wein und kleine Stände, an denen kuriose Meeresschnecken aus Übersee angeboten werden.

Dass Stade neben seinen barocken Kirchen, dem Rathaus und dem Schwedenspeicher auch eine Strafanstalt für Karrengefangene hat, ist Gesche schon zu Ohren gekommen. Nun sieht sie es mit eigenen Augen, als sie ihrer Freundin gerade einen fliederfarbenen Hut kaufen will. Aus der Ferne ertönt plötzlich das Gebimmel unzähliger Glöckchen und da kommen sie heran, die Gefangenen, zu zweit mit einer Eisenfessel an eine Karre gespannt, vor der Brust die Glöckchen, so viele wie sie Jahre karren, das heißt Zwangsarbeit leisten müssen. Sie ziehen vorüber, mit düsterem Blick, wohl an den Deich, wo Lücken ausgefugt werden müssen oder in die Marsch zum Entwässern. Mit jedem Jahr wird ihnen ein Glöckchen abgenommen. Aber es bimmelt nicht weniger. Es sind ihrer zu viele. Manch einer dieser Karrengefangenen hat sich schon aus Verzweiflung unter Glöckchengeläut in die Schwinge gestürzt. Gesche wendet sich ab. Sie kauft den Hut, eine Tabatiere für den Mann ihrer Freundin und allerlei Schnickschnack, für den sie noch gar keine Bestimmung hat, seidene Bänder, Schnallen und Knöpfe, Handschuhe, Fächer und kleine Flakons mit erlesenen Düften. Nur diesen Blick der angeketteten Männer vergessen, das Gebimmel der Glöckchen nicht mehr hören. Das passt nicht in diese Welt, in der es strahlt und schwingt.

Bald ist Gesches Kasse erschöpft. Niemandem hier würde sie das gestehen mögen, man hält sie doch für gut betucht und dieser Welt zugehörig, in der nicht jeder Taler mehrmals umgedreht werden muss, bevor er ausgegeben wird. Herr Dolge würde ihr gewiss kein Geld mehr leihen. Zu oft schon hatte er sie angehalten sparsamer zu sein.

Ratlos starrt Gesche aus dem Fenster in den Garten, wo ihre Freundin dunkelrote Rosen und Sommerastern schneidet. Die Tage sind so sorglos hier, so leicht und mühelos. Hier kann sie alles Gewesene und Vergangene von sich streifen und mitziehen im Strom der täglich wechselnden Annehmlichkeiten. Nein, sie möchte so bald nicht zurück in das Räderwerk der ewig gleichen Verrichtungen. Leise steigt sie die Treppe hinunter und wirft noch einen Blick in den Garten, wo Hermine die Blumen zu kleinen Sträußen bindet. Neben der Tür zu den Wirtschaftsräumen hängt ein gusseiserner Schlüsselbund, an dem an kleinen Ringen die Schlüssel zu den Schränken und Kommoden der Schlafkammern befestigt sind. Es ist ganz einfach, einen dieser kleinen Ringe mitsamt Schlüssel aus dem Bund herauszulösen. Gesche huscht in ihre Kammer, steckt den Schlüssel ins Schloss ihrer intarsierten Mahagonikommode und werkelt herum, bis der Bart abbricht und sie nur noch den Griff in der Hand hält. Der verschwindet in ihrem Bett unter der Matratze.

Als sie hört, wie Hermine wieder ins Haus kommt, stößt sie einen Schrei aus und fängt an zu weinen. Nun hetzen Freundin, Köchin, Kindermädchen und die neue Dienstmagd die Treppe hoch in Gesches Zimmer. Dass sie Geld aus der Kommode nehmen wollte, stammelt diese, und dass sich wohl jemand daran zu schaffen gemacht hat. Der Stallknecht wird gerufen und bricht die Kommode auf. Gesche wendet sich ab, als fremde Hände zwischen ihren Beinkleidern, Hemden und Miedern wühlen. Natürlich ist kein Geld darunter. Der Verdacht fällt auf die neue Dienstmagd, mit der Hermine sowieso nicht zufrieden ist.

Hermines Mann, der Herr Regierungsschreiber, ordnet eine genaue Untersuchung an. Nun schwirren Richter durch das Haus, Polizisten und das aufgeregte Gesinde, das nun endlich mal herausgerissen aus Küche, Stall und Nähstube Teil eines echten Kriminalfalles ist. Gesche verkriecht sich in ihre Kammer und würde das Geschehene gern wieder rückgängig machen, aber es gibt kein zurück. Und als die Herren Richter mit ihrer Akte und der Bibel erscheinen, versteht sie selbst nicht mehr, wie es soweit kommen konnte, und zittert als sie schwören soll, die Wahrheit zu bekennen. Sie leistet den Meineid. Ihre Gastgeber ersetzen ihr das angeblich gestohlene Geld und trösten sie mit weiteren Vergnügungen. Die Magd, die während der Untersuchungen in Haft war, wird nach langwierigen Verhandlungen mangels Beweisen wieder freigelassen.

Gesches Aufenthalt in Stade neigt sich dem Ende zu. Wieder zu Hause in Bremen schuldet sie Herrn Dolge über tausend Taler und ihr Haus ist mit 5000 Talern belastet. Wovon soll sie jetzt leben?

Da meldet sich ein neuer Freiwerber, der Modewarenhändler Zimmermann, Stiefsohn ihres Wirtes Eckerlien. Gesche zögert. Körperlich Nähe, enge Vertrautheit mit einem Mann kann sie sich nicht mehr vorstellen. Ihr Körper, bleich und abgemagert, ist ihr selbst fremd geworden. Er ist verborgen und eingehüllt in die vielen Leibchen, Hemden und Unterröcke, die sie übereinander trägt, um ihrem knochigen Leib Formen zu verleihen. Doch Zimmermann verstärkt sein Werben, lässt nicht locker. Er besitzt einen kleinen Garten in der Neustadt, wo er Bohnen, Erbsen und Rüben zieht. Am Abend und am Wochenende nimmt er Gesche mit hinaus in sein kleines Paradies, wo weiße und rosafarbene Levkojen ihren Duft verströmen und Rittersporn und tränende Herzen sich im Wind wiegen. Am Wegesrand kringelt sich das Steinkraut und die Welt ist friedlich und schön. Vielleicht könnte es doch so weitergehen, vielleicht könnte sie doch mit Zimmermann zusammenleben. Als Dolge sie zur Rückzahlung eines Darlehens drängt, streckt Zimmermann ihr das Geld vor. Dankbar fällt sie ihm um den Hals und willigt in eine Heirat ein.

Gesche bereitet Tee auf ihrem Comfoir und lässt die Herbstsonne hinein. Draußen ziehen lärmend die Höker mit ihren Körben, Kiepen und Karren vorbei und ihre Freundin Marie freut sich, dass sich Gesche nun weniger mit diesem dubiosen Herrn Dolge abgeben würde. Sie sei froh, dass sie nun bald wieder eine richtige Familie habe, sagt Gesche. Zimmermanns Eltern habe sie bereits in ihr Herz geschlossen und er selbst sei fromm und fleißig und lese religiöse Verse.

Eines Tages kommt Zimmermann nicht wie gewohnt zu ihr hinauf, sondern geht sofort zu seinen Eltern und schlägt die Tür hinter sich zu. Gesche sitzt auf ihrem samtenen Sofa und wartet. Keine Tür öffnet sich, keine Diele knarrt, er kommt nicht. Auch am nächsten Tag nicht und den Tag darauf ebenso wenig. Nun geht Gesche hinunter und bittet Zimmermann um einen gemeinsamen Spaziergang. Die Sonne versinkt langsam hinter den spitzen Giebeln der Stadt und durch das

Herdentor zockeln die ersten Kühe und Schweine, die den Tag über auf der Weide vor dem Tor gehalten werden. Gesche zieht ihr Tuch fester um die Schultern und fragt Zimmermann, warum er seit Tagen nicht mehr zu ihr hinaufkommt. Dieser windet sich, druckst herum und holt tief Luft, bevor er seiner Verlobten gesteht, dass sein Freund Ludwig ihn vor einer Ehe mit ihr gewarnt hat. Über ihren Umgang mit Herrn Dolge würde viel getuschelt in der Stadt, man sagt auch, dass sie hoch verschuldet bei ihm sei, und dass sowieso ein Unheil um sie läge, da alle ihr nahestehenden Menschen gestorben seien. Gesche fröstelt und zieht sich ihr Tuch noch fester um die Schultern. All die Toten, über deren Leben sie bestimmt hat, stehen plötzlich vor ihr, starr und aufrecht wie die Pfähle aus Elseroder Stein, die die Bürger vor ihren Häusern aufrichten um den Fußweg abzugrenzen. Sie scheinen näher zu kommen, hart und bedrohlich. Gesche fängt an zu weinen und sagt ihrem Verlobten, dass sie bereit sei, die Verbindung zu lösen, dass es für ihn besser sei, sein Schicksal nicht mit ihrem zu verknüpfen, sie ziehe den Tod wohl an. Nun nimmt Zimmermann Gesche in seine Arme und versichert ihr, dass er nicht einen Moment daran gedacht hat, die Verlobung zu lösen.

Es vergehen nur wenige Tage und es kommt zu der gleichen Szene und noch einmal und noch einmal, bis diese Unruhe wieder über sie kommt, der Drang, diesen unliebsamen Zustand einfach zu beenden. „Ich kann nicht angeben, wie mir zuerst der Gedanke kam, Zimmermann zu vergiften. Er kam mir so auf einmal. Ich dachte, ich wollte diesen Versuch mal machen."

In der „Bremer Zeitung" wurde vor ein paar Tagen Mäusebutter angeboten, bei Oetting am Dom Nr. 3. Ob die wohl genauso wirkt wie Ratzengift? Gesche lässt Beta eine Kruke holen und an einem dieser Abende, an denen besprochen wurde, dass man anderntags nun endlich die Verlobungsvisiten machen wollte, serviert Gesche ihrem Verlobten Zwieback, ein Glas Bier und die erste Gabe Mäusebutter. Und da ihre Freundin Marie sich sowieso in alles zu sehr einmischt, bekommt auch sie am nächsten Nachmittag zum Tee eine Portion Mäusebutter auf das Makronengebäck. Marie und Zimmermann bekommen sofort heftige Leibschmerzen, Erbrechen, Durchfall. Marie spuckt Blut, Hände und Füßen schwellen an und sind ohne Gefühl. Da sie nun ihre Freundin nicht mehr besuchen kann, lassen die Symptome nach, sie erholt sich wieder, aber Hände und Füße bleiben gelähmt. Auch Zimmermann geht es bald besser. Nach acht Tagen kann er wieder aufstehen und Gesche in ihrem kleinen Reich im Haus seiner Stiefeltern besuchen. Sie lässt bei Koch Dorje ein Küken braten und serviert es ihrem Verlobten mit einem halben Pfund Pflaumen, die sie selbst auf ihrem Teecomfoir kocht. Die Pflaumen bekommen eine zarte Krone aus Zucker und Zimt mit Mäusebutter und Zimmermann erleidet einen Rückfall. Zwei Wochen quält er sich bei seinen Stiefeltern in der kleinen Stube, die direkt unter Gesches Schlafkammer liegt. Sie ist die meiste Zeit bei ihm, sogar nachts, und versucht ihn zu beruhigen, wenn er sich vor Schmerzen aufbäumt und haltlos um sich greift. Er stirbt am 1. Juni 1823.

Die „Stunden der Andacht", aus denen er ihr im Garten so oft vorgelesen hat, nimmt sie mit sich in ihre Wohnung, ebenso den kleinen, versilberten Tischspiegel, auf dessen oberen Rand zwei Amoretten mit einer Blumengirlande thronen. In Trauergewänder gehüllt veräußert sie das Lager seines Modewarengeschäftes. Doch nicht alles wandert über den Ladentisch. Sie legt zwei Kleider mit gepufften Ärmeln beiseite, eines aus Samt, eines aus eisblauer Seide, ein paar Handschuhe und einen Schulterkragen von sanftem Glanz, mit weißer Spitze besetzt, nicht zu vergleichen mit dem grauen Ding, dass sie sich für gewöhnlich umlegt. Nun hat sie alles beisammen, um dem öden Alltag wieder entfliehen zu können, nach Hannover zu ihrem Cousin Temme. Bei Herrn Scharnhorst bestellt sie den Wagen und es geht den Ostertorsteinweg entlang, durch Hastedt, wo sich kleine Häuser aneinander ducken, dann durch Äcker, Weiden und Sümpfe. An den Straßenrändern Hahnenfuß und Wegerich. Der Blick geht in die unendliche grüne Weite, wird nur durch ein paar Birken aufgehalten oder durch kleine Höfe, die wahllos über dieses eintönige Land hin verstreut scheinen. Sie hat nun keine Angst mehr vor dem Neuen, wie letztes Jahr, als es nach Stade ging. Im Gegenteil, sie wird die Zeit im Königreich Hannover genießen.

In der Residenzstadt wird sie von Temme und seiner Frau aufs liebenswürdigste empfangen und eine Stunde später fahren sie am Schloss Montbrillant vor, einem zweigeschossigen Fachwerkbau mit schmalen Seitenflügeln.

In einem dieser Flügel, der Sommerresidenz des Herzogs Adolf Friedrich von Cambridge, wohnt Temme mit seiner Frau, während der Herzog dort weilt, wo er eigentlich herkommt, nämlich in England. Temme ist einstweilig mit der Pflege eines alten Freundes des Herzogs betraut, ein Obrist, ein alter Haudegen, mit dem Adolf Friedrich im 1. Koalitionskrieg gegen die Franzosen gekämpft hat. Gesche ist sprachlos. Ihr Blick wandert über den gepflasterten Hof, in den Garten voller Blumen, zu den Schatten spendenden Kastanien, die einen makellosen Rasen säumen. Sie macht eine Orangerie aus, Pavillons, marmorne Figuren, kleine, schimmernde Teiche und ein Wasserspiel. Und durch all das winden sich scheinbar ziellos zahllose Wege, die zu begehen ihr wie der Eingang zu einem Bühnenstück scheint, weit entfernt von der Wirklichkeit, die sie nun abstreift, wie ihre grauen, schmucklosen Kleider.

Temme zeigt ihr das Schloss. An den Wänden der weitläufigen Säle hängen Gobelins, auf denen Jagdszenen dargestellt sind, feingliedrige Damen, die um einen Maibaum tanzen und exotische Tiere, die unter Lianen und großblättrigen Blumen lagern. Temme fordert Gesche auf genau hinzusehen, auf die schmalen Ritzen zu achten, die zwischen den Wandteppichen auf der Tapete zu sehen sind. Er nähert sich so einem schmalen Spalt und bewegt einen kleinen Knauf. Eine Tür ohne Rahmen öffnet sich und führt hinaus aus dem Raum, hinein in andere Räume. Fast überall befinden sich diese nahezu unsichtbaren Türen, durch die sowohl die Diener als auch die Herrschaft diskret und unbemerkt ein- und ausgehen kann.

Die Tage scheinen wie Szenen eines Theaterstücks, perfekt gestaltet, glänzend arrangiert. Dass alles irgendwann ein Ende haben würde, daran mag Gesche gar nicht denken. Oft kommt Beschlagmeister Friedrich Kleine vorbei, ein Freund des Cousins, der in der hannöverschen Reiterei beschäftigt ist. Dann fahren sie zum Limmerbrunnen oder nach Bad Nenndorf, wo in den heilsamen Schwefelquellen gebadet wird.

Als der Herzog zurückkommt, müssen Temme und seine Frau wieder in ihre Stadtwohnung ziehen. Und da es dort sehr eng ist und Herr Kleine und seine Familie die junge, nun dreifache Witwe aus Bremen in ihr Herz geschlossen haben, laden sie Gesche zu sich ein. Man liebt ihr sanftes, zurückhaltendes Wesen, die Art, wie sie auftritt, vornehm, großzügig, mit einem Anflug von Melancholie, wohl wegen der vielen Schicksalsschläge, die sie erlitten hat.

Es kommen Briefe aus Bremen von Marie, die immer noch an den Folgen der Vergiftung leidet. Ihre Hände sind taub geblieben und als die Tage kürzer werden und die Luft feucht und kühl, kann sie ihre Beine kaum noch bewegen. „Nimm Bäder in Lilienthal, liebe Freundin", schreibt Gesche ihr dann, „ich werde dir die Kosten erstatten, wenn ich wieder in zu Hause bin." Im November reist sie zurück nach Bremen.

Alles erscheint ihr fremder als je zuvor. Die Stadt, die sich den fernen Ländern in Afrika, Asien und Amerika immer weiter öffnet, die ihre Wehrtürme abgerissen hat und sich im Inneren doch abriegelt und einkapselt, ist verschlossen wie eine Auster. Die Bürger gehen ein jeder für sich ihren Geschäften nach, nebeneinander her, aneinander vorbei, steif wie ihre hohen, gebügelten Hemdkragen. Seine Magnifizenz der Bürgermeister und der hochedle und hochweise Senat bestimmen die Geschicke der Stadt. Es dringt kaum an die Öffentlichkeit, was sie beschließen, und daran ist auch nichts zu rütteln. Von jeher war es so und wird auch so bleiben. In den zwei Tageblättern, die „Bremer Wöchentlichen Nachrichten" und die „Bremer Zeitung", wird Politik ausgeklammert. Dafür bieten sie eine Fülle von Inseraten, Rätseln, Gedichten und Anregungen für Küche, Heim und Garten.

In der kleinen Wohnung bei Eckerlin gibt es nichts zu tun. Das Jahr vergeht und zu Ostern zieht sie wieder in ihr Haus in der Pelzerstraße. Hier wohnen immer noch der treue Johann Mosees, mit dem sie so manche Landpartie unternommen hat, Lehrer Specht und Antoinette, die Dienstmagd. Auch Beta Schmidt ist in die Pelzerstraße zurückgekehrt, da ihr Mann nun zur See fährt und sie nicht gern allein wohnt. Gesche verabreicht allen ein Quentchen Mäusebutter, nur ganz wenig, in nicht tödlicher Dosis, auf Butterkuchen, Zwieback, kandierten Früchten, in Saft, Kompott und Mandelmilch. „Einen Grund hatte ich nicht", sagt sie später, „Ich gab aus Trieb."

Der Sommer ist heiß, aber verregnet, der Himmel bleiern schwer. Feuchtigkeit hängt in den Gassen und Höfen und nimmt die Luft zum Atmen. An manchen Tagen mag sie nicht aufstehen, da sie nicht weiß warum und wofür. Es ist ja immer wieder das gleiche. Die Gedanken entgleiten ihr, lösen sich auf. Sie starrt an die Decke und spürt nichts als Leere. Und wenn sie sich dann doch aufrafft und durch den Tag schreitet, ist ihr, als würde sie neben sich stehen und zusehen, wie sie all diese Dinge verrichtet, die man ihr Zeit ihres Lebens auferlegt hat. „Und wenn die Sonne schien und der Tag heiter war, so war ich traurig; wenn es regnete und stürmte, war ich heiter. Hatte ich mich mit einer Freundin verabredet auszugehen, so freute ich mich, wenn der liebe Gott Regen gab. Wenn mich niemand besuchte, so war ich froh, und oft schloss ich mich auf mein Zimmer ein."

Auch wenn sie an Vergnügungen keine rechte Freude mehr hat, kann ihre Freundin, die Musiklehrerin Lucy Meyerholz, sie dazu überreden, mit ihr ins Schauspielhaus zu gehen, wo seit Wochen mit Erfolg „Der Freischütz" über die Bühne geht. Sogar Beta pfeift den „Jungfernkranz" in der Küche beim Erbsen palen. Das Stück muss man wohl gesehen haben. Waldesrauschen, Hörnerklang, das Zirpen einer Harfe, es rührt sie nicht. Nur als der wackere Jägerbursche Max den Pakt mit dem Teufel eingeht und Blitze vor den Felskulissen zucken, der Mond verschwindet und mit ihm sein Licht, erschaudert Gesche. „Mich umgarnen finstere Mächte", klagt Max und über der unheilvollen Schlucht wabern Nebelschwaden. Gesche steigt das Blut ins Gesicht, ihr stockt der Atem. Am nächsten Morgen kommt Lucy auf dem Weg zu einer Musikstunde vorbei. Sie trägt ihre Notenbücher unter dem Arm und hat es eilig. Trotzdem möchte sie das Gläschen Wein und den Zwieback, den Gesche ihr anbietet, nicht ablehnen. Der Wein ist ein guter Elbling aus dem Ratskeller. Auf den Zwieback hat Gesche zwischen Butter und Marmelade Mäusebutter gegeben. Am Abend fragt sie sich, wie es der Freundin wohl gehen mag und schickt die Magd, um sich zu erkundigen. Als sie erfährt, dass es der Freundin sehr schlecht geht, macht sie sich sofort auf den Weg zu ihr in die Buchtstraße, um sie zu pflegen. Sie weicht nicht mehr von ihrer Seite. Sie trocknet ihr die feuchte Stirn und hält ihren Körper, wenn sie sich vor Schmerzen aufbäumt. Nach drei Tagen ist Anna Lucia tot.

Gesche kümmerte sich nun um den alten, erblindeten Vater der Verstorbenen und lässt auch mal eine Kleinigkeit mitgehen, Leinzeugs, eine Tabakdose, schildpattverzierte Spangen, Dinge, die sie eigentlich gar nicht braucht. Die liegen dann unter ihren Leibchen und Beinkleidern in der Kommode aus Kirschbaumholz, neben der Kruke mit Mäusebutter. Die Kruke nimmt sie nun immer wieder zur Hand. Lehrer Specht bekommt eine kleine Ration, auch Johann Mosees, wenig, aber regelmäßig. Wenn es ihm schlecht geht, pflegt und umhegt Gesche ihn, wenn er sich wieder auf dem Weg der Besserung befindet, bekommt er abermals seine Ration. Er stirbt am 5. Dezember 1825.

Die Mägde, die in den Häusern nebenan arbeiten, die Wäscherin, die ihr gelegentlich zur Hand geht, das Kindermädchen Blandine Witzel und Johanne, die kleine Tochter von Gredes, die ihr zum Geburtstag gratuliert, sie alle bekommen ihr Quentchen Mäusebutter in nicht tödlicher Dosis. „Ich gab es nicht mit Wahl der Person, sondern den Personen, die der Zufall mir zuführte. Zuweilen war ich monatelang von dem Trieb, etwas zu geben, frei, dann kam aber wieder eine Periode, wo ich mit dem Gedanken aufwachte: wenn die oder die

Person kommen sollte, sollst du ihr was geben. Am häufigsten gab ich die Mäusebutter Personen, die mich allein besuchten, weil ich dann am häufigsten den Trieb fühlte."

Im Juli 1826 verkauft Gesche ihr Haus an den Rademachermeister Johann Christoph Rumpff. Sie behält einige Nebenhäuser und bezieht ein Zimmer im Haupthaus zur Miete. Als Rumpff mit seiner jungen, schwangeren Frau einzieht, krampfte sich ihr Herz zusammen. So lange hat keine Familie mehr in diesem Haus gelebt, sind keine Kinder durch die Stube und über den Hof getollt. Sie sieht den kleinen Heinrich, wie er nach der Schule nach Hause kommt, und Adelina und Johanne, die nur wenige Monate alt wurde.

Als Frau Rumpff am 6. Dezember niederkommt, weicht Gesche nicht von ihrem Wochenbett, bereitet Tee, kocht Hafersuppe und lässt der jungen Mutter jegliche Fürsorge angedeihen. Nach drei Tagen bekommt Frau Rumpff Milchfieber und Gesche hält den Atem an. Vielleicht würde sie sterben? Als es der Kranken wieder besser geht, mischt Gesche ihr Mäusebutter in die Suppe. Zwei Tage vor Weihnachten stirbt Wilhelmine Rumpff einen qualvollen Tod, nicht ohne Gesche vorher den neugeborenen Knaben und ihren Mann ans Herz zu legen.

Nun steht Gesche dem Hausstand vor. Es ist wie früher. Ein Kind liegt in der Wiege. Der Mann geht seiner Arbeit nach. Rademachermeister Rumpff hat seine Werkstatt in einem der Nebengebäude eingerichtet. Radbock und Zugbank stehen im Hof. Es kreischt der Löffelbohrer, es brummt die Nabendrehbank und manchmal hallen die Hammerschläge, mit denen die Speichen in die Naben getrieben werden, wie Kanonenschüsse. Und doch sind das anheimelnde Laute, sie klingen nach ständiger Betätigung und sind ihr vertraut geworden. Sie fühlt sich geschützt und geborgen, wenn das Tönen der Werkzeuge bis in ihre Stube dringt. Rumpffs Handwerk steht in hohem Ansehen. Ein neues Leben könnte beginnen, wenn er sie heiraten würde. Sie wären dann eine richtige Familie. Eine leise Andeutung dahingehend wischt Rumpff unwirsch beiseite. Nie wieder würde er heiraten und am allerwenigsten eine Witwe. Gesche ist wie versteinert. Mechanisch bewegt sie sich in ihrer Stube und holt die Kruke aus der Kommode. Rumpff erhält eine vorerst kleine Ration in das Schweinszungenragout, ebenso die Amme, die seinen kleinen Sohn versorgt, und die Dienstmagd Lucia Block.

Am 6. März hat Gesche Geburtstag. Nach langanhaltenden Regenfällen ist die Weser angeschwollen und es brechen der Theissenrads-Deich und die Habenhauser Deiche am linken Weserufer. Die Vorstädte, Chausseen und Brücken stehen unter Wasser. Das ist Gottes Strafe. Die Vergeltung für die bösen Taten, die sie begangen hat. Gerät ein Haus in Brand, ist ihr, als streckten die Flammen ihre Zungen nach ihr aus und wiesen auf sie, die Giftmischerin, die Diebin, die Mörderin. Alles Unheil, das über die Stadt hereinbricht, Dürre, Dauerregen, Sturm und Schlackerwetter geschieht ihretwegen. Einmal kann Gesche plötzlich nichts mehr sehen, für eine Viertelstunde ist sie erblindet. Manchmal kann es geschehen, dass sie Nasenbluten bekommt, wenn sie mit der Hausarbeit anfängt. Eine innere Unruhe treibt sie zu den Gräbern ihrer Familie, aber immer, wenn sie sich dem Kirchhof nähert, fängt es plötzlich an zu regnen oder zu stürmen, sodass sie eilig umkehrt und wieder nach Hause geht.

Im Frühling bringt ihre getreue Magd und Freundin Beta einen Sohn zur Welt. Gesche bereitet ihr ihre Leibspeise zu: Suppe aus eingemachten Kirschen mit Mehlklößchen. Acht Tage später ist Beta tot. Emma, ihre kleine Tochter, die auch von der Suppe gegessen hat, ist noch vor der Mutter gestorben.

Als Beschlagmeister Friedrich Kleine um die Rückgabe von 800 Talern bittet, die er Gesche während ihres Besuches in Hannover geliehen hat, bestellt diese noch einmal einen Wagen bei Herrn Scharnhorst und tritt mit einer Kruke Mäusebutter ihre zweite Reise in die Residenzstadt an. Wieder wird sie von Friedrich Kleine und seinen Kindern liebevoll aufgenommen. Seine Frau war Anfang des Jahres gestorben.

Es ist Sommer, man geht zu den Brunnen, in den Tiergarten oder in die Herrenhauser Gärten, wo die berühmte Fontäne rauscht und sprüht und mit Getöse ihr Wasser in die Höhe schießt. An manchen Abenden promenieren die Kleines mit Gesche einfach auf der Esplanade, bis die Sonne untergeht. Dann erstrahlen Häuser und Straßen im Glanz der Gaslaternen, die inzwischen die ganze Stadt erleuchten.

Und wieder einmal vergehen die schönen Tage wie im Fluge. Gesche muss an die Heimreise denken und an die 800 Taler, die sie Vater Kleine schuldet. Eines morgens erbietet sie sich, Vater Kleine das Frühstück zu bereiten, rohen Schinken mit Pfeffer, Salz und Mäusebutter. Eine Woche später ist er tot. Auch der Sohn des alten Kleine, Tochter Luise und die Untermieterin Mamsell Stockhausen bekommen Mäusebutter in ihr Abendessen, müssen sich aber so stark erbrechen, dass es keine weitere Folgen hat. Vor ihrer Abreise nach Bremen entwendete Gesche der Mamsell Stockhausen aus ihrem Strickkorb einen Doppelt Louisdor und aus der Wäschekommode der verstorbenen Hausfrau Handtücher, Servietten und anderes Leinzeug. Wieder Dinge, die sie nicht braucht, bis auf den Louisdor vielleicht. Sie weiß selbst nicht, warum es sie nicht aufregt, sondern eher beruhigt, wenn sie anderen heimlich etwas stielt.

Friedrich Kleines Arzt ordnete eine Obduktion an. Als Ursache seines Todes wird die Gallenruhr angegeben und Gesche kehrt zurück nach Hause. In Bremen sind nun auch das Torgewölbe des Herdentors und der Ostertorzwinger endgültig abgerissen, man braucht sie nicht mehr als Gefängnis, da man ja nun das Detentionshaus am Ostertor hat, und die Stadt braucht Platz. Seit Anfang des Jahres rollen mehr klapprige Fuhrwerke nach Bremen als zuvor, Wagen voller Menschen, die matt auf ihren Bündeln, Kisten und Körben sitzen, plärrende Kinder, Alte mit müden Gesichtern, Frauen, die mit verlorenem Blick aus ihrer Haube hervorlugen und verdrossene, misslaunige Männer. Sie kommen aus Hessen, dem Solling und dem Weserbergland, ja sogar noch weiter aus dem Süden, manche sogar zu Fuß, einen voll beladenen Handkarren hinter sich her ziehend. An der Schlachte warten sie auf das Schiff, das sie bis an die Wesermündung bringt und dann ins Papageienland, nach Brasilien. Manchmal verspürt Gesche einen Anflug von Sehnsucht, wenn sie die Menschen sieht, die alles aufgegeben haben, um das alte Europa hinter sich zu lassen und einem neuen Leben entgegenzusegeln. Aber wissen sie denn, was sie dort auf der anderen Seite des Ozeans erwartet? 50 Tage soll die Reise dauern. 50 Tage zusammengepfercht mit Hühnern, Schweinen und Pferden im Zwischendeck. Kaum vorzustellen!

In der Stadt sind immer wieder Werber unterwegs, die auf Menschenfang sind, und das Leben in Brasilien in den schönsten Farben schildern, die prachtvolle Pflanzenwelt dort, die Flüsse, in denen das Gold schimmert. Der brasilianische Kaiser heißt jeden Fremden willkommen und die Kaiserin spricht sogar Deutsch, da sie aus Österreich kommt.

Die Auswanderung ist ein einträgliches Geschäft für Bremen. Mit der Menschenfracht an Bord müssen die Handelsschiffe nun nicht mehr mit leeren Bäuchen über den Ozean segeln um in der Neuen Welt Tabak, Baumwolle, Zucker und Reis zu laden. Ein Bruder von Rumpff hat sich vor einem Jahr als Kolonist unter Vertrag nehmen lassen und schlägt sein Holz nun im brasilianischen Urwald. Ein einziger Brief ist seitdem gekommen und der klang nicht gerade nach einem Leben im Schlaraffenland.

In ihrem Haus, das ja nun dem Rumpff gehört, streicht Gesche unruhig hin und her, getrieben von dem Druck, der ihr die Brust zu sprengen droht. Sie lässt Dinge liegen, schmeißt Brot in den Hof, regt sich über eine mit Kot gefüllte Dose auf, die im Eingang steht und stinkt, und die sie selbst dorthin platziert hat. Sie bestiehlt die Mitbewohner des Hauses und gibt vor, selbst bestohlen worden zu sein. Wahllos gibt sie nun kleine Portionen Mäusebutter an alle Speisen, die sie auftischt. „Ich konnte es so kriegen, wenn ich des morgens aufstand, dass ich etwas geben musste. Ich konnte es des Abends so kriegen, dass ich, wenn das Essen auf dem Feuer hing, hinaufging und Mäusebutter holte und es darangab."

Dass Rumpff immer schwächer wird, versteht er selbst nicht. Er schiebt es auf den Kummer, der seit dem Tod seiner Frau an ihm nagt. Dörthe, die Magd, ist nie so recht gesund gewesen und Dietrich, der Lehrbursche, die Gesellen und der Knecht kommen nach einem Anflug von Übelkeit immer wieder schnell auf die Beine. „Ich wunderte mich manchmal auch selbst, dass die Sache immer unentdeckt blieb."

Tage und Nächte, Wochen und Monate gehen ineinander über. Die Zeit vergeht quälend langsam. Gesche will nicht mehr dem Haushalt nur vorstehen, die Küche besorgen, das Gesinde anweisen. Sie will ihr Haus zurück.

Im Frühjahr lässt Rumpff ein Schwein schlachten und ordert ein Stück frischen Speck beim Schlachter, über das er sich auch gleich hermacht. Mit den Worten, dass das einen guten Happen zum Frühstück gebe, stellt er den Rest in die Speisekammer. Am nächsten Morgen befiehlt Gesche der Magd, die Regale in der Speisekammer zu säubern, und während Dörthe Wasser holt, schmiert sie eine hauchdünne Schicht Mäusebutter auf Rumpffs Speck. Das zusammengefaltete Papier, in dem sie das Gift aus ihrer Stube heruntergebracht hat, wirft sie ins Feuer. Als Rademachermeister Rumpff kurz darauf den restlichen Speck verzehren will, liegt das Stück umgekehrt, mit der Schwarte nach oben auf dem Teller. Er dreht es um und entdeckt einen weißen Schimmer. Er ruft nach Gesche und fragt, was das sei. „Was soll das schon sein. Das ist Fett!" Sie hastet in ihre Stube und legt sich aufs Bett.

Rumpff schickt nach seinem Arzt Dr. Luce. Der besieht den Speck und konsultiert den Apotheker Kindt in der Sögestraße. Es gibt keinen Zweifel, die weißliche Masse enthält einen hohen Anteil an Arsenik. Entsetzen packt den wackeren Luce, die vielen Todesfälle in der Pelzerstraße 37, die plötzlich auftretenden Krankheiten, hatte er etwas übersehen? Erst jetzt fällt ihm wirklich auf, dass Rademacher Rumpff, der sich früher einer blühenden Gesundheit erfreute, eigentlich nur noch ein Schatten seiner selbst ist. Luce erstattet Anzeige. Wagen fahren vor, Türen klappern, ein Gewirr von Stimmen in der Diele. Gesche sieht aus dem Fenster und weiß, dass nun alles vorbei ist. Gott hat dieses so gefügt. Die Nacht ist endlos, der Himmel am nächsten Morgen strahlend blau und man hätte fast meinen können, dass sich der Frühling ankündigen wollte. Sie hat Geburtstag. Ob Rumpff ihr wohl gratulieren wird? Gesche erhebt sich und geht zum Fenster, sieht kurz hinaus auf die Straße und legt sich wieder hin, ihr Rücken schmerzt, sie hat Seitenstiche. Unter einem Vorwand lässt sie Rumpff rufen, aber dieser blickt sie nur lange an und gratuliert nicht. Dann kommt Dörthe und sprudelt heraus, dass der Herr Rademacher sich fein gemacht hat und ausgegangen sei, man solle mit dem Essen nicht auf ihn warten, und dass der Lehrbursche fortwährend mit einem Korb ein- und ausgehe, und ständig fahren Wagen vor, überall wird geflüstert. Die Magd huscht wieder aus dem Zimmer und zieht leise die Tür hinter sich zu. Gesche schleppt sich aus dem Bett, nimmt die Kruke aus der Kommode und verbirgt sie an der Brust unter ihren Leibchen.

Und dann kommen sie, Untersuchungsrichter Senator Droste, der Gerichtssekretär Noltenius und Polizeikommissar Tonjes. Auf die Worte des Untersuchungsrichters, dass hier im Hause eigene Dinge vorgefallen seien, die dem Gericht eine genaue Untersuchung auferlegen, entgegnet Gesche, dass ihr das sehr lieb sei. Sie habe schon lange danach verlangt, eine genaue Untersuchung über sich ergehen zu lassen. Sie habe sich sowieso darüber gewundert, dass sie nicht schon eher gekommen sind.

Um keinen Aufruhr zu erregen wird Gesche erst bei einbrechender Dunkelheit in das Stadthaus am Domshof gebracht.

London 1828

Die meisten reisen nur um wieder heimzukommen.
(Michel de Montaigne)

Anfang des Jahres 1823 ankert die Brigg COLONEL ALLEN in der Bucht von Quintero und María und Cochrane betreten schwankende Bootsplanken. Sie segeln zum Juan-Fernández-Archipel, wo sie noch ein paar glückliche Tage verbringen dürfen. Auf der Robinson Crusoe Insel gehen sie vor Einbrechen der Nacht an Land und wissen, dass sie auf diesem entlegenen Eiland das letzte Mal unbeschwert zusammen sein würden. Am nächsten Tag erforschen sie die Insel. María sammelt Samen, Kräuter und Wurzeln und zeichnet fast ohne den Stift abzusetzen. Noch vor wenigen Jahren diente die Insel als Straflager für politische Gefangene. Die Verbannten hatten Gemüse angebaut und Obstbäume gepflanzt, die nun zwischen verwilderten Büschen und Sträuchern auch ohne die Fürsorge der Verbannten weiter Früchte tragen, Äpfel, Birnen und goldgelbe Quitten. Eine Woche verbringen Cochrane und María auf der Insel. Sie speisen im Schatten riesenhafter Feigenbäume, kühlen den Wein in einem Bach, der den Lagerplatz umsäumt und atmen den Duft von

Rosen und Zitronenmelisse. Aus ihrer Freundschaft ist Liebe geworden. Eine Liebe, die keine Zukunft hat.

Sie durchsegeln die eisigen Gefilde um Kap Hoorn und laufen nach knapp zwei Monaten in den Hafen von Rio de Janeiro ein. Es ist windig und regnerisch, ein grau verhangener Tag. Die steinernen Felsentore am Eingang der Bucht sind von Nebel umhüllt, bleiern schwer hängt der Himmel über der Stadt. Vor einem Jahr und drei Monaten, im Dezember 1821, hatte Maria an Bord der DORIS hier festgemacht. Damals warf die Sonne ihr Licht auf die Schiffe, die in der Bucht dümpelten, auf die von weißen Kirchen gekrönten Hügel, an denen die Stadt emporwächst, damals war sie mit Thomas hier vor Anker gegangen.

Am nächsten Tag haben sich die Wolken verzogen und Maria geht an Land. Sie möchte ihre alten Bekannten treffen, Neuigkeiten erfahren, sich abermals einrichten in einer fremden Stadt, doch die Engländer sind in ihre Landhäuser gereist. Theater und Oper, wo man sich trifft und Neuigkeiten austauscht, sind wegen der Fastenzeit geschlossen. Die Stadt hat sich verändert, neue Brunnen sind angelegt worden, der gebogene Aquädukt, durch den das Wasser vom Gebirge in die Stadt strömt, ist ausgebessert worden, die Straßen neu gepflastert. Seitdem Kronprinz Pedro dem Rat seines Vaters gefolgt war, sich selbst die Krone aufzusetzen, als dieser in die Alte Welt zurückkehrte, ist Brasilien ein Kaiserreich. In der Bucht von Rio wehen nun die Flaggen aller großen Nationen von den Masten der Segelschiffe. In den Schuppen am Hafen werden aus russischem Hanf Seile gedreht, aus schwedischem Eisen Geräte geschmiedet.

Deutsche Ingenieure bauen Brücken und vermessen das Land, französische Fabrikanten vertreiben Bijouteriewaren, feine Liköre, Seidenzeug, Spiegel und Hüte. Und die Engländer, bei denen die neue Nation von ihrer Geburt an hoch verschuldet ist, überschütten das Land nach wie vor vom Rasiermesser bis hin zu silbernen Steigbügeln und Laternen für die neuesten Kutschen mit allem, was irgendwie transportabel ist. Die Stadt pulsiert, ist voller Betriebsamkeit. Doch Maria fühlt sich wie gelähmt, sie ist ausgebrannt und müde. War es ein richtiger Entschluss, dem Seewolf zu folgen? Sie ist nun wieder einmal ganz auf sich selbst gestellt, muss sich allein einrichten, was ihr bisher auch nicht schwer gefallen ist, aber ihre Neugier, ihre Lust Dinge zu entdecken und zu erforschen ist dahingeschwunden, verpufft wie Worte im Wind.

Cochrane bleibt an Bord und wartet auf seinen Einsatzbefehl. Nachdem er endlich offiziell als brasilianischer Admiral eingesetzt wurde, residiert er auf seinem Flaggschiff PEDRO PRIMEIRO, ein prachtvoller, vor Kanonen strotzender Doppeldecker, die Kabinen mit kunstvoll, schnörkeligen Holzverzierungen und grünen, kostbaren Lederkissen ausgestattet. Der Stolz Seiner Majestät des Kaisers. Cochrane ist nun mehr auf See als an Land. Außerdem hat sich seine Frau angekündigt. Mit der gemeinsamen kleinen Tochter ist sie auf dem Weg in das neue Kaiserreich, wo sie sich ein angenehmeres Leben erhofft, als das, welches sie im rauhen Chile geführt hat.

Marias Krankheit flammt wieder auf, sie hustet und spuckt Blut. Mühsam versucht sie, gegen die zunehmende Niedergeschlagenheit anzugehen. Manchmal kommt sie nur noch mit ihrem Opiumpräparat auf die Beine. Das Papageienland mit seiner Geschäftigkeit, mit seinen flirrenden Vögeln und Schmetterlingen, den betörenden Düften und leuchtenden Blumen kann sie nicht mehr bezaubern. Wo sind der Mut und der Tatendrang, die Lebenskraft, von der sie vor nicht langer Zeit noch durchdrungen war? Ihre Stellung als alleinstehende Frau ist hier eine ganz andere als im abgelegenen Chile. Hier residiert ein Hof mit seiner Kamarilla, seinen Hofschranzen, Leisetretern und Schmeichlern, die nichts anderes im Kopf haben als Geschwätz und Getratsche. Hier sind Händler, Fabrikanten und Diplomaten aus ganz Europa versammelt, unter ihnen eine besonders starke englische Präsenz, die sich das Maul zerreißt über sie, eine Ausländerin und dazu noch eine Landsfrau, die sich scheinbar ohne triftigen Grund und allein in diesem Land aufhält.

Maria fühlt sich beäugt und bespitzelt. Sie hat die Welt bereist. In London wird die Herausgabe ihres Tagebuches über ihren Aufenthalt in Chile vorbereitet. Sie ist schön, intelligent und unabhängig. Wo sie erscheint, fällt sie ins Auge, zieht Blicke auf sich, doch gerade das scheint ihr hier zum Verhängnis zu werden. Sie spürt die Ablehnung, bemerkt sehr wohl das Getuschel hinter vorgehaltener, gold- und diamantberingter Hand, die vielsagenden Blicke, die hinter aufgeklappten Schildpattfächern ausgetauscht werden. Eine ledige Frau, die um die Welt reist und auch noch darüber schreibt – das ist schon sehr anrüchig, ein doppelter Ausbruch aus der ihr zugewiesenen Rolle.

In ihrem Haus in Morro da Gloria sucht sie wieder einmal Ablenkung und Trost in ihren Büchern, vervollkommnet ihr Portugiesisch und zeichnet Früchte und Pflanzen, die in ihrem Garten in üppiger Pracht stehen: zartgefiederte Mimosen, den Wollbaum Bombax, Feigen, Mangos und die kleine, purpurrote Antillenkirsche. Buntfarbige Schmetterlinge gaukeln in der Luft, Bougainvillien, Rosen und Hibiskussträucher verbreiten betörende Düfte. Die Pflanzenwelt strotzt vor Leben und Fruchtbarkeit. Maria fühlt sich leer und welk. Ihre schwarze Köchin gibt sich alle Mühe, sie mit ihrer Kochkunst aufzuheitern. Sie brät Bananen, röstet Maniokmehl in der Pfanne, bis es goldbraun wird, und zaubert verführerische Süßspeisen mit Ingwer, Zimt oder Muskat. Aber Maria kann dem nichts abgewinnen, weder dem Essen, das ihr zu schwer und üppig ist, noch den Menschen, die sie in ihrem Haus umgeben: die schwarze Köchin, die junge Mulattin, die ab und an zum Waschen kommt, der Sklave von nebenan, der in ihrem Garten auf Insektenfang geht und Diamantkäfer sammelt, mit deren prachtvoll schillernden Flügeldecken in Europa Damen ihre Roben und Herren ihre Tuchnadeln schmücken. Kaum treffen mehr als zwei irgendwo zusammen, wird gesungen, die Trommel geschlagen oder auf Seiten gefiedelt, die über ausgehöhlte Kürbishälften gespannt sind. Dann klatschen sie in die Hände, wiegen die Hüften und tanzen ihre absonderlichen Tänze.

Als Maria mit ihrem Mann in Brasilien war, hat sie das Ursprüngliche, das Fremde gesucht, war offen und neugierig auf alles, immer auf der Jagd nach dem Verborgenen, das sie hinter allen Erscheinungen ahnte. Nun ist ihr diese Welt unheimlich, unergründlich und dämonisch. Sie versteht nicht, dass die Sklaven nach einem harten Arbeitstag noch singen und tanzen können, anstatt auszuruhen. Und sie weiß, dass sich hinter den christlichen Heiligenfiguren, die die Köchin im Haus aufgebaut hat, deren eigene Gottheiten aus Afrika verbergen. Und von den Heiligen Drei Königen verehren sie natürlich Balthasar den Schwarzen.

Wenn es ihr körperlicher Zustand erlaubt, reitet Maria nach San Cristóbal, wo sich der bevorzugte Wohnsitz der kaiserlichen Familie befindet. Der Palast Boa Vista, sattgelb, mit weiß umrandeten Türen und Fenstern liegt auf einer Anhöhe, von der man eine wunderbare Aussicht auf die weitgestreckte Bucht hat, in der die vielen, kleinen Inseln wie grüne Tupfer schimmern. Aus gebührender Entfernung sieht sie dem Treiben im Innenhof des Palastes und vor den Stallungen zu. Wege und Plätze sind ungepflastert und durch die sturzbachartigen Regenfälle der letzten Tage im Schlamm versunken. Sklaven waten durch den Morast, entladen die Fuhrwerke aus der Stadt, schleppen Kisten und Säcke in den Küchentrakt, aus dem kleine, gekringelte Rauchwolken entweichen. Stallburschen führen unter Flüchen die Pferde des Kaisers aus. Sie sind kaum in der Lage, die Tiere zu halten, wenn sie sich aufbäumen und ihre Hufe in den Schlamm zurückklatschen lassen. Die Pferde Dom Pedros sind unruhig und unberechenbar. Man erzählt, dass der Kaiser sie regelmäßig auspeitscht, wie seine Sklaven, eigentlich wie alle, die ihm in einem ungünstigen Augenblick in die Quere kommen. Boa Vista ähnelt nicht im Mindesten den Residenzen europäischer Höfe. Da können die ausländischen Kaufleute, die hier ihren Geschäften nachgehen, mehr Staat mit ihren Landsitzen machen. Aber vielleicht ist es gerade das, was Maria anzieht, die Einfachheit des kaiserlichen Wohnsitzes, seine gediegene Schlichtheit.

Sie sucht nun den Kontakt zum Hof und wird an einem dieser Tage, an denen sie vor Schwäche kaum aufstehen mag, von Kaiserin Dona Leopoldina, der Habsburgerin auf dem Thron der Braganzas, in einem Morgenmantel aus purpurrotem Satin empfangen. Unter Einfluss ihres inzwischen unentbehrlichen Opiumpräparats will Maria ihre Honneurs machen, doch die Kaiserin winkt ab, kein Handkuss, kein Hofknicks, keine albernen, verschnörkelten Anreden. Sie hat von Maria gehört. Dass hier eine Frau vor ihr steht, die weit gereist ist, Bücher schreibt, zeichnet, übersetzt und sich mit Botanik beschäftigt, ist für sie wie ein Lichtblick in ihrem Leben an der Seite eines Mannes, der über wenig Bildung verfügt und viel schamloses Verhalten an den Tag legt. Zwischen den beiden Frauen entwickelt sich sogleich ein angeregtes Gespräch. Maria spürt, dass die Kaiserin einsam ist und nach Gesprächen dürstet, die über das höfische Geplapper hinausgehen. Seit ihr Mann, der Kaiser, seine Mätresse Domitila an den Hof geholt hat, fühlt sie sich wie Maria fremd in diesem Land, für dessen Unabhängigkeit sie an der Seite Dom Pedros gekämpft hat. Nach anfänglich glücklichen Jahren lebt sie nun bespitzelt, bespöttelt und gedemütigt in den ihr zugeteilten Gemächern, während die machthungrige Mätresse wie eine zweite Pompadour Kaiser und Hof beherrscht.

Vor acht Jahren hatte Leopoldina Wien verlassen, in Livorno zum ersten Mal das Meer gesehen und die Fregatte DOM JOAO VI bestiegen, das Schiff, das sie ins Märchenland Brasilien bringen sollte. Mit an Bord ging ihr Gefolge, Hofdamen und Kammerfrauen, Wachleute, ein Oberhofmeister, ein Bibliothekar und Leopoldines Hauskaplan, außerdem ein Orchester zur Unterhaltung und über vierzig riesenhafte Kisten und Truhen mit Leopoldines Aussteuer, ihren Büchern und Geschenken. Auf der AUSTRIA, die mit der Fregatte DOM JOAO VI segeln sollte, hatten sich Zoologen und Botaniker eingeschifft, Gärtner, Maler und Fachleute für Mineralien und Landvermesser. Eine wahre Expedition hatte sich aufgemacht, um das ferne Land der Verheißungen zu erforschen. Leopoldine selbst war äußerst interessiert an Mineralogie und Pflanzenkunde. Sie hat ihre Truhen mit den wissenschaftlichen Bücher und Geräten nie ausgepackt. Sie sind wie ihre Träume dem Vergessen anheimgefallen, bedeckt von Staub und ausgetrockneten Insektenleibern.

Auch Seine Hoheit der Kaiser ist zunächst sehr angetan von der gebildeten Engländerin. Maria wird zur Gouvernante der Kronprinzessin Maria da Gloria bestellt, ein verwöhntes, dickliches Kind, das schon von früh an zu befehlen gelernt hat. Maria da Gloria bekommt Wein zum Frühstück, isst mit den Fingern und lässt die Sklavenkinder nach der Peitsche springen. Vor ihren Gemächern spielen die Hofschranzen Karten und wenn sie gebadet wird, kann ein jeder, der zufällig oder bezweckt vorbeikommt, einen Blick auf den halbnackten königlichen Kinderkörper werfen. Mit diesen Unsitten soll nun Schluss sein. Maria arbeitet mit Zustimmung Leopoldines einen Erziehungsplan aus, mit dem sie bei Maria da Gloria natürlich auf heftigen Widerstand stößt. Ist es das, wodurch sie sich das Missfallen des in seine älteste Tochter vernarrten Kaisers zugezogen hat? Waren es die Intrigen der Höflinge, deren Misstrauen der Fremden gegenüber? Oder hat die Kaiserin der Engländerin vielleicht zu viel Vertrauen und Zuneigung, vielleicht noch stärkere Gefühle entgegengebracht? Marias Tätigkeit am Hofe dauert nur sechs Wochen. Nach einem seiner Wutausbrüche setzt der Kaiser sie vor die Tür. Bei strömendem Regen muss Maria das Schloss verlassen. Verfolgt von den hämischen Blicken der aufgeputzten Hofdamen schleppt sie allein ihren Koffer hinaus. Die Kaiserin konnte ihr gerade noch eine Kutsche beschaffen. „Glauben Sie mir, meine zärtliche und würdige Freundin, dass unsere Trennung mir ein großes Opfer ist und ich unsere liebliche Freundschaft durchaus zu schätzen weiß", schreibt sie ihr später. „Ich denke tausend Mal an Sie und die entzückenden Momente, die mir Ihre liebliche Gesellschaft gebracht hat".

Marias Krankheit bricht wieder aus. Sie fiebert und spuckt Blut. Cochrane hat inzwischen den Norden Brasiliens erobert, den letzten Teil des Landes, der noch zu Portugal gehörte. Er schreibt ihr fürsorgliche Briefe, doch von einem Treffen ist nicht die Rede. Sie sehen sich nie wieder. 1825 kehrt er mit seiner Familie nach England zurück. Auch Maria verlässt Brasilien und überquert abermals den Atlantik, zurück nach Hause. Sie wird sich in London niederlassen.

Dichter Nebel verhüllt die Stadt, als sie im Oktober ankommt. Nur schemenhaft ziehen Kutschen, Karren und Karossen durch die Straßen. Es ist kalt. Die Straßenlampen glimmern schwächlich im Dunst und wie immer riecht es nach Steinkohle und dem modrigen Wasser der Themse. Maria bezieht ein kleines Haus in Kensington, wo sie inmitten ihrer Bücher und Erinnerungen forscht und schreibt. Schon bald geht sie im Nachbarhaus des Musikers und Haydn-Schülers John Wall Callcott ein und aus. Hier herrschen Trubel, Treiben, Heiterkeit. Elf Kinder füllen das geräumige Haus mit Leben und die Musik ist allgegenwärtig. Hier lernt sie auch den Onkel der Kinderschar kennen, den Landschaftsmaler Augustus Wall Callcott. Ein Jahr später heiraten sie.

Nun fließt das Leben gleichmäßig dahin, ein Strom ohne Schnellen, ohne Windungen, die nicht ahnen lassen, wohin sie führen könnten, kein Lodern der Gefühle, keine Höhenflüge, doch Sicherheit, Verlässlichkeit und die Gewissheit, dass da jemand ist, auf den man bauen kann. In den Londoner Salons wird gezischelt und gehetzt.

Dass der liebenswürdige, angesehene Maler sich mit dieser Frau verbunden hat, die allerorts und allezeit aus dem Rahmen fällt, stößt auf Unverständnis. Ihm wird eine ungemütliche Zukunft prophezeit. Augustus Wall Callcott ist wirklich ein liebenswürdiger Mann, großzügig, humorvoll und äußerst aufmerksam, vielleicht etwas eitel. Sein pflaumenblauer Leibrock ist aus feinster Wolle geschneidert. Hemd und Stehkragen sind stets blütenweiß und die Krawatte je nach Befindlichkeit kunstvoll oder lässig zur Schleife gebunden. Seine Bilder sind nichts Aufregendes, aber gefällig, gern gekauft in Adelskreisen. Statt Landschaften malt er neuerdings Seestücke, vom Meer umbrauste Felsen, Segler im Sturm, Strandpartien und die Themse mit ihrem Getriebe.

Während ihr Mann in seinem Atelier Leinwände spannt und seine Farben mischt, schreibt Maria unermüdlich weiter. Eine „Kleine Geschichte Spaniens", Gedanken über ihren Aufenthalt in Brasilien, Übersetzungen aus dem Französischen. Und doch, trotz unbeirrter Geschäftigkeit ist ihr manchmal, als würde sie auf der Stelle treten. Ein Tag gleicht dem anderen. Die Zeit scheint still zu stehen. Morgens serviert der Butler den Tee, mittags kleidet man sich um zum Lunch und am Abend kommen oft Gäste, meist Maler wie Augustus und Schriftsteller, um bei einem Glas Port diverse Ereignisse zu kommentieren.

Inzwischen ist der geistig umnachtete dritte Georg gestorben und hat den Thron seinem fetten, durch ausschweifendes Leben frühzeitig gealterten Sohn überlassen. Dieser ist höchst unbeliebt bei seinen Untertanen, ein Lebemann, genusssüchtig, verschwenderisch und mittlerweile so korpulent, dass er nur mit Hilfe einer Hebeanlage auf sein Pferd steigen kann. Statt Regierungsgeschäften nachzugehen, jagt er lieber den Frauen nach. Seine Mätressen kosten Unsummen von Geld. Dass er nun auch noch einen neuen Palast bauen lässt, der ebenfalls ein Riesenloch in die Staatskasse reisst, ist Dauerthema in den Abend- und Teegesellschaften.

Die erste öffentliche Eisenbahn windet sich fauchend mit Getöse durch das Land und stößt graue Rauchschwaden in den ohnehin schon trüben Himmel. Überhaupt raucht es überall und immer mehr, aus Dampfwagen und Dampfschiffen, aus Dampfpumpen, Dampffeuerspritzen und aus den zahllosen Feuerschloten, die wie siegreiche Eroberer die stetig wachsende Anzahl der Fabriken krönen.

Es wird auch mit Befremden festgestellt, dass wieder einmal ein Transport junger mitteloser Damen nach Indien gegangen ist, um diese dort, wo Frauen Mangelware sind, unter die Haube zu bringen. Ein aufgeklärter Geist kann diese Art und Weise Frauen wie Ware an den Mann zu bringen nicht gutheißen. Maria denkt zurück an ihre Zeit mit Thomas in Indien: Bombay, Madras und Kalkutta, an die Märkte mit ihren Klängen, Farben und Gerüchen, die Tempel und Moscheen und die verschwenderische Pracht der Pflanzenwelt. Ihr Blick fällt auf die erlesenen Teppiche, die den Holzboden des Salons bedecken. Im Kamin brennt ein Feuer. Callcott schenkt Wein in glitzernde Kristallgläser und die Gäste fühlen sich wohl. Maria genießt die Behaglichkeit, das Gleichmaß der Geschehnisse, doch manchmal stiehlt sich ein Anflug von Monotonie in den Verlauf der Dinge. Sie fühlt sich geborgen und geschützt mit Augustus, mitunter zu behütet. Augustus spürt ihre Unruhe. Man beschließt, die Hochzeitsreise nachzuholen. Nach einer stürmischen Fahrt über den Ärmelkanal bereisen sie Deutschland, Österreich, Italien und Frankreich. Sie durchstreifen Museen, Galerien, Ateliers und Werkstätten und Maria stürzt sich in die Betrachtung der

Kunstwerke, als wolle sie der Wirklichkeit entfliehen, sich ablenken von dem scheinbar Unausweichlichen. Sie schlafen auf den hölzernen Sitzbänken eines Rheindampfers, in lausigen Wirtshäusern und dann wiederum in den herrschaftlichen Villen ihrer Landsleute, die überall anzutreffen sind. Sie rattern in ungefederten Kutschen über Kopfsteinpflaster und reiten durch enge Gassen, durch die kein Wagen passt. In Italien lassen sie sich in einfachen Ochsenkarren die Berge hochziehen, besuchen kleine, abgelegene Dörfer, die wie Nester an den Hängen haften, alte Brunnen, verwitterte Klosterruinen, zusammengebrochene Aquädukte, in denen einstmals das Wasser von den Bergen in die Ortschaften strömte. Damals, als sie mit Thomas durch das Land reiste, waren es die Menschen, denen ihr Interesse galt: die einfachen Bewohner der Städte in ihren alltäglichen Verrichtungen, Händler und Handwerker, Marktfrauen, Schausteller und Zuckerbäcker, die Bauern in den Weinbergen, die Hirten in der rauen Bergwelt. Nun richtet sich ihr Blick auf Bilder und Menschenwerke der Antike.

Einmal reitet Maria allein in das arkadische Tivoli und nach Palestrina, wo sie vor neun Jahren mit Thomas die Sommermonate verbracht hat. Die Leute dort erkennen sie sogar, setzen Krüge mit Wein auf den Tisch, schwarz glänzende Oliven, frisches, warmes Brot und das goldgelbe Öl, das sie im Keller aus großen Kesseln schöpfen. Maria holt ihre Zeichenutensilien aus der Packtasche und hält das kleine Stillleben fest. Dann reitet sie gedankenvoll zurück. Ihre Krankheit bricht wieder aus. Schon in Deutschland wurde sie von heftigen Hustenanfällen geplagt, doch da hatte sie noch die Hoffnung, dass es ihr im sonnigen Süden besser gehen würde. Eine trügerische Hoffnung. Der Husten lässt nicht nach. Dazu bekommt Maria Fieber und spuckt Blut. Trotzdem reist sie weiter, rast- und ruhelos, ohne Pause, ohne Halt, wieder ein Davonlaufen, der Krankheit entkommen.

Im Land herrscht Unruhe, der Ruf nach nationaler Einheit erschallt in den Bergen, huscht Spuren hinterlassend durch die Dörfer und treibt in den Städten die Menschen auf die Straße. Maria, die sonst eifrig die politischen Gegebenheiten ihrer Reiseländer beobachtet und beschrieben hat, hört und sieht nicht, welche Strömung das Land erfasst. Sie verfolgt nun die Spuren vergangener Zeiten. Unermüdlich macht sie Notizen und skizziert Burgen, Brücken und prachtvolle Monumente. Auch Augustus zeichnet ohne Unterlass und steht überwältigt vor den alten italienischen Meistern in Bologna, Venedig, Padua, Florenz. Im Gegensatz zu Maria ist er vor seiner Heirat aus England kaum hinausgekommen, hat zweimal nur den Kanal überquert, um für einen Auftraggeber holländische und flämische Szenen zu malen. Und nun dieses Land, der azurblaue Himmel, das gleißende Licht, das Leuchten der Farben, kraftvoll strahlend oder zart schimmernd, ganz anders als in der nebelumwobenen Heimat, wo über allem ein Hauch von Sepia liegt.

Über ein Jahr ist das Ehepaar Callcott unterwegs, dann geht es zurück über Genua, die Riviera entlang durch Frankreich bis nach Calais, wo sie nach England übersetzen. In dem kleinen Garten hinter ihrem Haus in

Kensington haben sich Tulpen und Narzissen entfaltet. Die Rhododendren tragen dicke Knospen. An der Fassade wuchert Blauregen. Die Dienstboten eilen vor die Tür und nehmen die Heimgekehrten nebst unzähligen Truhen und Reisesäcken aufgeregt in Empfang. Maria betritt erschöpft ihr Haus und wird es nicht mehr verlassen.

Valparaíso 1828

*Der Duft eines verrückten Hafens haftet Valparaíso an,
Duft nach Schatten, nach Stern, nach Mondschuppe und
Fischschwanz. (Pablo Neruda)*

Nach dem Erdbeben wird wieder aufgebaut, was in Schutt und Asche versank. Neue Häuser entstehen, neue Wege schlängeln sich durch das Gewirr von Lagerhäusern, die nun größer, prachtvoller und scheinbar unverwüstlich am Hafen die Waren hüten. Läden und Werkstätten werden instand gesetzt. Der Schuster nagelt einen alten Schuh an die Tür, der Hutmacher einen Hut mit Federn, der Sattler sein blitzendes Halbmondmesser. Die meisten hier können sowieso nicht lesen, ein Sinnbild ist allemal eindrucksvoller als Buchstaben. Die Hütten am Hafen werden abgerissen und durch Magazine ersetzt. Lastenträger und Kahnschiffer hausten hier mit ihren Familien. Ihrer Bleibe beraubt ziehen sie nun auf die Hügel und errichten hier ihre armselige Wohnstatt. Die einzige Straße der Stadt wird gepflastert. Die kleinen Gassen, die sich die Hügel emporschlängeln, versinken weiterhin im Winter im Schlamm und im Sommer in einer Wolke aus Staub und roter Erde. Wer es sich leisten kann, entflieht der Enge, dem Lärm und Gehetze der Unterstadt

und errichtet sein Haus auf dem Cerro Alegre, dem Fröhlichen Hügel, mit Blick auf den unendlichen Ozean, wo Handelsschiffe, kleine Fischerkähne und Schlepper lautlos ihre Bahnen ziehen, begleitet von Scharen von Möwen, die sich in Kreisen und Bogen über dem Wasser wiegen. Hier oben ist man unter sich. Blühende Vordergärten zieren die Villen, duftendes Geißblatt rankt bis zum Dach, an den Türen blinken Klopfer aus Messing.
Es sind überwiegend Engländer, die sich in Valparaíso eine zweite Heimat geschaffen haben. Sie errichten ihre eigene Kirche, gründen eigene Schulen und Clubs und kontrollieren den gesamten Handel auf dem Südpazifik. Befestigte Wege führen zu ihren Villen, Dienstboten schaffen herbei, was nötig ist, um einen angemessenen Haushalt zu führen und abends wird eine Fackel neben den Hauseingang gehängt. Sie haben sich nicht davon abschrecken lassen, dass der erste Engländer, der hier sein Haus errichtete, kurz bevor er seine damals noch einsam gelegene Wohnstatt beziehen wollte, von seinen eigenen Arbeitern hinterrücks ermordet wurde. Das ist nun längst vergessen. Hier auf dem Cerro Alegre herrschen Ruhe, Ordnung und Harmonie. Man veranstaltet Klavierkonzerte, auch mal einen Leseabend, wichtiger aber sind die großen Essen, zu denen meist alle geladen sind, die in der ausländischen Kolonie Rang und Namen haben. Da kann man zeigen, was man hat und was man ist. Dann strahlt das geputzte Silber im Schein der Kandelaber. Auf den schneeweißen Tischdecken aus Damast werden duftende Blüten verteilt und auf der Anrichte glänzen Gläser und Karaffen aus Kristall. Die

indianischen Dienstmädchen mit weißer Haube und Flügelschürze tischen eine nicht enden wollende Flut von Speisen auf, Rinderbraten, gefüllte Hühner, Fisch und Schalentiere aus dem Meer, das sie ständig vor Augen haben, dazu alles, was die chilenische Erde hergibt: Kartoffeln, Bohnen, Mais und Kürbis, gekocht, gebraten oder frittiert. Zum Nachtisch werden Torten aus Combarbalá aufgetragen, Zimteis und kleine Silberschälchen mit getrockneten Aprikosen, kandierte Papaya und Chirimoyas, Mandeln, Nüsse und Rosinen aus Elqui, dem fruchtbaren Tal am Rande der Atacama-Wüste. Wein und Cognac fließen in Strömen und neuerdings auch Bier. Ein Landsmann hat vor drei Jahren in Valparaíso die erste Brauerei des Landes gegründet und verkauft sein Bier bis in die Hauptstadt. Natürlich können sich nur die gut situierten das Gebraute des Iren leisten. Das Volk bleibt seiner Chicha treu, dem Bier der Anden, Chicha aus Mais oder Kichererbsen, aus vorgegorenen Äpfeln, aus Trauben oder Honig.

Und da die katholische Bevölkerung der Hafenstadt erbittert dagegen ankämpft, dass Protestanten und Anglikaner auf ihrem Friedhof bestattet werden, bekommen diese endlich auch eine eigene Begräbnisstätte. Ein britischer Konsul und ein schlesische Kaufmann gründen den „Ausländerfriedhof des Hafens und der Stadt Valparaiso", nur durch einen schmalen Weg getrennt vom Friedhof der Katholiken, der wahrhaft Gläubigen. Die erste spanischsprachige Zeitung Südamerikas erscheint, der „Mercurio de Valparaíso". Man erfährt nun regelmäßig Neuigkeiten aus Europa. Was sich im eigenen Land hinter der Küstenkordillere abspielt, erfreut sich keiner großen Nachfrage. Für die Damen erscheinen Fortsetzungsromane, vornehmlich französischer Autoren, Kochrezepte und Inserate, in denen alles Mögliche angeboten wird, vom Sitzmöbel mit Schnitzereien, über neu eingetroffene Seidentapeten, bis hin zu Gürtelschnallen und kunstvoll verzierte Haarnadeln. Ein deutscher Kavalier hat die Ehre, die erlauchte Leserschaft davon in Kenntnis zu setzen, dass er in der Lage ist, Klavierunterricht zu erteilen. Parfums aus Paris stehen zum Verkauf, Perlen und Perlmutt für Knöpfe, Anstecknadeln und Schmuck. Seit einigen Jahren ist Valparaíso nun auch Dreh- und Angelpunkt im Handel mit den paradiesischen Inseln Polynesiens. Die liefern neben den begehrten Perlen und glänzendem Perlmutt, Zuckerrohr, Kokosöl und märchenhafte Geschichten über türkisfarbene Lagunen, weiße Sandstrände, wolkenumwebte Berggipfel und nackte Frauen, die den Neuankömmling mit Blumen schmücken.

Politischen Geschehnissen gegenüber ist man eher gleichgültig. Sie interessieren nur, wenn sie den Handel betreffen, nur was die Geschäfte angeht, bewegt den Geist. Es wird spekuliert, kalkuliert und profitiert. Für Wissenschaften oder Schöne Künste ist weder Platz noch Zeit im „Tal des Paradieses". Die einzige Kunst, die hier interessiert, ist die Rechenkunst.

Die größeren Handelsunternehmen sind fest in Händen europäischer und nordamerikanischer Kaufleute, die meist in ihre Heimat zurückkehren, wenn sie genügend Reichtümer angehäuft haben. So gehen der jungen Nation oft Gelder und Güter verloren.

Weit entfernt vom Cerro Alegre, dem fröhlichen, blühenden, tönenden Hügel der Gutsituierten, klettern die elenden Behausungen der Armen weiter die Hänge empor, wie Nistplätze heften sie sich an die Ränder der Schluchten, schweben über Abgründen, auf Holzpfeiler gestützt, nebeneinander, übereinander, aneinander gelehnt, sich verflechtend und verschachtelnd. Bei Dunkelheit, wenn aus den Fenster- und Türlöchern das Licht der Feuerstellen und Kerzen blinkt, scheinen die Hügel unter sternenklarem Himmel zu flackern. Wo noch keine Hütten die Hänge emporklettern, ist die Erde rötlich und trocken. Hier will nichts wachsen. Nur einzelne Sträucher stehen wie Skelette im Staub, welke Blätter rieseln. Die kahlen Felsenwände, die sich darüber erheben, lassen nicht erahnen, dass hinter ihnen die fruchtbaren Ebenen von Quillota, Limache und Casablanca liegen.

Frühmorgens ziehen nach wie vor endlose Ketten von Maultieren, Eseln und Ochsenkarren über Hügel, Felsen und Hänge, schwer beladen mit Binsenkörben und Kästen aus Ochsenhaut, in denen das Obst und Gemüse in die Stadt geschafft wird. Es häufen sich Kirschen, Trauben und Zitronen auf den Planken, die als Verkaufstisch dienen. Zwischen Äpfeln, Birnen und Pfirsichen leuchtet der rotglänzende Granatapfel. Es gibt Wassermelonen im Überfluss. Die kugelige Frucht ist manchmal Hauptnahrungsmittel der Armen, da sie fast nichts kostet. Sie sättigt, löscht an heißen Tagen den Durst und soll die Manneskraft stärken. Fängt sich einer bei Einsatz derselben die Franzosenkrankheit ein, wird ebenfalls zum Verzehr von Wassermelone geraten. Kleine Stückchen werden abends geschnitten und morgens gegessen. Der Saft aus dem weißen Fruchtteil an der Schale soll gegen die Lustseuche wirksam sein. Das Treiben in den Straßen ist ein Gewirr von Farben, Rufen und Klängen. Inmitten der Kaufleute, der Händler und Matrosen, der Tagelöhner und Lastenträger, ragen die hohen, kegelförmigen Hüte der Wasserverkäufer hervor. Unermüdlich ziehen sie umher, rittlings auf ihren Maultieren, manche sogar zu Pferd. Das Wasser schleppen die Tiere in Fässern, die an beiden Seiten ihrer Flanken in einem Gestell aus Holz liegen. Die Wasserverkäufer holen sich die kostbare Flüssigkeit aus den Quellen in den Schluchten, die im regenreichen Winter überschäumen, im Sommer aber nur noch als trübe Rinnsale dahinsickern. Sie schöpfen das Wasser an den gleichen Stellen, wo sich die Wäscherinnen drängen, wo Vögel und Hunde baden, wo die Pferde und Esel getränkt und geputzt werden. Die Handelsschiffe, die in der bewegten Bucht ankern, beziehen ihr Wasser von einem findigen Engländer, der sich einen eigenen Brunnen hat schlagen lassen. Das Wasser wird hier mit Hilfe eines Schöpfrades gehoben, das von Männern angetrieben wird, arme Tagelöhner vom Lande oder aus den Hütten von den Hügeln, die im Innern des hölzernen Drehrings im Kreise gehen. Später ist man dazu übergegangen, die Männer durch Hunde zu ersetzen, Straßenköter, die in übergroßer Anzahl in der Stadt herumvagabundieren und nachts durch ihr Geheule und Gebell die wohlverdiente Ruhe stören.

Von den fünf Bastionen, die einst drohend auf den Felsen thronten, sind nur noch zwei vorhanden, San

Antonio und El Baron, beide nicht mehr für kriegerische Zwecke oder zur Abschreckung von Piraten gerüstet. Verwittert und vor sich hin bröckelnd sind sie gerade noch in der Lage ihre Ehrensalven abzufeuern um neu einlaufende Schiffe zu begrüßen, natürlich nur die, die unter der Flagge großer Handelshäuser fahren oder einen berühmten Gast an Bord haben. Die stinkenden Walfangschiffe mit ihren verrußten Tranöfen an Deck laufen eher unbeachtet ein. Ihr Anblick erinnert an das blutige Geschäft, dem sie auf hoher See nachgehen, grausam aber lukrativ. Tran und Spermöl erfreuen sich wachsender Nachfrage und da die Wale im Atlantischen Ozean rar geworden sind, haben sich die Walfänger an den Küsten Chiles und Perus ein neues Gebiet erschlossen. Bis hinunter in die eisigen antarktischen Gefilde verfolgen sie die friedlichen Säugetiere der Meere, durchbohren mit Lanzen und Harpunen ihre Riesenleiber bis das Blut spritzt und schlachten das erlegte Tier aus. Das Öl wird schon an Deck gewonnen. Die riesigen Speckschichten werden herausgesäbelt, an Deck ausgekocht, gekühlt und sogleich in Fässern im Laderaum verstaut. Und wenn die Fässer in Valparaiso auf die Schiffe umgeladen sind, die das Öl nach Neuengland und Europa bringen, wenn das Deck geschrubbt und Ölkocher und Schmelztöpfe notdürftig geputzt sind, stürzen sich die Seeleute in das Getriebe des Hafenviertels, in die Schenken und Hurenhäuser, um die grausige Arbeit auf See für ein paar Stunden zu vergessen.

Aliamapa oder Alimapu, verbrannte Erde, nannten die Chango-Indianer ihr Land, aus dem man sie nun fast vollständig vertrieben hat. Es macht seinem Namen alle Ehre. Immer wieder stehen Teile der Stadt und die notdürftig zusammengehämmerten Hütten auf den Hügeln in Flammen. Eine unachtsam aufgestellte Kerze, ein Stück Kohle, das aus dem Wärmebecken gefallen ist, eine Tranfunzel vor einem Hauseingang kann die meist aus Holz und Lehm gefertigten Wohnstätten und Lagerschuppen blitzartig in ein Flammenmeer verwandeln, das der ewig ungestüme Wind noch weiter anfacht und verbreitet. Es scheint, als hätten die Naturgewalten es ganz besonders auf dieses schmale Land zwischen Andenkordillere und Ozean abgesehen. Erdbeben und Brände, lang anhaltende Dürre im Sommer und die heftigen Stürme, die das Meer bis in die Straßen der Stadt treiben, vernichten immer wieder das gerade mühsam Aufgebaute. Valparaíso wird zerstört und wieder errichtet, es verbrennt, es fällt in Trümmer und ersteht neu aus den Überresten, schöner, größer und stärker, bis es wieder in Schutt und Asche versinkt, ein immerwährender Neuanfang, ein ewiger Kampf mit der wütenden Natur.

Bremen 1831

Denn wozu dient all der Aufwand von Sonnen und Planeten und Monden, von Sternen und Milchstraßen, von Kometen und Nebelflocken, von gewordenen und werdenden Welten, wenn sich nicht zuletzt ein glücklicher Mensch unbewusst seines Daseins erfreut?
(Sophie Brentano-Mereau)

Die Frau des Polizeidieners Bergmann entkleidet Gesche, schält sie aus den Hüllen, in denen sie ihren Körper verbirgt. Dreizehn Leibchen trägt Gesche übereinander, mit Ärmeln und ohne Ärmel, aus Leinen, Baumwollstoff und Damast. Ein Flanellläppchen nach dem anderen löst Frau Bergmann von den Hüften und der Brust, drei Unterröcke zieht sie aus, zwei Paar wollene Strümpfe streift sie von den Beinen. Nackt und schutzlos steht Gesche nun da, eine ausgemergelte, bleiche Frau, ohne Formen, hohl und zerbrechlich wie ein leeres Schneckenhaus. Trotz der wollenen Decken, in die Frau Bergmann sie hüllt hat, ist ihr kalt, eisig kalt. Die Kälte kriecht in ihr empor wie die Angst, langsam aber stetig, unheilvoll, bedrohlich. Sie will über Nacht nicht allein bleiben und bittet Frau Bergmann zu bleiben, doch diese schüttelt nur den Kopf und schließt die Tür hinter sich zu. Kaum ist der Riegel außen vorgelegt, öffnet sich das Fenster, das hinten zum

Liebfrauenkirchhof geht. Und all die Toten erscheinen: „...des Nachbarn Steitz Kinder, und ein Sargdeckel, woneben Rumpff stand, mit angelehntem Kopf. Erschreckliche Angst dabei, Schauder, Frost; und alles sah ich wachend und mit offenen Augen. Nun näherten sich rechts der alte Herr Kleine und mehrere Herren in großen Oberröcken, die ich nicht kannte. Sie nahten sich meinem Bett; ich griff nach ihnen um sie abzuwehren. Dann zogen sie zurück. Mein Zimmer wurde hell von einem flammenden Licht und erschien noch einmal so groß. Nun an der rechten Seite des Bettes, dicht an der Mauer, erschienen viele meiner Bekannten, eine Frau mit kleinen Kindern... Ich dachte: das sind alle die Verstorbenen, die mir erscheinen. Der liebe Gott fügt das so, dass die dir alle so vor Augen kommen um dich zu erinnern."

Als die Domglocken mit dumpfen Schlägen Mitternacht verkünden, schläft Gesche endlich ein. Unter dem Kopfkissen die Kruke Mäusebutter, die sie in ihrer Achselhöhle verborgen mit ins Stadthaus geschmuggelt hat.

Des Nachts darauf hat sie wieder Visionen, die sie in unsagbare Angst versetzen. Sie sieht auswärtige Truppen aus Hoya und aus Hannover und Ratsherren in ihren Mänteln und Beffchen, die um sie herumstehen und finster anstarren. Mit der Morgendämmerung wird der Liebfrauenkirchhof plötzlich riesengroß und die Bürger der Stadt strömen herbei und umringen den alten Meyerholtz und den Mann ihrer verstorbenen Beta, der sein Kind im Arm hält. Dann das Geklapper von Pferdehufen. Der junge Herr Kleine ruft sie und spannt einen Wagen an, um sie abzutransportieren. Das Rollen der

Räder will kein Ende nehmen. Noch zwei Stunden später hört sie es.

Und es beginnt die Zeit der endlosen Verhöre. Das erste muss vorzeitig beendet werden, da Gesche zusammenbricht. Im zweiten Verhör sitzt sie wie erstarrt vor Untersuchungsrichter Senator Droste und kann auf keine Frage Antwort geben. Sie fiebert, die Einsamkeit in ihrer Zelle und das Grauen vor den Bildern, die sie heimsuchen, bringen sie fast um den Verstand. Wie wenn sie selbst von der Mäusebutter nimmt und allem einfach ein Ende macht? Sie holt die Kruke unter dem Kopfkissen hervor und zieht den Deckel ab. Dann sieht sie all die Leiden vor sich, die sie an den anderen gesehen hat, Schwindelanfälle, Erbrechen, entsetzliche Schmerzen und Krämpfe, angeschwollene und verfärbte Gliedmaßen, Körper, die sich winden und krümmen. Gesche taucht den Finger in die weiße, fettige Masse und führte ihn zum Mund, leckt daran und wischt ihn erschrocken an ihrer Jacke wieder ab. Dann zerreißt sie ihre Bettdecke und versteckt die Kruke zwischen den Federn.

Am nächsten Tag stellt sich leichte Übelkeit ein, sie übergibt sich mehrmals und während man sie am Abend wieder zum Verhör bringt, wird ihr Zimmer durchsucht und die Kruke gefunden. Ihr Erbrechen hält an, manchmal sinkt sie zu Boden, kriecht auf allen Vieren zum Tisch und zieht sich wieder in die Höhe. Wenn sie am Tisch sitzt, kann es vorkommen, dass ihr die Dinge aus der Hand fallen, eine Scheibe Brot, ein Glas Wasser, ein Buch, in dem sie Ablenkung sucht. Manchmal kann sie keinen Schritt tun vor Schwäche und muss zum Verhör getragen werden. Der Polizeidiener und der Kom-

missar werden riesengroß, und sie vermeint zu schrumpfen so klein, so klein, kaum eine Spanne lang. Sie kann nicht aussagen, denn draußen stehen viele Menschen, sie sehen durch die Fenster und durchbohren sie mit eiskalten Blicken. Manchmal ist ihr Taschentuch voller Blut, sie starrt es an, will etwas sagen, die anderen müssten es doch auch sehen. Sie sehen aber nichts.
Immer wieder müssen die Verhöre abgebrochen werden, da Gesche nicht ansprechbar ist. Dr. Heineken wird beauftragt, Gesche zu untersuchen, doch seiner Meinung nach ist sie weder krank noch schonungsbedürftig, sondern nur übererregt mit leichtem Hang zur Hysterie. Er verschreibt einige Tropfen Laudanum für den Abend und bei größerer Unruhe das Ansetzen von Blutegeln. „Meine Angst kann ich nicht beschreiben. Oft dachte ich, wenn ich meine Hände so rang, auf und nieder ging: du verlierst ja wohl die Vernunft. Nachmittags, zwei Uhr, ruhe ich ein wenig; höre auf einmal draußen an der Tür sagen: der Kopf soll ihr abgehauen werden und die rechte Hand. Den Abend höre ich einen Sarg auf- und zuschlagen, viel Geräusch, und laut sagen: lebendig soll sie begraben werden." Während der Verhöre sitzt sie entweder starr und stumm vor Herrn Senator Droste oder die Worte sprudeln aus ihr heraus wie ein unversiegbarer Wasserfall. Sie gesteht, widerruft, räumt ein, wiegelt ab. „Ja, ich habe einigen etwas gegeben... aber nichts Schlimmes... an dem meisten Teil der Tode bin ich schuld, aber..."

Warum sie ihre Tochter Adelheid getötet habe?

„Das weiß ich nicht: ich kann es nicht angeben, das muss ich erst ordentlich bei mir überlegen; das kann ich so nicht aussagen."

Und warum der Bruder?

„Meinen Bruder schaffte ich aus der Welt, weil er ungesund war oder weil ich für seinen schwächlichen Körper besorgt war. Warum ich die Beta aus der Welt schaffte weiß ich nicht. Den alten Kleine brachte ich aus der Welt, weil er sich wieder verheiraten wollte: es ging mich freilich nichts an, allein ich tat es doch deshalb."

Zwischen den Verhören wandert sie in ihrer Zelle herum, legt sich angekleidet hin, falls man sie plötzlich abholen würde, wieder zum Verhör, vielleicht sogar zur Hinrichtung. Die Angst, dass es dem Ende zugehen würde, raubt ihr den Atem. Sie stellt sich vor, man würde sie mit heißem Wasser übergießen und lebendig begraben. Die ganze Stadt würde mit dem Finger auf sie zeigen und Steine nach ihr werfen.

Die Verhöre werden fortgesetzt. Es werden meist die gleichen Fragen gestellt und mit den Antworten wird das Entsetzen, das sich auf den Gesichtern von Droste und seinem Protokollanten Noltenius ausbreitet immer größer. Auf die Frage, welche Tat sie am meisten belaste, antwortet Gesche: „Ach, mein Vater, ich sehe ihn jede Nacht, er war so gut, er hat so viel für mich getan."

„Der Vater? Nicht die Mutter? Die Kinder?", fragt Droste. Nein, der Vater. Der Vater, der mit angehaltenem Atem nähte, um mehr Stiche in einer halben Minute zu schaffen, der ihr die Bücher geführt und immer zur Seite gestanden hatte, der Vater würde ihr auch jetzt zur Seite stehen und alle Schuld auf sich nehmen. Gesche sinkt in sich zusammen und klammert die Hände an den Stuhlsitz, sie schließt die Augen und sagt für eine Weile gar nichts mehr. Dann rückt sie plötzlich mit ihrem Stuhl näher an Noltenius heran und fragt, ob sie das Versprechen wohl halten müsse, das sie ihrem Vater an seinem Sterbebett gegeben hat. Droste weist sie darauf hin, dass sie dem Gericht die ganze und volle Wahrheit schuldig sei. Nun berichtet Gesche, dass der Vater ihr auf dem Sterbebett gestanden habe, dass er ihren Mann und die drei Kinder umgebracht und nun selbst von dem Gift genommen hat, da er mit dieser Schuld nicht weiterleben könne. Gesche atmete tief durch. Droste und Noltenius sind irritiert. Wollte sie nun alle Schuld auf den Vater schieben, dessen Tod sie doch am meisten zu schmerzen schien? Senator Droste will mit einer wegwerfenden Handbewegung Gesche am Weiterreden hindern, aber es sprudelte weiter aus ihr heraus, dass anderthalb Jahre nach seiner Geburt eine Schwester auf die Welt gekommen sei, der er als sie drei Jahre alt war, mit den Fingern den Kopf eingedrückt habe. Das Gift habe er von den Broten abgeschabt, die die Mutter gegen Ratten und Mäuse ausgelegt hat, er habe oft gebetet, aber das Böse sei mächtiger gewesen.

Die Anwesenden sind fassungslos. Entgeistert starren sie die Frau an, die sich dort auf ihrem Stuhl windet. Senator Droste beendete das Verhör. Er gibt Gesche die Gelegenheit, ihre Aussage zu widerrufen. Doch sie bleibt dabei. Als der Richter sie darauf hinweist, dass das Gesagte wohl kaum in Einklang mit dem Bild stünde, dass sie kurz zuvor von ihrem Vater gezeichnet hat, flüstert sie, dass man ihr diese vielen Morde wohl auch nicht zugetraut hätte.

Dann steht plötzlich frühmorgens eine Kutsche vor dem Stadthaus, schwarz, das Verdeck geschlossen. Noch ehe die Stadt zu emsiger Geschäftigkeit erwacht, wird Gesche eiligst, um kein Aufsehen zu erregen, in das gerade fertig gestellte Detentionshaus am Wall überführt und in das Gefängnis Nr. 38 eingeschlossen. Im Zimmer eine Bettstelle, ein Tisch, ein Stuhl. Warum dieser Wechsel? Was hat man mit ihr vor? Würde man ihr nun ein Brett um den Hals legen und sie durch die Stadt führen, damit die Menschen sie beschimpften und bespuckten? Ihr Blick aus dem Fenster fällt auf den gegenüberliegenden Flügel des Gefangenenhauses und in den Innenhof, wo die Frühlingssonne kleine Lichter auf die graue Pflasterung wirft. Die Schatten nehmen Gestalt an. „Ach Gott, mir geht ein Licht auf, alle leben! Der Vater, ihre Kinder, die gute Beta, sie alle haben ein Gegengift bekommen und sind wieder gesund geworden."

Senator Droste weiß nicht mehr weiter. Er zieht Dr. Heineken zu Rate und dieser teilt dem Untersuchungsrichter mit, dass die Inculpatin sehr angegriffen sei. Er verordnet bessere Speisen und Getränke, weniger Verhöre. Drei Tage später hat sich der Gemütszustand Gesches gebessert und die endlosen Verhöre gehen weiter. Gesche zittert, sie schwitzt, eine unsägliche Angst kriecht durch ihren Körper, nimmt Besitz von ihren Gliedern, die ihr manchmal nicht gehorchen wollen und unwillkürlich zucken und krampfen. Die Einsamkeit in ihrer Zelle ist unerträglich. Im Stadthaus waren die

Wachfrauen und Frau Bergmann, die Frau des Polizeidieners, mit denen sie ab und zu ein Wort wechseln konnte. Hier ist niemand außer dem Inquisitor und dem Polizeikommissar. Die fest verriegelte Eisentür ihrer Zelle öffnet sich nur morgens, wenn der Nachtstuhl abgeholt wird, oder wenn Herr Droste sie zum Verhör rufen lässt. Die Mahlzeiten werden ihr durch die Klappe in der Eisentür gereicht.

Die Verhöre gehen weiter und wiederum gibt Gesche die ihr zur Last gelegten Vergiftungen zu, um wenig später alles wieder abzustreiten. Es ist ein ewiges Hin und Her. Dann trifft Droste den Entschluss, die Befragungen für eine Weile auszusetzen und Gesche sich selbst zu überlassen. Vielleicht würde sie auf diese Weise zur Besinnung kommen und endlich all ihre Schandtaten gestehen. Tage und Nächte vergehen nun ohne Unterbrechungen und die Einsamkeit wird noch größer. Sie sickert in Gesches Zelle wie ein dunkler Strom, der sie umgibt und von allem abschließt, langsam aber unaufhörlich.

Es wird Sommer. Nun ist sie schon über vier Monate in Haft und erst jetzt kommt ihr der Mord an der Mutter über die Lippen. „Das war ja auch kein Leben, das die Mutter führte. Da war der Tod ein Glück für sie", begründet sie ihre Tat. Im Juli bestimmt man ihr einen Pfarrer, der ihr seelsorgerisch zur Seite stehen soll. Pastor Rotermund, würdig in seinem schwarzen Ornat, hat Gesche konfirmiert, ihre Eltern getraut und ihre Kinder getauft. Nun quält er sie fast ein ganzes Jahr hindurch mit seinen Besuchen. Kein Trost für die arme Sünderin, kein hilfreicher Spruch aus der Bibel, kein ermutigendes Kirchenlied, nein, Rotermund hat weder Bibel noch Gesangbuch dabei, stattdessen bringt er ihr eine Broschüre über eine Mörderin nebst der bei ihrer Hinrichtung gehaltenen Predigt mit. Er versucht, ihr weitere Geständnisse zu entlocken, tadelt ihren unsittlichen Lebenswandel, weist sie auf Lücken in ihren Aussagen hin und bohrt beharrlich und verbissen, bis Gesche in Tränen ausbricht. Als er ihr dann noch in aller Ausführlichkeit von einer Hinrichtung erzählt, der er zwischen Nienburg und Bremen beigewohnt hat, sinkt sie in sich zusammen.

Nachts kommen wieder die Träume: Adelheid in ihrem Sarg, die sich aufrichtet mit den Worten, dass alles gut sei, die sterbende Mutter, wie sie beide Hände über dem Kopf zusammenschlägt, eine Frau auf einem Tisch mit aufgeschnittenem Leib, in dem sich ein großes und ein kleines Kind befinden, ein Baum, um den sich eine große Schlange windet, der selige Miltenberg, ihr Vater, der Bruder, sie alle suchen sie nun heim. Keine Nacht vergeht ohne Träume.

Und wieder ist Freimarktszeit. Während Gesche in ihrer Zelle sitzt und sieht, wie draußen die Sommersonne verblasst und die Tage kürzer werden, rüstet sich die Stadt für den alljährlichen Rummel. Dieses Jahr würde er mehr Besucher als je zuvor in die Hansestadt ziehen. Die Geschichte der monströsen Mörderin ist weit über Bremen hinaus bekannt geworden und man erhofft sich nun nähere grausige Einzelheiten zu erfahren, vielleicht sogar die Mörderin leibhaftig zu Gesicht zu bekommen. Der Lust am Grauen würde Genüge getan werden und auch geschäftlich erhoffte man sich einige Vorteile. So lässt der Buchdrucker Georg Jöntzen Drucke eines Porträts der Giftmischerin anfertigen und will diese anlässlich des Freimarktes für achtzehn Groten anbieten. Das Porträt zeigt eine Frau, die Gesche in keiner Weise ähnlich sieht. Der Verkauf wird untersagt. Ein findiger Hamburger Händler hat an den Bremer Senat das Gesuch gestellt, Gesche für 200 Goldmünzen gegen Gebühr zur Schau stellen zu dürfen. Dem wird nicht nachgekommen. Doch gegen die Aufführung des Melodramas „Gesinia, die Teufelsbraut" kann der Senat nichts ausrichten, noch viel weniger gegen die Flut von Flugblättern, Gedichten und Bänkelliedern, in denen Gesches schauerliche Taten ausgiebig beschrieben werden.

Die Untersuchungen sind abgeschlossen. Gesche weiß nicht, was mit ihr geschehen wird, aber sie weiß, dass sie sterben muss. Ihr Verteidiger hat sie mit seinen Fragen gerade so geplagt und gequält wie Herr Droste. Kurz nach ihrem Tod wird er ihre Lebensgeschichte gewinnbringend veröffentlichen.

Das Detentionshaus ist voller geworden. Ab und an darf Gesche auf dem Korridor im Frauentrakt umhergehen und sogar bei Johanne Brunßen anklopfen, eine Mitgefangene, deren Zellentür nicht fest verriegelt ist, da sie nur wegen eines geringfügigen Vergehens im Gefängnis sitzt. Johanne strickt und näht, sie weiß, dass sie bald wieder zu Hause sein wird. Ihr Nähzeug, ihre Schere, Stricknadeln und Wolle liegen meist neben der irdenen Waschschale. An einem Sonnabend, die Tage sind kurz, das Stückchen Himmel, das durch das Fenster ihrer Zelle scheint, ist grau verhangen, sucht Gesche Johanne in ihrer Zelle auf und nimmt unbemerkt die

Schere an sich. Ich muss ohnehin sterben – sind ihre Gedanken – da kann ich mir eine Ader aufschneiden und totbluten. Tagsüber bindet sie die Schere an ihr Leibchen, nachts legt sie sie unter das Kopfkissen und an einem Sonntag zwischen die Seiten ihrer Bibel. Zu guter Letzt gibt sie der Brunßen die Schere zurück.

Ein weiteres Jahr vergeht. Wieder ist Freimarktszeit, wieder entsteht ein Porträt Gesches, das nun auch rentierlich verkauft wird. Angefertigt wird es von Professor Suhrland, Hofmaler seiner Königlichen Hoheit Großherzog von Mecklenburg-Schwerin. In den Bremer Tageszeitungen wird regelmäßig für das Konterfei der Giftmischerin geworben. Sie weisen darauf hin, dass sie es für ihre Pflicht halten, den Leser auf dieses extraordinäre Kunstwerk hinzuweisen, da weit über Deutschlands Grenzen hinaus Interesse an der „unglücklichen Berühmtheit" der Gottfried herrsche. Sogar Bremer Seeleute in Canton, im Drachenland, sind schon danach befragt worden. Der Erlös der Aktion soll der Bremer Taubstummenanstalt zugute kommen. Der Absatz der Lithografie ist so reißend, dass die Druckplatte nach drei Wochen abgenutzt ist, und Gesche dem Maler erneut Modell sitzen muss.

Hiernach vergeht die Zeit wie zuvor, eintönig, öde, hoffnungslos. Das zweite Weihnachtsfest im Gefängnis. Sie trägt ihre abgewetzte, seidene Joppe. Sie weiß es zu schätzen, dass man ihr vergönnt hat, diese statt der Gefängniskleidung zu tragen. Trotz Flicken und Löchern trägt sie sie nun schon seit mehr als zwei Jahren. Nachts erscheint ihr Miltenberg, fällt vor ihr auf die Knie und sagt, dass er sie retten wird. Auch Gottfried erscheint und geht an ihr vorbei, allerdings ohne ein Wort zu sagen. Die Gesichter der Kinder huschen empor, einmal werden ihr zwei Krucken Mäusebutter hingehalten.

Im Herbst 1830 verfügt das Oberlandesgericht das Todesurteil. Ein gutes halbes Jahr später wird dieses vom Lübecker Oberappellationsgericht bestätigt. Seitdem Gesche weiß, dass sie hingerichtet wird, verweigert sie jede Nahrung in der Hoffnung an Schwäche zu sterben. Sie ist so schwach, dass sie auf dem Weg ins Verhörzimmer gestützt werden muss.

In der „Bremer Zeitung" wird am 18. April des folgenden Jahres der Termin der Hinrichtung bekannt gegeben. Gleichzeitig erscheinen Anzeigen, in denen Zimmer angeboten werden, die eine gute Aussicht auf den Ort der Hinrichtung versprechen. „Am Domshof Nr. 1 sind noch gute Plätze zur Ansicht der Hinrichtung zu vermieten", steht da geschrieben, und „Am Domshof Nr. 13 ist noch ein Zimmer für 24 Personen zur Ansicht der Hinrichtung zu vermieten".

Die Stadt ist in Aufruhr. Es werden Scharen von Zuschauern erwartet. Am Abend vor der Hinrichtung wird das Schafott aufgebaut, das Blutgerüst, mit schwarzen Tüchern behangen, gespannt beäugt von einer riesigen Menschenmenge, die sich im Laufe des Tages am Dom eingefunden hat. Einige richten sich sogar mit Decken und Mänteln für die Nacht ein, um sich für das Spektakel am nächsten Morgen einen guten Platz zu sichern. Im Stadthaus gegenüber werden Karten für Fensterplätze verkauft. Seit über 40 Jahren hat es keine öffentliche Hinrichtung mehr gegeben. Man weiß ja kaum noch, wie so eine Enthauptung vonstatten geht.

Während draußen die Stadt in atemloser Spannung verharrt, ist Gesche eingeschlafen. Sie hat ein leichtes Opiat erhalten. Um zwei Uhr morgens wacht sie auf und bittet um ein Glas Wein, was man ihr auch reicht. Sie schläft weiter einen unruhigen Schlaf, schreckt hoch, dämmert vor sich hin. Gegen Morgengrauen kommt der Pastor, doch dessen Worte will sie nicht mehr hören, alles Geschwätz, hohle Worte, die ihr keinen Trost spenden. Sie verlangt abermals ein Glas Wein und als sich draußen auf dem Gang Schritte nähern, weiß sie, jetzt beginnt die Ankleidung zur Hinrichtung. Frau Bergmann und zwei weitere Aufseherinnen reichen ihr das Totenkleid, ein weites, weißes Gewand mit schwarzen Bordüren, Bändern und Schleifen, dazu die schwarzen Strümpfe, den grauen Unterrock. Frau Bergmann schneidet ihr das Haar am Nacken. Gesche weiß genau, warum genau diese Stelle frei bleiben muss. An dieser Stelle wird das Schwert ihren Kopf von ihrem Körper trennen. Gesche bindet Bänder und Schnüre selbst zu, schließt die Knöpfe mit ruhiger Hand und rückt den Kragen zurecht. Dann fasst sie an ihren Nacken und schließt die Augen für einen Moment. Hier würde sie das Schwert treffen. „Hier ist zu viel Stoff, das muss weg." Schweigend schneiden die Frauen den Stoff weg. Gesche verlässt ihre Zelle und besteigt den Leiterwagen, der sich langsam in Bewegung setzt, über die Ostertorstraße, am Wall vorbei, zum Domshof. 35 000 Schaulustige haben sich eingefunden, die ganze Stadt ist auf den Beinen. Sogar aus dem Umland ist man angereist, aus Oldenburg, Brake, aus dem Emsland und aus Hannover. Gesche befreit ihre Hände aus dem Strick, mit dem diese locker zusammengebunden sind. Einen Finger nach dem anderen zieht sie aus der Schlinge und umklammert endlich den Arm ihres stummen Begleiters Polizeidiener Bergmann. Sie sucht Nähe, Schutz, einen Halt in dieser letzten Stunde ihres Lebens. Die vielen Augen, die sie anstarren, die Finger, die auf sie gerichtet sind, das Raunen und Murmeln der Menge ertönt wie Klänge einer Welt, die sie nicht mehr kennt, unwirklich, geisterhaft. Nach drei Jahren Einzelhaft kann sie dieses Menschengewoge mit seinem Getöne und Gedränge nicht fassen. Obgleich die extra eingesetzten Ordnungskräfte die Zuschauer immer wieder zurückdrängen, kommt der Wagen mehrmals zum Stehen. Dann scheint es, als schiebe sich die schaulustige Menge drohend näher.

Es ist ein milder Frühlingstag. Morgensonnenlicht umspielt den Marktplatz, die kunstvollen Verzierungen am Rathaus und den Dom, das lädierte Gotteshaus, das nun schon seit viel zu langer Zeit nur noch mit einem Turm prunkt, da der andere vor fast 200 Jahren zusammengestürzt ist. Auf dem Domshof erhebt sich elf Fuß hoch das Schafott, aus allen Richtungen gut sichtbar, ihm gegenüber die Tribüne, wo Gesche ihr Urteil entgegennimmt. Herr Senator Droste bricht den Stab und übergibt sie dem Scharfrichter. Der Stab ist gebrochen, das Urteil ist gesprochen: Mensch, Du musst sterben. Ein Geraune geht durch die Menge. Jetzt wird es ernst und so manch einer presst die Augen zusammen und schlägt die Hände vor das Gesicht um nun doch nicht mit ansehen zu müssen, wie ein Kopf auf die Planken rollt. Gesche steigt die Treppe zum Schafott empor und wird auf den Sünderstuhl gebunden. Kraftlos sinkt ihr Kopf nach vorne. Es vergehen endlose Minuten, bis der Riemen, der den Kopf wieder nach oben zieht und aufrecht hält, ordentlich sitzt. Dann schlägt Scharfrichter Dietz aus Nienburg zu. Er nimmt das weiße Tuch, das auf Gesches Schoß liegt, und wischt damit das Blut vom Schwert. Die Menge verzieht sich, von einem unguten Gefühl beschlichen. Gesches Kopf wird in Spiritus gelegt und im Museum am Domshof gegen ein Entgelt „zum Wohle der Taubstummenanstalt" ausgestellt. Ihr Skelett wird in einem Schrank aufbewahrt.

London 1835

Ich habe das Merkwürdigste gesehen, was die Welt dem staunenden Geiste zeigen kann, ich habe es gesehen und staune noch immer ... ich spreche von London.
(Heinrich Heine)

Die Stadt wuchert weiter, quillt wie ein Hefeteig über ihre Ränder hinaus und verschlingt ganze Landstriche, Wälder und Weiden, eine gewaltige Maschinerie, in der es unablässig rattert, hämmert und raucht. Das Zentrum des Empire kann kaum die Menschenmassen fassen, die angelockt vom Glanz der größten Stadt der Welt in die Metropole des Welthandels strömen. Sie hausen in Kellerlöchern, in verrußten Backsteinbauten, in verwinkelten Gassen, die bei Regen in einem Meer aus Kot und Unrat zu versinken drohen. Sämtliche Abwasser ergießen sich in die Themse, eine stinkende, faulige Brühe, in der die Fische verenden und mit blasiger Haut an der Oberfläche treiben. Immer mehr Fabriken strecken ihre rauchenden Schlote in den Himmel, der Kohlenstaub sinkt auf den Fluss, setzt sich in den Gassen ab und dringt in die trostlosen Hütten der Arbeiter, die für einen lausigen Lohn an den Spinnmaschinen stehen. Hier im Umkreis der Fabriken, in den Docks am Hafen, weit abseits der quirligen Prachtstraßen, wo sich ein Luxusladen an den anderen

reiht, wo Equipagen, Mietkutschen und Fuhrwerke durch die Straßen rattern, wo Lords und Lakaien, Kaufleute und aufgeputzte Damen mit ihren livrierten Mohren über die Trottoirs eilen, hier herrschen Hunger, Krankheit und Verbrechen. Und damit der Pöbel nicht auf dumme Gedanken kommt, ist vor Jahren eine ordentliche Polizeitruppe aufgebaut worden. Schon ihr Anblick sorgt für ehrfurchtsvolles Erstarren. In blaue Schwalbenschwanzjacken gepresst, mit Handschellen, Ratschen und Schlagstock ausgestattet gehen sie auf Streife und sorgen dafür, dass Ordnung eingehalten, dass Regeln befolgt werden.
Abseits des rastlosen Getriebes, fern der hektischen Welt der Händler und Geschäftemacher und noch weiter entfernt von den Elendsvierteln im East End, dem Londoner Osten, versucht Maria sich in ihrer Welt der Erinnerungen einzurichten. Die Aquarelle an den Wänden hat sie auf ihren Reisen erworben, Tische und Regale sind beladen mit Steinen, Muscheln, Masken und getrockneten Pflanzen. Maria hat das Haus seit ihrer Rückkehr aus Italien nicht mehr verlassen. Sie ist nun ans Bett gefesselt und kann kaum eine Verrichtung allein ausüben. Jeder Handgriff, jede Bewegung schmerzt und schwächt. Die Jahreszeiten wechseln sich ab, ohne dass sie einen Schritt in ihren geliebten Garten oder vor das Haus tut, das sich unter dem Laubwerk der Ulmen duckt. In einer Ecke ihres Gartens hat sie Blumen und Stauden pflanzen lassen, die von einem der zahlreichen Pflanzenjäger aus den Kolonien nach Europa gebracht wurden: die purpurrote Kardinalslobelie, Dahlien, duftender Jasmin und Tränendes Herz. Die Blumen wach-

sen und blühen, werden gegossen und geschnitten und in jadegrünen Wedgewood Vasen in ihrem Zimmer auf den Kaminsims gestellt, je nach Jahreszeit in sommerlicher, herbstlicher oder frühlingshafter Pracht. Sie hätte sie gern selbst gepflückt und angeordnet, doch selbst diesen kleinen Betätigungen kann sie nicht mehr nachgehen.

Der Blick aus dem Fenster fällt auf die hängenden Blauregenblüten, die an der Fassade wuchern. Manchmal verirren sich sogar Vögel auf das Fensterbrett. Die Blätter der Kletterpflanzen werfen Muster aus Schatten und Licht auf den Boden. Von der Decke schwebt eine hölzerne Vorrichtung, ihr Schreibtisch ohne Beine, auf dem sie ihre letzten Werke verfasst, eine Abhandlung über heilende Kräuter und ein Buch für Kinder über die Geschichte Englands. So wie ihr die Köchin damals in Douglas, auf der rauen Isle of Man, die Sagen und Mythen der Insel erzählte, erzählt sie in dem Geschichtsbuch nun den Kindern des Empire die Historie ihres Landes. Über 70 Auflagen wird das Buch in den folgenden Jahren erfahren. Die letzte erfolgte 1975.

Das Pflanzenlexikon ist ihr letztes Werk. Das Zeichnen der Pflanzen, die leichten Geschichten und Anekdoten, die sie damit verknüpft, sind Maria Trost und Ablenkung in den letzten drei Jahren ihres Lebens. Sie weiß, dass sie bald sterben wird und schlägt einen neuen, ungewohnten Weg ein, den Weg zu Gott. Nie zuvor hat sie sich als Gläubige gezeigt. Kirchgänge, Gebete und religiöse Feierlichkeiten waren ihr nie Herzenssache. Ihre letzte Arbeit nun soll eine Hymne auf Gottes Schöpfung sein, auf die Natur als ein großartiges Werk des Allvaters im Himmel. Die rastlos Reisende, die furchtlose Abenteurerin, die unermüdlich Schreibende zieht sich in sich selbst zurück. Nach all den Jahren des Aufbegehrens gegen Starres und Vorgegebenes ist ihre kritische Stimme verstummt. Was sie früher angeregt hat zu ergründen und einzuordnen, ist jetzt Gottes Werk, das es zu lobpreisen gilt. Sie ist nie stehengeblieben, sie ist vor niemandem und nichts zurückgeschreckt und hat sich allem Neuen gestellt. Mit ihren Reisetagebüchern über Indien und Chile hat sie den Lesern Fenster in fremde Welten geöffnet und liegt nun selbst in geschlossenen Räumen. Auch wenn sie nicht wirklich allein ist, die zahlreiche Verwandtschaft ihres Mannes, Freunde und Künstler scharen sich gern um sie herum, fühlt sie sich doch einsam und vom Leben abgeschnitten.

Ihre Themen waren die weite Welt, fremde Länder, fremde Völker. Sie hat mit Philosophen, Staatsmännern und Aufständischen diskutiert, scharfsinnig, klug und unerschrocken. Nun muss sie sich mit dem zufrieden geben, was ihr zugetragen wird. Die Dienerschaft erzählt den neuesten Klatsch aus dem Buckingham Palast, Künstlerfreunde berichten über Ausstellungen und Opernbesuche, die Verwandtschaft tratscht aus Adelskreisen. Sie selbst gehört nun auch zur Aristokratie. 1837 hat Königin Victoria ihrem Mann den Adelstitel verliehen. Maria ist nun Lady Callcott. Zur Geburt des ersten Kindes der jungen Monarchin erhält die Dienerschaft im Hause Callcott zur Feier des Tages ein Glas Wein und stößt auf das Wohl der königlichen Familie an. „Gott schütze die gütige Mutter und das süße Baby und gebe ihnen treue Untertanen." Maria verehrt die junge Regentin, obgleich diese den Frauen in ihrem Reich ein eigenständiges Leben kategorisch abspricht. „Frauenrechte", soll die Königin öffentlich geäußert haben, „sind eine verrückte, sündhafte Narretei, die mit all ihren abscheulichen Begleitumständen, mit aller Kraft eingedämmt werden muss."

Am 21. November 1842 stirbt Maria mit 57 Jahren. Zwei Tage später wird sie auf dem Kensal Green Friedhof begraben. In ihrer Sterbeurkunde ist unter Beruf angegeben: Ehefrau des Augustus Callcott.

Valparaíso 1835

Hüten Sie sich ... vor Chile!
(Alexander von Humboldt an Mauricio Rugendas)

Die Stadt wächst weiter die kargen Hügel empor. Mit den hängenden Hütten, die sich waghalsig eine nach der anderen ihren Platz erobern, schlängeln sich schmale Wege nach oben, steil und winkelig, winden sich, zweigen ab, scheinen ins Nichts zu führen und finden doch ihr Ziel. Und von überall kann man das Meer sehen, wo neben geschwungenen Segelschiffen mit Masten, Rahen und Takelwerk die ersten wuchtigen Dampfschiffe ankern. Auch dem Meer wird Platz abgetrotzt. Wo Wellen den Sand spülen und gegen Felsen schlagen, wird gesprengt und aufgeschüttet. Zentimeter um Zentimeter wächst das Fundament ins Meer. Jedes neu gewonnene Stück Land kommt einer Eroberung gleich.
Nachts liegen die Straßen der Stadt noch im Dunkeln. Die flackernden Wachskerzen in den kleinen Laternen vor den Häusern können nur kurz gegen die Dunkelheit ankämpfen. Zu schnell sind sie dahingeschmolzen oder vom Wind ausgelöscht. Die Nacht ist der Tag der Gauner und Diebe. Raub und Überfall sind dann sozusagen an der Tagesordnung. Da das Gefängnis hoffnungslos überfüllt ist, lässt der Gouverneur der Stadt die Gefan-

genen ihre Strafe durch öffentlichen Arbeitseinsatz abgelten. In vergitterten Karren werden sie – an Händen und Füßen mit Ketten aneinander geschlossen – zu ihrem Arbeitsplatz befördert. Von Soldaten bewacht säubern sie die Straßen, schleppen Steine zum Ausbessern und schütten Sand auf schadhafte Wege. Diego Portales, der Gouverneur der Stadt, ist gleichzeitig Hintermann der neuen Regierung des Landes. Katholisch, apostolisch und eigenwillig setzt er seine Vision eines funktionierenden Staates durch. Eine Regierung hat zu regieren – Punktum – und wer da aufmuckt, wird ganz schnell zum Schweigen gebracht. Die Jahre nach dem langen Ringen um die Unabhängigkeit waren voll innerer Wirren. Nun wird der Augiasstall ausgemistet, mit eiserner Hand die alte Ordnung – nur ohne die spanische Krone – wieder hergestellt. Ein gut durchorganisierter Polizeiapparat sorgt dafür, dass sich keine Widerstände regen. In Valparaíso halten zwei Bürgerwehren Wache, eine für den Tag und eine für die Nacht. Hoch zu Pferd oder zu Fuß, mit Säbel, Pfeife und Lasso ausgerüstet, hütet ein jeder seinen Bezirk. Ihr Pfeifen ist immer und überall zu hören. Sie sind allgegenwärtig. Sogar nachts kann man sich nun endlich wieder aus dem Haus trauen. Das Pfeifen zeigt an, dass man nicht allein auf der Straße ist.

Die Planchada, die Straße der Händler und Kaufleute und Hauptstraße der Stadt, ist bereits gepflastert. Wenn sich kein Staub auf die Steine senkt oder die Regengüsse im Winter den Schlamm beiseite spülen, schimmert es zaghaft weiß zwischen den Steinen, sonderbare Muster, kleine Sterne. Stäbe und Kreuze aus Menschenknochen

sind hier in Erinnerung an die Kolonialherren mit den Pflastersteinen verlegt, Knochen der Feinde, gegen die sich Chile damals vom spanischen Joch befreite. So können die Chilenen ihre ehemaligen Unterdrücker endlich mit Füßen treten. Das goldene Zeitalter der Stadt ist angebrochen. Der Handel floriert, Hafen und Unterstadt sind voller Leben. In den Straßen wird gehetzt und gehastet, die Güter wollen veräußert werden, die Preise bestimmt, Zeit ist Geld.
Weit unterhalb Kap Hoorns wartet ein Kontinent aus Kälte, Eis und Schnee erforscht zu werden. Terra Incognita, stürmisch, abweisend und einsam. Nur das Seufzen und Knirschen der Gletscher unterbricht die ewige Stille. Im Meer ist Leben. In riesigen Schwärmen zieht der Leuchtkrebs blau schillernd durch die eisigen Gewässer, Nahrung für Fische und Vögel, die sich in dieser gefrorenen Landschaft tummeln. An den Ausläufern der Küste nistet der gesellige Schneesturmvogel. Er meidet das offene Meer und hält sich am liebsten auf dem Eis auf. Albatrosse, rastlos Reisende der Meere, segeln mit dem Wind und begleiten die Schiffe, die sich durch tosende Stürme und haushohe Wogen wagen. Noch sind die eisigen Gewässer nur den Wal- und Robbenfängern ein lohnendes Ziel. Einer unter ihnen, William Smith, wurde während der Umseglung Kap Hoorns von den wilden Stürmen vom Kurs abgetrieben und sichtete trotz Nebel und sprühender Gischt Land. In Valparaíso angelangt, erzählte er von seiner Entdeckung, aber niemand maß dieser besondere Bedeutung zu. Man hatte weder Ruhe noch Zeit, diesem Phantasten Gehör zu schenken. Die Geschäfte gehen vor. Der Handel muss

florieren. Was kümmern da die Trugbilder eines Walfischfängers? Alles Hirngespinste! Hinter Kap Horn tost nur der weite, eisige Ozean. Und wenn es dort unten doch Land geben sollte, interessiert es den emsigen Kaufmann nicht. Wichtiger als neue Gebiete am südlichsten Zipfel des eigenen Kontinents sind die fernen Städte in der Alten Welt, in Asien und Nordamerika, wo Waren ihren Absatz finden. Canton im Drachenland ist dem Kaufmann in Valparaíso näher als Kap Hoorn.

Nicht weit entfernt von dem Getümmel der Unterstadt, am Hang eines der Hügel auf denen die Hütten der Armen emporklettern, hat sich der ehemalige Lehrer und Freund Simon Bolivars, des Befreiers Lateinamerikas, eingerichtet. Arm, verlassen und verkannt von den Bessergestellten dieser quirligen Handelsmetropole versucht er, die kleine Schule, die er betreibt, aufrecht zu erhalten. Leben kann er nicht davon. Er lebt vom Verkauf von Kerzen. Das Kerzenziehen hat er in Deutschland bei einem Freund gelernt, der ihm auch das Seifekochen beigebracht hat. Er spricht fließend Deutsch und auch die Sprachen der anderen Länder, die er bereist hat: Spanien, Italien, Frankreich. Er wollte ein Paradies auf Erden schaffen, eine Schule für alle, den Grundstein für eine gerechtere Gesellschaft. Nun ja, auch mit Kerzen kann man Licht in der Finsternis schaffen.

Bremen 1840

Im Übrigen ist das hiesige Leben ziemlich einförmig und kleinstädtisch; Bremen ist ein langweiliges Nest, wo man nichts tun kann als fechten, essen, trinken, schlafen und ochsen. (Friedrich Engels)

Die Revolution von 1830 ist fast spurlos an der Stadt vorbeigerauscht. Was kümmert es den Händler, wenn in Paris mal wieder ein König gestürzt wird oder in Berlin die Schneider Krawall machen. Der kaufmännische Blick geht eher über die Nordsee und weiter über die Ozeane zu den jungen amerikanischen Staaten, zu den karibischen Inseln, nach Afrika und Asien. Dort locken Gewinn und Verdienst, dort werden Geschäfte gemacht. Seit die Auswandererwelle anschwillt und über Bremen und seinen neu angelegten Hafen an der Wesermündung schwappt, ist ein weiterer lukrativer Geschäftszweig entstanden. Bisher sind die Schiffe mit fast leeren Laderäumen in die Neue Welt gesegelt. Nun werden ihre Bäuche mit Menschen gefüllt. Und damit die Auswandererflut nicht abebbt, schicken die Bremer Stadtväter Werber ins Land, die mit schönen Worten und falschen Versprechungen die Ware Mensch beschaffen. Im Weserbergland, in Hessen und im Oldenburgischen entstehen Werbelokale, wo sich die Ausreisewilligen melden und angesichts farbenprächtiger Bilder an den schäbigen Wänden, auf denen Palmen und üppige Obstplantagen ein Paradies versprechen, den Vertrag unterzeichnen können. Der Werber bekommt seine Kommission. Der Schiffseigner sorgt für den Transport nach Übersee. Jeder Erwachsener ist eine Fracht, jedes Kind eine halbe und für jede Fracht muss die Überfahrt bezahlt werden. Wer für die Passage nicht genug Geld vorweisen kann, wird nur unter der Bedingung mitgenommen, sich gleich nach Ankunft in der Neuen Welt von einem der Großgrundbesitzer oder Plantagenaufseher beim Kapitän auslösen zu lassen. Und so zerplatzt manch ein Traum von einem freien Leben in einem freien Land.

Da die Weser derart versandet ist, dass keine Hochseesegler die Stadt Bremen mehr anlaufen können, hat man dem Königreich Hannover einen kleinen Flecken Land für 73 658 Taler, 17 Groschen und 1 Pfennig abgekauft, dort, wo die Geeste in die Weser mündet. An dieser Stelle nun stampfen 600 Arbeiter Bremens neuen Hafen aus der Brache. Sie graben mit der Hand. Der bremische Senat wirbt Siedler für die neue Stadt. Zur Verschönerung werden Pappeln, Kastanien und immergrüne Sträucher gepflanzt. Ein „Club für kulturelle Interessen" entsteht, eine Schule für höhere Töchter, und wo vor Zeiten die Festung Karlsburg an den Versuch der Schweden erinnerte, hier eine Idealstadt zu bauen, wird ein Gefängnis errichtet. Acht Nachtwächter sorgen nach Einbruch der Dunkelheit für Ruhe und Sicherheit. Das Leben geht seinen geordneten Gang.

Inzwischen stoßen die ersten Dampfschiffe schwarze Schwaden in die Luft. Zwischen Bremen und seiner Kolonie verkehrt drei Mal wöchentlich so ein lärmendes, fauchendes Wassergefährt. Bald dampft es regelmäßig hin und her zwischen Bremerhaven und New York. In der Stadt beginnt man die Straßen zu pflastern, was bedeutet, dass erst einmal eine klare Linie geschaffen werden muss. Die Beischläge werden abgerissen, Kellerluken vermauert, es verschwinden Schweineställe, Abflussrinnen und so manch anderer Auslauf, der den Unrat der Haushalte auf die Straße leitete. Der Rat beauftragt extra eine eigene Deputation, die dafür verantwortlich ist, dass zügig für Sauberkeit und geordnete Verhältnisse gesorgt wird. Gepflegt, korrekt und übersichtlich soll es sein, angepasst und eingegliedert. Widerstände werden beseitigt, Widersprüche ignoriert, Aufrührerische drangsaliert. Nach all den unruhigen Jahren des Krieges, der Truppendurchmärsche und Kontributionen, die gezahlt werden mussten, will der Bürger nichts als Ruhe, Ordnung und Sicherheit. Man zieht sich zurück ins beschauliche Heim, genießt inmitten wuchtig geschwungener Kirschbaummöbel und bestickter Ofenschirme Gemütlichkeit und Wohlbehagen. Nachts liegen die Straßen im fahlen Licht der Gaslaternen. Polizeidiener und Nachtwachen sorgen dafür, dass die öffentliche Ordnung durch nichts gestört wird.

Valparaíso 1993

> *Es liegt ein Druck auf der Welt, unter dem man nicht*
> *mehr frei zu atmen vermag. (Caroline Schlegel-Schelling)*

Hundert Jahre lang blühte und gedieh die Stadt mit ihrer Öffnung zum Meer und zu den Häfen der ganzen Welt. Dem stürmischen Ozean verdankte sie ihren Ruhm, ihren Reichtum und auch ihren Niedergang. Die Entdeckung der Magellanstraße und später die eines einsamen Basaltfelsen in der antarktischen See, Kap Hoorn, hatten Valparaíso aus seinem Dornröschenschlaf gerissen. Beide Wasserwege waren die einzigen Tore, die den altbekannten Atlantik mit dem noch fremden, geheimnisvollen Pazifik verbanden. Alle Schiffe auf ihrem Weg an die amerikanische Westküste ankerten in Valparaíso, um nach der gefahrvollen Umrundung Kap Hoorns für die Weiterfahrt zerstörte Segel und Rahen auszubessern, Wasser und Lebensmittel aufzunehmen und auch Ladungen zu löschen. Ein nicht enden wollendes Kommen und Gehen bestimmte die Stadt. Sie war Schmelztiegel verschiedener Nationen, Tummelplatz für Kaufleute, Glücksjäger, Händler und Höker.

Mit der Eröffnung des Panama-Kanals zu Beginn des 20. Jahrhunderts ist Valparaíso im Schatten seiner ein-

stigen Pracht versunken. Die Handelsschiffe ersparen sich nun den Kampf mit Eisbergen, Stürmen und Nebelschwaden um Kap Hoorn und lassen sich gemächlich durch die Landenge von Panama schleusen. Von heute auf morgen ist die Stadt weit entfernt von allen wichtigen Schifffahrtswegen und hat an Glanz und Geschäftigkeit verloren. Wie ein gestrandetes Schiff liegt sie da, festgefahren und seiner Güter beraubt.
Und immer wieder bebt die Erde und bringt Wohnhäuser, Lagerhäuser und Geschäfte zum Einsturz. In jener Nacht im August 1906 kam ein Geräusch vom Meer, ein Grollen aus dem glühenden Inneren der Erde, es kam von überall und übertönte alles. Dann hob und senkte sich die Erde, schien zu kreisen und bewegte sich in fürchterlichen Stößen von einer Seite zur anderen und von oben nach unten. Am Himmel geisterten riesige Flammen, das Meer erhob sich wie eine düstere Warnung. Nach vier Minuten lag die Stadt in Trümmern. Alle Lichter waren erloschen. Tiefste Finsternis umhüllte das Chaos, die Menschen, die schreiend zwischen den Trümmern umherirrten, die Leichen, die von einem Hügel segelten, auf dem der Friedhof lag, die Plünderungen in der Unterstadt. Über dreitausend Menschen starben. Über zwanzigtausend waren verletzt. Doch wieder einmal erhob sich Valparaíso wie Phönix aus der Asche und entstand von neuem.
Obgleich die Erde immer wieder bebt, trotz verheerender Brände, Überschwemmungen und Epidemien lässt sich die Stadt von den wilden Elementen nicht besiegen. Beharrlich nimmt sie nach jeder Katastrophe ihre Arbeit wieder auf, nimmt neue Formen, neues Leben an, un-

ermüdlich im Wiederaufbau, unbeirrt in der Instandsetzung des Zerstörten.
Auf die Hänge, an denen die Stadt emporgewachsen ist, führen nun schon seit über hundert Jahren altertümliche Aufzüge, kleine, bunte Kabinen aus Holz, wundersame Fahrzeuge, die knarrend und quietschend auf und ab rattern. Die glänzenden Schienen ziehen sich durch staubiges Buschwerk hinauf, über nackte Erde hinweg oder kleine Teppiche aus Goldmohn und Kapuzinerkresse. Die Fahrgäste verharren zumeist in Schweigen. Der Blick durch das Fenster fällt mit der Fahrt nach oben auf die Bucht, die sich weitet, auf das ständig bewegte Meer, auf die Dächer der Häuser, die an den Hügeln hängen. Oben pfeift und heult der Wind, von unten dringt das Gemurmel der Stadt.
Weiß, wie der Schaum der Wellen, die krachend an den Ufermauern zerbrechen, einer ruhenden Insel gleich, erhebt sich die Biblioteca Severin neben der Plaza Victoria aus dem Verkehrsgetöse, ruhender Pol im Getriebe der Stadt, Anfang des 20. Jahrhunderts erbaut, die erste Bibliothek der Stadt, die zweite im Land. Es war an der Zeit nicht nur mehr die Bäuche zu füttern, sondern auch den Geist. Auf drei Etagen verteilt warten Werke der Literatur, Wörterbücher, Enzyklopädien und Ratgeber auf den Leser.
An diesem Abend im Juli 1993 wird im Theatersaal der Bibliothek ein deutsches Bühnenstück aufgeführt. Die „Bremer Freiheit" von Rainer Werner Fassbinder, die Geschichte der Giftmischerin Gesche Gottfried aus Bremen als bürgerliches Trauerspiel, als tragische Geschichte einer gequälten Frau, die tötet, um sich ihrer

Peiniger zu entledigen. Es hat den ganzen Tag gestürmt und gegossen. Gegen Abend hat sich der Wind gelegt und auf den Hügeln flirren und flackern die Lichter in den Häusern. Wie ein flammendes Amphitheater ruht nun die Stadt in der anbrechenden Nacht. Auch der Ozean schweigt. In der Unterstadt hängt der Duft nach See und Tang. Der Theatersaal der Bibliothek liegt im dritten Stock. Erwartungsvoll erklimmen die Besucher die steilen Stufen. In dieser Stadt der unzähligen Treppen, lange und kurze, sich kreuzende und windende, mit oder ohne Geländer, ist man das Steigen und Klettern gewohnt. Auf den Hügeln am Ziel angelangt genießt man von überall die Aussicht auf das Meer, hier aber den Anblick der Bühne, der alles andere verspricht als geruhsames Verweilen. Weiße Wände, ein schwarzes Kreuz im Hintergrund, und auf dem Boden Kaffeetassen, säuberlich auf Unterteller gestellt oder einfach umgedreht. Ein merkwürdiges Arrangement, karg, absonderlich. Wie konnte es einer chilenischen Regisseurin und Schauspielerin in den Sinn kommen, die Geschichte einer Giftmischerin aus Bremen in Valparaíso auf die Bühne zu bringen? Von der grauen Nordsee an den funkelnden Pazifik? Fassbinders Filme kennt man in Valparaíso, von Bremen hat man gehört, doch was sich hinter dem Titel des Theaterstücks verbirgt, ist den meisten ein Rätsel. Man ist gespannt.

Dass das Stück seinen Weg auf die Bühne fand, ist zum Teil dem Förderverein Maria Graham zu verdanken, eine Organisation, die kulturelle Vorhaben unterstützt, und mit ihrem Namen an die Frau erinnern möchte, die einst in Valparaíso gelebt, geliebt und geforscht hat.

Keine Straße ist hier nach ihr benannt, kein Platz trägt ihren Namen. Man weiß nicht einmal mehr, wo ihr Häuschen einst stand, irgendwo in der Unterstadt, im Almendral, vielleicht nicht weit entfernt von dem Ort, an dem die Geschichte der Frau Gesche Gottfried nun aufgeführt wird. Gesche Gottfried und Maria Graham, im gleichen Jahr geboren, im Zeitalter der Aufklärung, wo das strahlende Licht der Vernunft sich anschickte, alles zu durchdringen und doch nicht stark genug war um jede Stube zu erhellen. Zwei Lebensentwürfe wie sie unterschiedlicher nicht sein können und doch haben sie eines gemeinsam. Ein Unbehagen, eine Beklemmung angesichts der Lebensform die ihnen vorgegeben ist. Maria sticht in See, tauscht festen Boden unter ihren Füßen gegen schwankende Schiffsplanken ein und öffnet sich für fremde Länder, neue Menschen und andere Kulturen. Gesche ist über das Norddeutsche Tiefland nie hinausgekommen. Von südlichen Sphären und sonnendurchglühten Landschaften hat sie nicht einmal gehört. Wie hätte sie der Enge entweichen, sich aus der Begrenztheit loslösen können? Das Band um ihre Brust, das ihr den Atem zu nehmen drohte, lockerte sich, wenn sie Gift gab und die Macht spürte, die sie in diesen Momenten über andere hatte. Das war wie ein Atemzug der Befreiung, wie eine Erlösung.
Auf der Bühne der Biblioteca Severin tötet Gesche ihre Ehemänner, ihre Kinder, Eltern, Freunde, Nachbarn, Untermieter und Gläubiger mit vergiftetem Kaffee. „Eine Frau, das ist ein Mensch", sagt sie, „nicht aber das Haustier des Mannes." Sie möchte leben, will sich frei entscheiden, „und wenn sich mein Schoß nach etwas

sehnt, wie einem Mann, werd ich mir einen suchen. Und wer sich dem entgegenstellt, muß sterben." Nach der Vorstellung herrscht Schweigen, bevor zaghaft applaudiert wird. Die Zuschauer sind verwirrt. Lachen und Entsetzen liegen nahe beieinander. Nun ja, man lobt das Engagement der Regisseurin und den Einsatz der Schauspieler, doch die Thematik des Stückes ist ja wohl absonderlich. Keiner will glauben, dass diese Geschichte tatsächlich stattgefunden hat, vor über 150 Jahren in Deutschland, in einer Hansestadt, wo vernünftige Bürger schalten und walten, Kaufleute, weitgereist und weltgewandt. Wie kann es angehen, dass eine Frau fünfzehn Menschen in ihrer nächsten Umgebung umbringt, ohne dass Verdacht geschöpft wird? Dass nur ein Zufall ans Licht brachte, dass ihre Kinder, Eltern, Ehemänner, Freunde und Bekannte nicht eines natürlichen Todes gestorben waren, ist unglaublich. War das nun ein Stück über Feminismus oder nur Schwarzer Humor? Man will auch gar nicht erst eintauchen in die Welt des Bösen und des Grauens und ist sich sicher, dass so etwas Unfassbares hier und heutzutage nicht passieren kann.

Die Zuschauer verlassen den Saal und ziehen in kleinen Gruppen über die Plaza Victoria. Pflaster und Fliesen blinken nach dem Regen und die hölzernen Pferde und Wagen des kleinen Karussells am Ende des Platzes drehen knarrend ihre letzte Runde. Uralte Bäume breiten ihr Dach über Bänke und die Bronzelöwen, die zum Victoria-Theater gehörten, bevor dieses mit dem Erdbeben von 1906 in Schutt und Asche versank. Ein Brunnen plätschert, die Statuen, die ihn säumen, geben ein

Bild von Ruhe und Festigkeit. Die Nacht verspricht friedlich zu werden, ohne Regengüsse, die auf Wellblechdächer trommeln, ohne den wütenden Nordwind, der über das Meer fegt und ohne den Warngesang der Bojen. Man begibt sich nach Hause, freut sich auf einen heißen Tee und fühlt sich sicher und geborgen.

Der Winter in Zentralchile ist wechselhaft und wetterwendisch. Wilde Wolken verziehen sich so schnell wie sie aufgezogen sind. Sonne und Regen geben sich ein Wechselspiel von Schatten und Licht. Ganz anders im Großen Norden. Hier wölbt sich der Himmel immer blau und wolkenlos über kahlen Bergen und ewigem Sand. In der trockensten Wüste der Welt erinnern gespenstische Ruinen an eine vergangene, ehemals glanzvolle Zeit. Geisterstädte, klappernde Gerippe aus Eisen und Holz, durch die der Wind pfeift, singen von der Vergänglichkeit des Glücks. Salpeter hieß das Zauberwort, weißes Gold der Wüste. Es verhalf dem Großen Norden zu ungeheurem Reichtum. Weiße Villen entstanden im Wüstensand, Gärten und Parks, Oasen in der Ödnis der Pampa. Begonnen hatte alles in der zweiten Hälfte des neunzehnten Jahrhunderts. Das Salpeter-Nitrat, bestens geeignet für Düngung und zur Herstellung von Sprengstoff, erlebte eine immense Nachfrage. Dreh- und Angelpunkt des Salpeterhandels war Iquique. In der Sprache der Aymara-Indianer, die diese unwirtliche Region schon seit einer Ewigkeit bewohnen, bedeutet Iquique Ruhe, Traum, Ort der Erholung.

Heute lockt eine Freihandelszone tagtäglich Massen von Menschen in die Stadt und von den umliegenden kahlen Hügeln segeln bunte Drachen und Gleitschirme hinab, drehen Kurven bis hinunter zum Meer, wo die bunte Pracht landet und in sich zusammensinkt. Iquique ist das Fliegerparadies Südamerikas für Gleitschirmsegler. Die Anfänger starten meist in Alto Hospicio, Iquiques aus dem Boden gestampfte Nachbarstadt für Arme. Hier herrschen ideale Bedingungen für Vormittagsflüge. Die besten Windanzeiger sind die Geier und das Meer. Die Menschen in Alto Hospicio, die tagtäglich um ihr Überleben kämpfen, schenken dem bunten Treiben über ihren Köpfen kaum noch Beachtung.

Fünf Jahre nach der schauerlichen Aufführung der „Bremer Freiheit" in Valparaiso verschwinden in Alto Hospicio zwischen 1998 und 2001 vierzehn junge Mädchen. Mütter und Väter, die ihre Töchter als vermisst melden, bekommen zu hören, dass ihre Kinder wohl auf der Suche nach besseren Lebensbedingungen das Weite gesucht haben. In Alto Hospicio herrschen Arbeitslosigkeit, Drogenhandel und Prostitution, ein erbärmliches Leben, ohne Aussicht auf ein besseres. Die Autoritäten wischen die Anzeigen der Eltern vom Tisch. Keiner schöpft Verdacht, kein Argwohn bewegt die Menschen in Alto Hospicio. Das Schweigen der Wüste züngelt durch die Stadt, bis ein junges Mädchen einem Überfall entkommt und den Polizeiapparat in Bewegung bringt. Der Täter ist ein unbescholtener, schweigsamer Mann aus Puchuncaví, ein netter Nachbar, solidarisch und freundlich, seiner Lebensgefährtin ein liebevoller Partner. Sonntags backt er Brot und verteilt es an Freunde und Nachbarn. Er liebt Fußball und seine drei Hunde, von denen einer „hijo" heißt, Sohn. Er liebt sie wie die Kinder seiner Lebensgefährtin. Unbemerkt und unbeirrt tötete er 14 junge Mädchen ohne Spuren zu hinterlassen, ohne Verdacht zu wecken. Er zog sich nach jedem Mord ein frisches Hemd an, kämmte sich die Haare und kochte Wasser für eine gute Tasse Tee.

London 2008

For there is good news yet to hear and fine things to be seen,
Before we go to Paradise by way of Kensal Green.
(G.K.Chesterton)

Etwas außerhalb der Stadt liegt der Kensal Green Friedhof, eine Oase der Ruhe, fast ländlich anmutend. Prunkvolle Grabmäler und zahlreiche Mausoleen lassen erahnen, dass diese letzte Ruhestätte einst der teuerste Friedhof der Stadt war. Hier liegen Maria und Augustus Calcott begraben. Der flache Grabstein ist mit der Zeit verwittert. Farne, Moos und Gräser verbergen die Namen, die er trägt. Es gab keine Nachkommen, die das Grab hätten pflegen können. Doch im September, der Monat, in dem in Chile der Frühling einzieht, wird der Stein von den wuchernden Pflanzen befreit, ausgebessert und mit einer Gedenkplakette versehen, auf der zu lesen ist: „Maria, eine Freundin der chilenischen Nation". In Anerkennung ihrer Dienste als eine der ersten, die vor fast 200 Jahren über die damals noch junge Nation berichtet hat, hat die chilenische Regierung die Restaurierung des Grabes veranlasst. Eine kleine Lobrede wird gehalten, es werden Getränke gereicht. Über dem Grabstein und einem Blumenmeer flattert die chilenische Fahne im Wind.

Bremen 2008

Es gibt keinen Himmel nach dem Tod; dies ist ein Märchen. (Stephan Hawking)

Zwanzig Meter gegenüber dem Brautportal an der Nordseite des Doms ist ein Basaltstein mit einem eingekerbten Kreuz in das Pflaster eingefügt. Der Spuckstein. Hier soll das Schafott gestanden haben, auf dem Gesche Gottfried vor 35000 Zuschauern hingerichtet wurde. Eine andere Version besagt, dass ihr abgeschlagener Kopf bis an diese Stelle gerollt und schließlich dort liegengeblieben ist. Bei Regen zeigt der Stein seinen dunklen Glanz und funkelt wie Obsidian, aber meistens ist er bedeckt mit Rotz und Spucke. Wie Generationen vor ihnen spucken die Bremer auch heute noch auf diesen Stein, um ihrem Abscheu vor Gesche Gottfried Ausdruck zu verleihen.
Hundert Jahre nach Gesches Enthauptung – die Nationalsozialisten waren im Anmarsch – schrieb Alfred Faust, Bürgerschaftsabgeordneter und Redakteur in der „Bremer Volkszeitung":
Hundert Jahre Schmach und Verachtung für die Giftmörderin sind genug. Man sollte also rücksichtslos und pietätlos den Stein des täglich bekotzten Anstoßes entfernen und ihn durch einen gewöhnlichen Pflasterstein

ersetzen. Sollten die Bremer, insbesondere die Bremerinnen, es nicht über ihr Kulturherz bringen, von dieser Sitte abzulassen, so gäbe es einen Ausweg: Ein mutiger Steinmetz ergreife im Schutze der Nacht Hammer und Meißel und meißele vier Querstriche an die Schenkel des Kreuzes. Dann bespeien am anderen Morgen die Marktfrauen ein frisches Hakenkreuz!

Der Vorschlag wurde in die Tat umgesetzt. Ein junger Mann meißelte den Spuckstein um, was den Nationalsozialisten natürlich gar nicht gefiel. Der Stein des Anstoßes wurde entfernt und im Focke-Museum gelagert. Doch die Bremer wollten auf ihren Sühnestein nicht verzichten. Drei Jahre später wurde er wieder eingesetzt, natürlich ohne Hakenkreuz, und seitdem wird gespuckt – immer noch!